Prosa de loro

UN MISTERIO VETERINARIO DE CORAL SHORES

DL Mitchell

Black Rose Writing | Texas

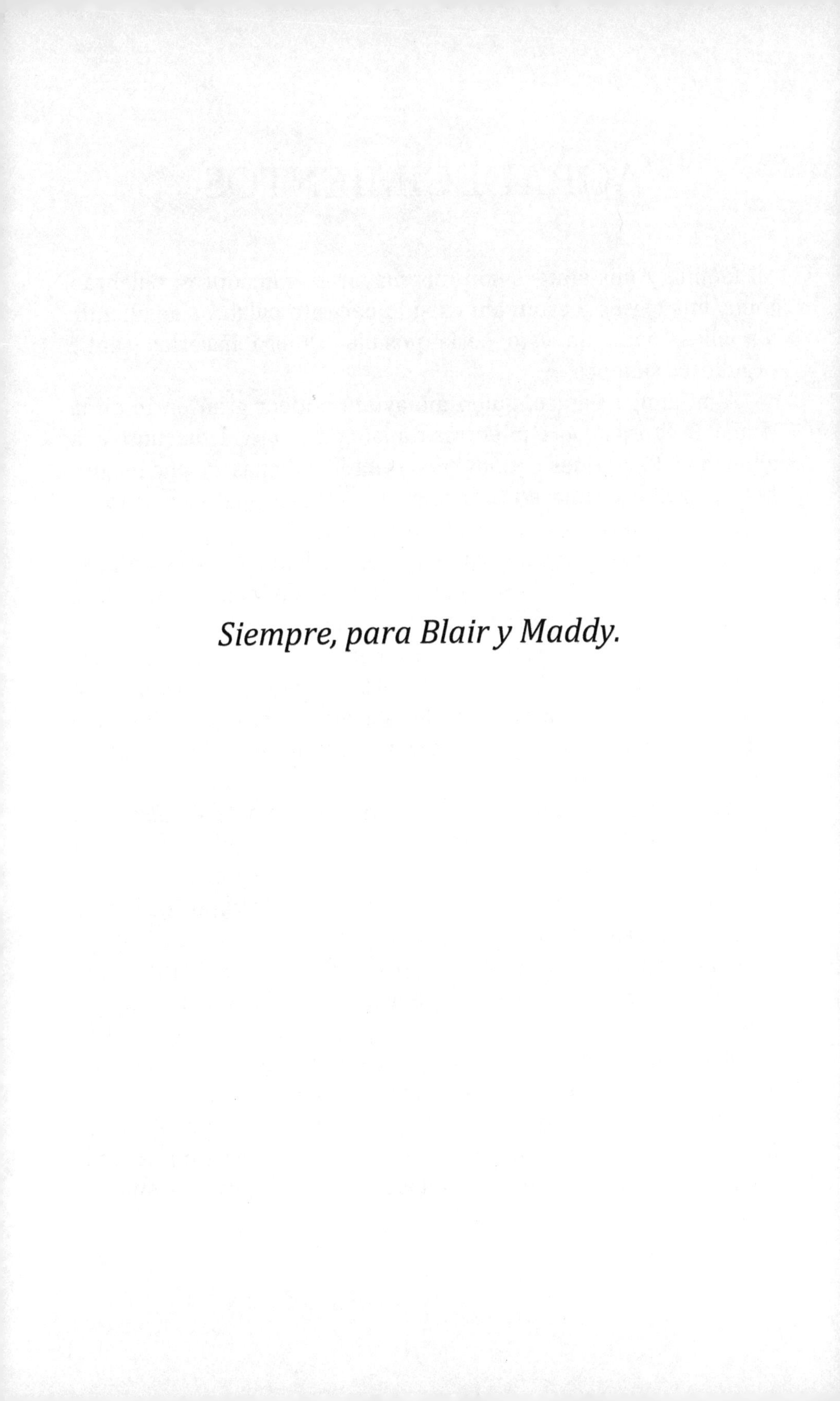

Siempre, para Blair y Maddy.

AGRADECIMIENTOS

Mi familia y mis amigos son mis mayores animadores. Celebran todos mis logros y están ahí cuando necesito palabras de aliento. Sin ellos, nada de esto sería posible. Quiero hacerlos sentir orgullosos siempre.

A mi amiga Denise, quien me ayudó a idear gran parte de la trama de *Prosa de loro* mientras tomábamos margaritas junto a la alberca en Cayo Hueso. ¡Cómo nos reímos! Además, es una lectora beta increíble y una editora aficionada. Creo que se perdió su vocación, pero claro, nunca es demasiado tarde.

Pam, también conocida como mi CAE: Clienta, Amiga y Editora. Eres una escritora talentosa y he aprendido muchísimo de ti. Agradezco tu apoyo y entusiasmo por la serie Coral Shores.

Lauryn, mi querida amiga, es esa persona que siempre está ahí cuando necesito una anfitriona para el lanzamiento de mi libro, una lectora beta, una gurú de las redes sociales o consejera. Eres una persona hermosa, inteligente y creativa con un sentido del humor perfecto y perverso.

Gracias a mis compañeros de la sede de Atlanta de *Sisters in Crime* y del Club de Escritores de Atlanta por presentarme al mundo editorial. Cuando mi energía creativa es baja, me siento revitalizada al instante después de pasar tiempo con esta comunidad creativa.

Felicitaciones a todo el equipo de Black Rose Writing. Son pequeños pero poderosos, y agradezco cada día ser una de sus autores.

Mis clientes y sus peludos familiares son una fuente constante de inspiración. Es un honor para mí ser su veterinaria.

Dejé lo mejor para el final: ¡los lectores de misterio! Su entusiasmo por *El terrier tiene razón* hizo posible esta secuela. Dedicar tiempo a compartir amables palabras de apoyo y ánimo me impulsa a seguir escribiendo.

ELOGIOS PARA

Prosa de loro

Una novela acogedora y ágil llena de personajes peculiares, una multimillonaria desaparecida y una búsqueda del tesoro que se convierte en un caos. Mientras la Dra. Emily Benton y su amigo Anthony buscan respuestas, descubren peligro, engaño y muerte. *Prosa de loro* ofrece humor, tensión y, por supuesto, las encantadoras travesuras de un loro parlante. Pero cuando este pájaro habla, la gente escucha, ¡y los asesinos deben tener cuidado!

¡DL Mitchell nos presenta otra novela policíaca trepidante y cautivadora! Este libro puede leerse de forma independiente, pero para quienes hayan leído *El terrier tiene razón* sí, hay un avistamiento de Elvis.
—Cam Torrens, autor de la serie de suspenso de Tyler Zahn

Prosa de loro de DL Mitchell es un viaje a la playa con tus seres queridos y mascotas. A pesar de la crudeza del crimen y la tensión que te atrapa al resolverlo, esta encantadora novela es perfecta para una tarde o noche en un cómodo sillón con una taza de té o quizás una copa de vino.
—Katherine Nichols, autora de la serie de Misterio de Lucy Howard

La Dra. Emily Benton y sus amigos regresan con otro adorable animal que los mete en medio de un misterio de asesinato. Una tarde cuidando a la famosa lora gris africana Tiki Lulu se convierte en semanas de interrupciones para la clínica de Emily tras la desaparición de Marilyn Peña, la famosa dueña de Tiki. El romance de Emily con el apuesto Detective Mike Lane se intensifica, pero ambos chocan de nuevo cuando, preocupado por su seguridad, él intenta mantenerla alejada de la investigación. Desafiando los consejos de sus bienintencionados amigos y familiares, Emily se rebela para buscar una pista importante para resolver el misterio. ¡No te pierdas esta emocionante nueva aventura de estos encantadores personajes!
—Sharon Marchisello, *Atrapar, Esterilizar, Morir* y *Secretos de las Galápagos*

Prosa de loro

CAPÍTULO UNO

—Hola. ¿Qué haces? Hola. ¿Qué haces? —La cacofonía aguda emanaba del vestíbulo del hospital.

Anthony se apoyó en la puerta de la oficina de Emily.

—Parece que nuestra cita está aquí. Tiki Lulu, nuestra celebridad local.

La sonrisa de Anthony se extendía de oreja a oreja, mostrando su entusiasmo.

—No se me olvidó.

Como única propietaria del Hospital Veterinario Coral Shores, Emily tenía que ser flexible, aunque las mascotas exóticas no eran lo suyo. No le importaba ver alguna cobaya o hámster de vez en cuando, pero la medicina aviar le resultaba abrumadora. Y evitaba por completo tratar reptiles. El Dr. Dinsmore había sido el veterinario de Tiki, pero desde su jubilación, ese privilegio recaía en Emily.

—No te preocupes —dijo Anthony para animarla—. Me siento cómodo cargando a Tiki. Tuvimos dos loros grises africanos en mi anterior hospital y fueron pacientes estupendos. ¿Ya has visto las publicaciones de Tiki en Flix? Creo que tiene cerca de un millón de seguidores.

Emily conocía Flix, la última sensación en redes sociales donde la gente publicaba videos caseros cortos. Su personal armó un gran revuelo cuando se programó la cita de Tiki, así que descargó la aplicación para comprobarlo ella misma. Sus entretenidos videos eran adictivos. Este loro travieso tenía un aire de estrella, y su dueña, Marilyn, era divertidísima.

Por suerte, Emily no tuvo que mostrarse valiente ante Anthony. Mejores amigos desde la prepa, podían comunicar con precisión sus pensamientos y sentimientos con solo una mirada o un gesto de asentimiento. El resto del personal jamás sabría que le daba miedo la cita. Los loros eran difíciles. Su conocimiento de medicina aviar era solo una parte de la ecuación. Manejarlos de forma segura para minimizar su estrés era el verdadero reto. Quería hacer un buen trabajo.

—Les doy la bienvenida y vuelvo enseguida. —Cuando Anthony regresó minutos después, dijo—: Esto va a ser divertido, Em. ¡Pon tu mejor cara!

—Supongo que ya es hora —murmuró Emily en voz baja.

Absorta en recordar las perlas de sabiduría que aprendió durante su rotación en aves y animales exóticos en la facultad de veterinaria, Emily no se dio cuenta de que su personal rondaba por allí. Todos esperaban echar un vistazo a la icónica ave.

Con la mano en el pomo de la puerta, hizo una pausa, exhaló, echó los hombros hacia atrás y sonrió al entrar en la sala de reconocimiento.

—Hola, señora Peña. Hola, Tiki Lulu. Soy la Dra. Emily Benton. Mucho gusto en conocerlos.

—Hola, pasen. Hola, pasen —dijo Tiki desde la percha de su elegante jaula de viaje.

Su cabeza se balanceaba de arriba abajo mientras se movía de un lado a otro, dándole un toque de alegría a su saludo. Su plumaje era precioso. Tonos de gris oscuro en la cabeza y las alas se fundían con un gris claro en el cuerpo. El ribete blanco de las plumas alrededor de su cabeza contrastaba con su pico negro y sus ojos amarillo dorado. Las plumas de su cola, de un rojo rubí, eran espectaculares, incluso más impresionantes que en sus videos.

—Tiki Lulu es precioso —felicitó Emily a la señora Peña mientras se acercaba.

Loro y veterinaria se evaluaron mutuamente, girando la cabeza al unísono. Emily se acercó a su jaula.

—Eres muy guapo, Tiki.

Tiki infló sus plumas y movió la cola antes de decir:

—¡Qué pájaro tan bonito! ¡Qué pájaro tan bonito! —obligó a Emily a contener una risita.

—No le hagas caso a Tiki. Habla mucho cuando está nervioso —dijo la señora Peña.

Tiki, que medía unos treinta centímetros, salió de su jaula cuando la señora Peña le ofreció el antebrazo para que se posara. Se sacudió levemente, se arregló algunas plumas, se acomodó cerca de su cuerpo y luego se acurrucó en el hueco de su cuello.

—Momo —cantó mientras ella lo besaba en la cabeza.

—Encantada de conocerte, Dra. Benton. Ya veo que Anthony es un amante de los loros, y parece que a Tiki le caen bien. Ah, y puedes decirme Marilyn.

Emily se alegró de haber visto los videos de Flix antes de la cita. Estar preparada para la apariencia física de Marilyn le permitió mantener la compostura profesional. Marilyn era de mediana edad, baja, pero corpulenta. Su cabello gris, rizado y rebelde, tenía una solitaria mecha roja teñida a juego con las plumas de la cola de Tiki. Incluso había encontrado un tono idéntico de labial rojo. Pequeños loros con joyas adornaban sus brillantes lentes de lectura rojas y hacían juego con sus pendientes colgantes de loro. Una camiseta roja extragrande cubría sus pantalones de lino acampanados; bordado en el dobladillo, una imagen perfecta de Tiki.

—Entonces, ¿hoy le vamos a cortar las uñas a Tiki? —preguntó Emily.

—Sí, pero ¿puedo pedirte un favor?

—Claro.

Emily esperaba que no implicara alguna técnica médica aviar avanzada.

—Tengo algo pendiente que hacer en casa y puede ser estresante para Tiki estar cerca. ¿Es posible que se quede contigo en el hospital este día? Está feliz en su jaula, y le traje algo de su comida, agua filtrada y botanas. Vuelvo antes de la hora de cierre, si te parece bien.

Juntó las manos con fuerza mientras esperaba la respuesta. La solicitud sorprendió a Emily, lo que retrasó su respuesta.

Anthony intervino para ayudar.

—Creo que podemos cuidar a Tiki —dijo, y luego miró a Emily en busca de su aprobación. Cuando ella asintió, continuó—: Tengo una oficina grande con mucha luz natural. Tiki puede pasar el rato conmigo.

—¡Genial! —dijo Marilyn con una expresión de alivio en su rostro—. Bueno, vamos a encargarnos de la pedicura de Tiki y luego lo dejo contigo. Tiki, ¿te parece bien?

Tiki movió la cabeza arriba y abajo en señal de asentimiento.

—Momo.

Ante la mirada divertida de Anthony y Emily, Marilyn explicó:

—Hugo, mi difunto esposo, me llamaba Momo. No los quiero aburrir con el origen del nombre, pero era un cariño. Después de enfermarse, le enseñó a Tiki a decir mi apodo. Me alegra el corazón cada vez que lo oigo. Extraño muchísimo a Hugo.

Marilyn se giró hacia Tiki y le acarició suavemente el cuello.

Emily y Anthony sonrieron y luego se concentraron en la tarea. Cortarle las uñas a Tiki fue pan comido. La presencia tranquila de Marilyn y la experiencia de Anthony sujetando loros permitieron un procedimiento rápido y sin estrés. Emily se reprochó el miedo que le tenía a la cita. Durante la conversación, Marilyn confirmó que el médico aviar de Tiki Lulu, de la facultad de veterinaria de la Universidad de Florida, se encargaría de su atención médica, así que solo planeaba llevar a Tiki para cortes de rutina. Emily respiró aliviada.

Marilyn ayudó a Tiki a trasladarse a la oficina de Anthony. La jaula de viaje, hecha a medida, se apoyaba sobre una base con ruedas desmontable para facilitar su transporte. Una vez que pareció acomodarse, ella salió del hospital.

Emily continuó con sus citas de la tarde, que incluyeron visitas de cachorros, infecciones de piel y oído, y una reacción alérgica a una hormiga roja. Todo parecía decepcionante después de conocer a Tiki. El personal se turnó para visitar al loro, y al pasar Emily por la oficina, se detuvo en seco al escuchar a Abigail, su recepcionista principal, y a Anthony hablando de los últimos videos de Tiki.

—¿Qué es eso del tesoro? —preguntó Emily mientras se giraba para entrar en su oficina.

Tiki la interrumpió con un:

—Hola. ¿Qué haces?

—Dice eso cada vez que alguien entra aquí —dijo Anthony—. Su vocabulario es impresionante, por lo que he oído hasta ahora.

Abigail agitó las manos, intentando contener la emoción.

—Tiki es la clave de un tesoro escondido.

—¿De qué estás hablando? —Emily no había visto todas sus publicaciones y se perdió la parte sobre el tesoro.

—Bueno, Marilyn es una excéntrica, casi multimillonaria. Su esposo falleció hace un par de años. Creo que hizo su fortuna con la caña de azúcar y el ron en las Islas del Caribe. En fin, Marilyn creó esta búsqueda del tesoro que lleva a un tesoro de doscientos mil dólares. Cada semana, publica un video de Tiki compartiendo una pista sobre la próxima búsqueda del tesoro. A veces incluso se disfraza de pirata. Por eso se ha vuelto viral. El canal de televisión local presentó la noticia en el noticiero de anoche.

—Vaya. Marilyn no lo mencionó hoy —dijo Emily.

—Quizás dio por sentado que lo sabías —respondió Anthony—. Además, no tenía nada que ver con su cita, así que no hay razón para mencionarlo.

Emily no estaba al día con las últimas tendencias de las redes sociales. Estaba muy ocupada dirigiendo el hospital. Tras graduarse de la facultad de veterinaria y terminar sus prácticas, regresó a Coral Shores para cuidar de su mamá. Su curva de aprendizaje fue pronunciada, y aún se estaba orientando mientras se familiarizaba con los entresijos de la gestión de un hospital veterinario. Intentaba afrontar cada nuevo reto con confianza, esfuerzo, humor y la disposición a aprender de quienes la rodeaban. Convencer a Anthony de que dejara su puesto de técnico veterinaria jefe en Tampa para asumir el de gerente del hospital fue un factor esencial en su decisión final de comprarle el hospital al Dr. Dinsmore. Siempre habían formado un gran equipo.

—¿Cuántas pistas ha habido hasta ahora? —preguntó Emily.

—Tres, creo. Los seguidores de Tiki están recorriendo el sur de Florida buscando el tesoro. ¿Qué te pareció el atuendo de Marilyn?

Anthony sonrió con suficiencia.

—Es muy colorida. Eso sí que lo reconozco —dijo Emily.

Marilyn, sin duda, amaba a los loros, y en particular a Tiki.

Anthony le entregó a Emily una copia impresa.

—Esta es una lista de la dieta de Tiki que Marilyn incluyó en la bolsa con su comida y botanas. No me extraña que esté tan sano. Ella sabe lo que hace, y es evidente lo unidos que están. Lleva más de veinte años con Tiki.

Emily miró la lista y luego a Tiki Lulu, quien le devolvió la mirada.

—Qué lástima que no podamos preguntarle dónde está escondido el tesoro.

—Tesoro. Tesoro. ¡Ooh, la la!

Emily, Abigail y Anthony se miraron fijamente, luego al loro con los ojos como platos, antes de estallar en carcajadas ante la última palabrería de Tiki. Tenerlo en el hospital iba a ser una aventura.

Varias veces durante su jornada laboral, Emily se reía disimuladamente al pasar por la oficina de Anthony. Él ponía a prueba el vocabulario de Tiki conversando con el inteligente loro. Oyó a Tiki decir:

—Adiós, cucú, ven aquí, te quiero, buen chico, afuera —y podía imitar el sonido de una fuente. Mantener a Tiki entretenido hasta que Marilyn volviera a recogerlo sería divertido para todos.

Emocionada por la perspectiva de llegar a casa a tiempo para variar, Emily se apresuró a terminar las notas médicas del día. Eran casi las seis, hora de cerrar, cuando Anthony entró en su oficina y se sentó en la silla junto a su escritorio.

—¿Has tenido noticias de Marilyn? —preguntó.

—No, ¿por qué?

—Bueno, pensé que ya estaría aquí para llevarse a Tiki a casa. Estamos a punto de cerrar las puertas, y acabo de hablar con Abigail. Ella tampoco ha tenido noticias suyas.

—Puede ser que esté atascada en el tráfico. ¿Por qué no la llamas? Termino aquí y me reúno contigo en un par de minutos —dijo Emily.

Al entrar en la oficina de Anthony, Tiki presumió de sus habilidades multilingües.

—Hola. Hola.

—Es adorable —sonrió.

—Es más que eso. Nunca había estado cerca de un pájaro con una personalidad tan fuerte y un vocabulario que le haga justicia.

—¿Alguna novedad de Marilyn?

Anthony negó con la cabeza.

—No. La llamé a su casa y a su celular y tuve que dejarle un mensaje. ¿Qué hacemos si no aparece?

—No quiero dejar a Tiki solo toda la noche. Podemos comprar comida para llevar y esperar a Marilyn —dijo Emily.

—Me parece bien. Estoy de acuerdo en no dejarlo aquí, si podemos evitarlo. Le di mi información de contacto personal en el mensaje para que pueda contactarnos.

Mucho después de la hora de cierre, Emily y Anthony ya habían terminado sus hamburguesas con queso y debatían qué hacer con Tiki. Él comió la cena que Marilyn le preparó y pareció acomodarse para echarse una siesta al atardecer. Por sus videos, Anthony sabía que Tiki vivía en un aviario al aire libre, así que no había necesidad de cubrir su jaula. Además, la oficina estaría tranquila y oscura hasta la mañana.

Era común que los clientes retrasaran la recogida de sus mascotas del alojamiento cuando sus planes cambiaban de último minuto, pero las circunstancias fueron diferentes esta vez debido a la fama de Tiki. Además, requería cuidados y alimentación especiales. Marilyn no parecía de las irresponsables que se olvidaban de contactarlos si iba a llegar tarde. Tras un último intento por contactarla, Emily tomó la decisión definitiva: Tiki pasaría la noche en la oficina de Anthony. Parecía tranquilo y sereno cuando recogieron sus cosas para irse. Acordaron venir temprano por la mañana para ver cómo estaba antes de que llegara el personal. Una sensación de aprensión se apoderó de Emily mientras cerraba las puertas para pasar la noche.

CAPÍTULO DOS

Emily se despertó de su pesadilla, sintiéndose sofocada y jadeando. Todo cobró sentido cuando abrió los ojos y encontró a su gata Maine Coon gris atigrada de casi nueve kilos sentada sobre su pecho, mirándola fijamente, deseando que se levantara.

—Bella, no puedo respirar —le dijo Emily a su compañera felina.

Bella respondió con un coletazo, tomándose su tiempo para recorrer casi todas las costillas de Emily antes de ir al final de la cama, donde se sentó de espaldas.

—Bueno, me levanto.

Volver a dormirse no era una opción cuando Bella exigió que la alimentaran.

Emily se tambaleó hasta la cocina y encendió la cafetera antes de servirle a Bella su mezcla de atún favorita. Con una taza llena de un café italiano tostado súper fuerte en la mano, Emily salió a su terraza frente al mar. Su cabaña daba al Golfo de México, y aunque no tenía vistas directas del amanecer, el cielo tropical era impresionante con sus vetas rojas y doradas. Las palmeras cocoteras se mecían con la ligera brisa, y el dulce aroma de sus gardenias trepadoras impregnaba el aire. Este era su lugar feliz.

—Miau, miau. —Bella anunció su llegada, recordándole a Emily que también era su lugar feliz.

—Sube.

Emily dio un golpecito al cojín de su diván antes de recorrerse para hacerle espacio a su enorme gata. La mamá de Emily descansaba en esa misma silla durante sus tratamientos contra el cáncer, con Bella a su lado. Tras prometerle a su mamá que siempre cuidaría de Bella, Emily había vuelto a disfrutar de ese espacio especial sin sentirse abrumada por el dolor.

Habían pasado dos años desde que regresó a su pueblo natal y se mudó a la casa de campo de su mamá para cuidarla durante esos primeros días de citas médicas, tratamientos de quimioterapia y, finalmente, cuidados paliativos a domicilio. Estaba agradecida por ese tiempo con su mamá, pero estar rodeada de esos recuerdos a diario podía ser devastador. Su hermano, Duncan, vivía cerca con su joven familia, pero su exigente vida profesional como ayudante del alguacil le dificultaba ser quien la cuidara, a pesar de haber pasado todo el tiempo posible con su mamá. Duncan no estaba interesado en mudarse a la casa de su mamá en la playa, así que les había sido fácil organizar todo después del funeral. Fue entonces cuando Emily hizo de Coral Shores, y de esta casa, su hogar permanente.

Después de rellenar su café, llegó la hora de prepararse para ir a trabajar. Tenía que salir temprano para encontrarse con Anthony antes de que llegara el personal. Anoche, Emily vio todas las publicaciones de Tiki en Flix sobre la búsqueda del tesoro. Era algo muy importante. Marilyn no solo había ofrecido un premio de doscientos mil dólares al ganador, sino que también planeaba donar la misma cantidad a una organización benéfica relacionada con los animales que el ganador elegiría de una lista corta de santuarios de animales o aves sin fines de lucro. Las ubicaciones se revelarían al final del concurso. Las cadenas de televisión locales se habían interesado y estaban informando a diario en sus noticieros.

Tiki Lulu era el eje central de toda la búsqueda del tesoro. Las pistas que dio durante su último video los llevarían a una pista escondida en un centro de vida silvestre. Marilyn proporcionó contexto a las pistas, pero eran bastante crípticas. Hasta el momento, las ubicaciones abarcaban atracciones poco conocidas por todo el sur de Florida. Lugares que las autopistas interestatales habían ignorado. Parques emblemáticos de la antigua Florida que luchaban por mantenerse a flote. Una consecuencia de la búsqueda de pistas fue el aumento en el número de personas que visitaban estos tesoros olvidados y la publicidad gratuita que les brindaron los medios de comunicación. Marilyn tenía una sólida trayectoria filantrópica, centrada en su apoyo a diversas organizaciones benéficas de vida silvestre. Esta búsqueda del tesoro ayudó a visibilizar su importante labor.

Anthony llamó mientras Emily salía marcha atrás de su entrada.

—Buenos días, Em. No podía dormir y quería asegurarme de que Tiki estuviera bien.

—¿Ya estás en el hospital?

—Sí, desde hace un rato. Está genial y es muy hablador. Tómate tu tiempo para venir. Había algunos mensajes en el sistema, pero ninguno de Marilyn.

—Voy para allá. Podemos volver a intentar llamarla a todos sus números de contacto cuando llegue. Nos vemos pronto.

No tener noticias de Marilyn le causó una sensación de malestar en el estómago que persistió durante el corto trayecto desde su casa en Gulf Beach Road hasta el hospital veterinario. Coral Shores era una tranquila aldea costera que se enorgullecía de su encanto de pueblo pequeño, al estilo de la Florida antigua. Los turistas acudían en masa a las playas de arena blanca en busca de conchas marinas de recuerdo. Con el sol despejando el horizonte, los puertos deportivos se convirtieron en concurridos centros de navegación para abastecerse de combustible y cebo antes de dirigirse a las aguas abiertas del Golfo de México. Los lugareños se saludaban mientras paseaban por el viaducto que conectaba la isla barrera donde vivía Emily con el centro del pueblo. En circunstancias normales, las vistas de las aguas tropicales a lo largo del camino tenían una influencia tranquilizadora, pero no esa mañana.

Había tantos asuntos que resolver si no tenían noticias de Marilyn pronto. Tiki tenía una dieta especial y no podía quedarse en su jaula de viaje para siempre. Con suerte, Marilyn llegaría en cuanto se abrieran las puertas a las ocho, ofreciendo una explicación inocente de su retraso. Hasta entonces, no tenía sentido estresarse por lo desconocido.

· · ·

—¿Quieres té, Momo? ¿Quieres té?

Emily escuchó a Tiki Lulu hablando con Anthony en cuanto entró por la puerta trasera de la clínica veterinaria. Después de ver los videos de Tiki en Flix, se dio cuenta de que su vocabulario era de casi mil palabras y que podía hilvanar frases por sí solo. Era realmente extraordinario.

—Buenos días. —Emily dobló la esquina hacia la oficina de Anthony—. Me encantaría tomar un té. Gracias, Tiki.

Tiki movió la cabeza de arriba abajo.

—Buen pájaro. Bonito pájaro.

—Eso es nuevo.

Emily le dio la espalda y le susurró a Anthony.

—¿Crees que extraña a Marilyn?

—Quizás, pero me esfuerzo por no pensar demasiado en ello. Es evidente lo unidos que están, así que supongo que la extraña —dijo Anthony—. Marilyn debe de ser de las que toman el té por las mañanas.

—¿Te imaginas si Bella hablara? Es mejor no saber qué está pensando. Deberías ver cómo me mira de reojo cuando llego unos minutos tarde con sus comidas.

Anthony se rio.

—Estaba a punto de llamar a Marilyn. Crucemos los dedos.

Emily salió a dejar sus cosas en su oficina y cuando regresó, Anthony colgó el teléfono.

—¿Hubo suerte?

—No. Intenté llamarla a su casa y a su celular. Le dejé un mensaje diciéndole que Tiki está bien y que estamos aquí si quiere venir antes de que abra el hospital. Tiene suficiente comida para uno o dos días más.

Anthony miró a Tiki fijamente, frunciendo el ceño. Para calmar sus preocupaciones, Emily dijo:

—Seguro que llama.

Tiki disfrutaba de su tiempo en la oficina de Anthony, aunque ambos sabían que necesitaba un hábitat mucho más grande y enriquecido. Su espacio actual no era el ideal.

·   ·   ·

El hospital veterinario era un centro de actividad. El exterior del edificio, de estilo rústico, con persianas color coral y jardineras, daba la bienvenida a los clientes a un vestíbulo acogedor y confortable. Las sillas tapizadas y los suelos de madera noble realzaban su encanto.

El momento culminante de la mañana incluyó una cita de seguimiento con Sara Lee, la Chiweenie de quince años, que sufría de alergias alimentarias y enfermedad inflamatoria intestinal. Era mitad chihuahua y mitad Dachshund, pero sus rasgos físicos distintivos eran sus enormes orejas, que se erguían rectas. Su tamaño sería más apropiado para un pastor alemán. La dueña de Sara Lee, Susan, una reconocida artista local y mística aficionada, había sido una de las mejores amigas de la mamá de Emily. Susan ahora prefería que la llamaran por su apodo, Nutria, inspirado en su animal espiritual, la nutria marina. Emily aún se estaba acostumbrando al nombre.

Nutria solo tenía buenas noticias para compartir. Tras consultar con Emily, los problemas estomacales de Sara Lee se resolvieron con una dieta orgánica, hipoalergénica y casera. Programaron una cita para revisarle los análisis de sangre, pero Nutria se negó. Dado que Mercurio estaba retrógrado, no era el momento adecuado para realizar la prueba. Volvería con Sara Lee la semana que viene, cuando las lunas estuvieran alineadas. Para Nutria, tenía todo el sentido del mundo, y como Sara Lee parecía estar en vías de recuperación, Emily aceptó esperar.

—Emily, quiero decir, Dra. Benton. Cada vez que te veo te pareces más a tu mamá —dijo Nutria, sonriendo con los ojos llenos de lágrimas. Negó con la cabeza para recomponerse—. Extraño a tu mamá.

—Yo también, Sus... —Emily se corrigió a sí misma—, Nutria.

Luego volvió a hablar de Sara Lee mientras las acompañaba a la recepción. Seguía siendo muy difícil hablar de su mamá. Pero Nutria tenía razón. Emily y su mamá tenían el pelo rojo intenso, pecas en la nariz y ojos azul pálido. Emily llevaba el pelo largo y liso a diferencia de los rizos ondulados de su mamá y era unos centímetros más alta, pero esa era la única diferencia. Emily poseía la misma belleza natural que su mamá.

Anthony pasó la mayor parte del día en su oficina entreteniendo a Tiki. Emily volvió a intentar contactar a Marilyn después de comer, pero nada. Al acercarse la hora de cierre, Emily y Anthony se sentaron a discutir su plan de acción.

—Ya que Tiki se instaló aquí esta noche, creo que deberíamos ir a casa de Marilyn. Si está en casa y necesita que cuidemos a Tiki unos días más, al menos podemos conseguir más de su dieta especial para tener a mano. Normalmente no nos presentaríamos en casa de un cliente, pero creo que las circunstancias son únicas.

Emily se encogió de hombros.

—En el peor de los casos, podemos dejar una nota en su casa para que nos contacte. ¿Dónde vive?

—Revisé su registro de cliente y está a veinte minutos en carro. No estoy seguro, pero creo que está en un barrio elegante junto al Estuario de Vida Silvestre Burt Blenheim. No es exactamente como los Everglades, pero casi.

—De acuerdo. Tengo que responder algunas llamadas y actualizar los expedientes médicos. En cuanto el personal se haya ido, vamos a su casa.

Anthony estuvo de acuerdo, y ambos se pusieron manos a la obra para terminar su jornada.

•　•　•

El camino a la casa de Marilyn los llevó hacia el este, lejos del océano y la bahía. Una vez que pasaron las comunidades de campos de golf de los suburbios, el paisaje cambió. Las casas eran escasas, y la marisma serpenteaba con ríos convergentes que desembocaban en el Parque Nacional de los Everglades de Florida al sur. Sin su GPS, nunca la habrían encontrado. La ornamentada puerta de hierro de la casa estaba abierta, así que continuaron por la entrada hacia un largo y sinuoso camino, flanqueado por hileras de imponentes palmeras reales. El sombreado camino conducía a una enorme mansión de estuco blanco de estilo español, con un camino circular ajardinado en el centro de una fuente de agua con mosaico azul.

—¡Guau! Es rica, pero esto es otra cosa —dijo Anthony.

Emily condujo hasta la puerta principal y se estacionó. Antes de la última curva del camino de entrada, vislumbraron un amplio y espacioso recinto en la parte trasera de la casa. Solo podían ver una esquina de la estructura, pero parecía un aviario de zoológico o santuario de aves. Todo el entorno era sobrecogedor.

—¿Ves a alguien?

Anthony negó con la cabeza. Parecía extraño que una finca de este tamaño estuviera desierta, sin señales de otros vehículos ni personal. Bajaron del carro y se acercaron a la puerta principal, hecha a mano y a medida, y usaron la pesada aldaba de latón con forma de loro posado para anunciar su llegada. Nadie respondió después de varios golpes.

—Y ahora, ¿qué debemos hacer? —preguntó Anthony.

Emily entrecerró los ojos al ver un sendero que rodeaba la casa.

—Quizás esté afuera y no nos oiga. Demos una vuelta por atrás a ver si encontramos a alguien.

—De acuerdo, tú mandas. —Anthony sonrió. Aunque Emily era la dueña del hospital veterinario, eran socios y afrontaban nuevos retos juntos como equipo—. Quiero echarle un vistazo a ese recinto exterior. ¿Crees que lo construyeron para Tiki?

—Probablemente. No me sorprendería que tuviera su propio chef.

La puerta lateral, sin cerrar, reveló un sendero sinuoso bordeado de vegetación tropical, que los guio hacia el jardín trasero. El aviario exterior de Tiki era el doble de grande que la cabaña de Emily y alcanzaba la altura total de la mansión de dos pisos.

—Esto es increíble. Con razón Tiki es un pájaro tan feliz —dijo Anthony.

Se detuvieron para observar todos los detalles de su hábitat exterior. Tenía espacio suficiente para vuelos cortos, tantas perchas que era imposible contarlas, y había juguetes y comederos por todas partes. Un verdadero oasis. Se accedía al aviario desde la casa a través de dos puertas francesas antiguas y enormes. Una amplia y cómoda zona de estar y una mesa de comedor para doce completaban el santuario de Marilyn y Tiki.

—No veo a nadie, ¿y tú? —preguntó Emily.

Anthony observó el patio.

—No. ¿Por qué no vas a echar un vistazo al otro lado de la casa? Veo un sendero que lleva al estuario detrás de nosotros. Quizás esté paseando cerca del pantano.

—Espero que no haya detectores de movimiento en la propiedad.

Emily siguió por el sendero que bordeaba la parte trasera de la casa. Tras doblar la esquina, vio una puerta exterior que no había sido visible. Daba acceso directo a la casa sin pasar por el aviario. Se acercó y llamó. Al no obtener respuesta, volvió a llamar mientras miraba por la ventana.

—¡Oh! —exclamó Emily con voz entrecortada ante la escena que se desarrollaba en el interior. En ese mismo instante, Anthony empezó a gritar desde la arboleda que bordeaba la propiedad.

—¡Em, ayuda! ¡Em!

Nunca había oído tanta alarma y urgencia en su voz, así que echó a correr.

—¡Ya voy! ¡Ya voy!

Anthony salió de detrás de una palmera. Su rostro estaba paralizado por el miedo. Al acercarse Emily, notó que le temblaban las manos.

—¿Estás bien? —Emily se acercó a él y luego lo rodeó para comprobar si tenía alguna lesión.

—Estoy bien —dijo, aunque su voz no sonaba nada bien. Anthony señaló una hilera de palmeras cercana.

—No puedo decir lo mismo de él.

Emily solo tuvo que alejarse un poco del sendero para ver el cuerpo. Corrió hacia la figura sin vida, preparada para prestarle primeros auxilios.

—Ya le tomé el pulso —dijo Anthony—. Estoy casi seguro de que está muerto.

Emily habría comenzado la reanimación cardiopulmonar, pero eso no cambiaría el resultado. Ambos se quedaron allí, mirando el cuerpo de alguien a quien no reconocían. El hombre parecía tener unos treinta años, tenía el pelo castaño largo y vestía pantalones de mezclilla sucios y botas vaqueras. Era difícil apartar la mirada de su rasgo más característico: una herida gigantesca en un lado de la cabeza. Tenía la mitad del cráneo destrozado.

Emily miró por encima del hombro hacia el denso estuario.

—Esta jungla me está volviendo loca. ¿Viste a alguien más?

Los ojos de Anthony recorrieron la propiedad de un lado a otro antes de responder:

—No. Vayamos a la parte trasera de la casa y llamemos a la policía.

Por desgracia, no era la primera vez que Emily se topaba con la escena de un crimen. Le temblaban las manos al sacar el teléfono del bolsillo. Sabía a quién llamar.

CAPÍTULO TRES

—Vamos, Duncan. Contesta. —Emily paseaba por el jardín trasero de Marilyn.

Su hermano contestó al segundo timbre.

—Hola, Em. ¿Qué pasa?

—Necesitamos tu ayuda. Estoy con Anthony y no sabíamos si debíamos llamar al 911 o si tú podías encargarte.

—¿Estás bien? —preguntó Duncan, su tono pasó de ser un hermano jovial a un oficial de policía serio.

—Estamos bien. Estoy en casa de un cliente y acabamos de encontrar un cadáver. Estoy casi segura de que fue asesinado.

—¡Qué! ¿Otra vez? —preguntó Duncan.

No hace mucho, la vida de Emily y Anthony se vio envuelta en la investigación del asesinato de su profesora de piano de la infancia, la señora Eliza Klein. Emily recibió resistencia de su hermano, el Ayudante del Alguacil Duncan Benton, y de su compañero, el Detective Mike Lane, mientras investigaba el caso por su cuenta, a pesar de que su contribución había sido esencial para resolver el crimen.

—Sí, otra vez. Pero no es nuestro cliente. No tengo ni idea de quién es.

—¿Dónde estás? —preguntó.

Emily le dio la dirección y Duncan confirmó que estaba dentro de su jurisdicción.

—Voy a mandar una patrulla y un paramédico, y llego allí lo antes posible. No toquen nada.

Emily y Anthony habían visto suficientes series de detectives como para saber que no debían perturbar la escena del crimen.

Considerado una necesidad dadas las circunstancias, tocaron el cuerpo para comprobar el pulso, pero eso fue todo.

—Em, hay que sentarnos. —Anthony señaló una zona de asientos más cerca del aviario—. No me siento muy bien.

Aunque Anthony había participado en la investigación del asesinato de la señora Klein, nunca había visto un cadáver, al menos no uno humano. La experiencia directa de Emily en ese departamento la ayudó a comprender la conmoción y el trauma resultantes. Anthony la había ayudado a procesar la avalancha de emociones tras encontrar el cuerpo de la señora Klein, y necesitaba estar ahí para él esta vez. Lo tomó de la mano y lo condujo al asiento.

Anthony medía un metro noventa y cinco, y si se desmayaba, a Emily le sería imposible sostener su robusta figura. Se apresuró a sentarlo, justo a tiempo. Su rostro amable y atractivo se había vuelto gris y demacrado. A los pocos minutos, recuperó el color y su respiración se calmó.

Después de lo que pareció una eternidad, Emily oyó sirenas acercándose a la casa.

—Anthony, quédate aquí. Voy a buscarlos.

Él no protestó.

—Gracias, Em. Todavía me tiemblan las piernas.

Le dio una palmadita en el hombro antes de correr hacia el jardín delantero.

La policía y la ambulancia llegaron juntas. Emily les indicó que la siguieran, guiándolos hasta el pantano y el cuerpo. El policía le pidió amablemente que se alejara, así que regresó al banco donde ella y Anthony esperaban a Duncan.

Cuando el Ayudante del Alguacil Duncan Benton entró en el patio trasero, cualquiera en la escena habría supuesto que él y Emily eran parientes. Su cabello era más castaño rojizo que pelirrojo, pero la diferencia era superficial. Le hizo un gesto a Emily para que fuera enseguida y luego habló con los paramédicos. Desapareció en el pantano durante unos minutos antes de ordenar al oficial que acordonara la zona con cinta policial. Girándose hacia

Emily y Anthony, dejó caer los hombros, suspiró profundamente y se dirigió a su zona de asientos, sentándose frente al banco.

—¿Seguros que están bien? —preguntó. Anthony asintió, pero no fue muy convincente. Todavía parecía mareado y le temblaban ligeramente las manos—. Respira hondo un par de veces y luego cuéntamelo todo.

Emily tomó la iniciativa para darle a Anthony más tiempo para ordenar sus pensamientos. Le contó a su hermano todo sobre Marilyn, Tiki, el tesoro y el motivo por el que habían ido a su casa.

—Tienes que ver esto —dijo Emily, haciéndole un gesto a Duncan y Anthony para que la siguieran hasta la puerta trasera.

Anthony se tambaleó al ponerse de pie, lo que provocó que Duncan y Emily intentaran agarrarlo de los brazos para sostenerlo antes de que él los rechazara. Respiró hondo, juntó las manos y meneó los hombros.

—Ya estoy bien —dijo Anthony, antes de guiarlos por el jardín hacia la puerta trasera. Emily y Duncan se miraron y se apresuraron a alcanzarlo.

—Estaba buscando a Marilyn o a alguien más en casa. Fue entonces cuando Anthony encontró el cuerpo. —Emily señaló por la ventana de la puerta—. No se ve bien.

La sala parecía ser escenario de un altercado: una mesa auxiliar volcada, un sofá torcido, cojines desparramados y pedazos de una lámpara rota esparcidos por el suelo. Un gran jarrón con flores marchitas yacía de lado, dejando una mancha de humedad en la alfombra. Duncan intentó abrir el pomo, pero estaba cerrado con llave. Llamó con autoridad, pero nadie respondió.

—Voy a dar una vuelta rápida por la casa. ¿Pueden esperarme en el banco? —preguntó. Emily y Anthony accedieron y regresaron a su zona segura.

Cuando Duncan regresó, estaba terminando una llamada.

—De acuerdo, Mike. Nos vemos pronto. —Colgó el teléfono.

—¿Era el Detective Lane? —preguntó Anthony antes de mirar a Emily.

—Sí, está consiguiendo una orden de cateo para entrar a la casa y va a estar aquí en breve.

Anthony se inclinó y susurró:

—Espero que no sea demasiado incómodo, Em.

Emily llevaba unos meses saliendo con el Detective Mike Lane, pero ahora mismo se encontraban en una situación extraña, y no estaba segura de sí su relación iba bien o mal. Ambos tenían carreras exigentes que dificultaban coordinar sus agendas. Emily se había enamorado perdidamente de Mike, pero no estaba segura de si esos sentimientos eran recíprocos.

—Para nada. Me alegra que venga —dijo ella, intentando sonar valiente. Anthony le tomó la mano en señal de solidaridad.

—No entiendo por qué necesitas una orden de cateo —dijo Anthony—. Hay un cadáver, y obviamente algo malo pasó dentro de la casa. ¿No puedes simplemente tirar la puerta abajo?

—Bueno, sí viera a alguien herido en la casa, lo haría, pero como entramos al jardín trasero sin autorización, es una zona gris. La búsqueda debe ser legal, según las normas. Mike va a llegar pronto.

—Estoy preocupada por Marilyn —dijo Emily—. No cumplió con su hora de recogida y no podemos comunicarnos con ella.

Estaban tan absortos con la visión del cadáver que habían olvidado el motivo original de su visita domiciliaria. Anthony y Emily se enfrentaron a dificultades para cuidar de Tiki, y ahora tenían que elaborar un plan a largo plazo.

El estómago de Anthony rugió tan fuerte que Emily lo oyó. La miró y se encogió de hombros.

—La verdad es que he perdido el apetito —dijo—. Pero tenemos que averiguar cuál es la dieta de Tiki. Duncan, ¿crees que podríamos buscar alguna comida especial para loros que podamos llevar al hospital?

—No puedo responder eso ahora. No hasta que registremos la casa y la propiedad —dijo.

—¿Te parece bien si esperamos? —preguntó Emily.

Antes de que Duncan respondiera, sintió un vuelco en el estómago. Sufría un ataque extremo de mariposas en el estómago. El Detective Mike Lane entró en el patio trasero, dejando clara su capacidad para robarle el aliento. Era alto y delgado, con una complexión atlética, fruto de toda una vida de deportes. Su cabello castaño y ondulado y sus ojos color avellana ni siquiera eran su rasgo más atractivo; esa era su sonrisa.

Habían pasado casi dos semanas desde su última cita, y a pesar de haber sido una noche maravillosa y romántica, no habían podido reconectar. Emily pensó que quizá estaba intentando calmarse. Se giró hacia Anthony y lo sorprendió mirándola con una sonrisa tonta.

—Te dije que todo va a estar bien. Solo habla con él, Em —dijo.

Ella respondió en voz baja:

—Si, pero esto es la escena de un crimen.

—No es precisamente el mejor lugar para hablar de relaciones —dijo Anthony encogiéndose de hombros—. Supongo.

—Hola, Em —la saludó Mike con una sonrisa tímida—. Hola, Anthony. ¿Estás bien?

Anthony respondió:

—Al principio me asusté, pero ahora estoy mejor.

Se giró hacia Emily y le dio un codazo sutil en las costillas para que le respondiera.

—Hola, Mike. Estamos bien, pero nos preocupa nuestra clienta, Marilyn Peña. ¿Puedes revisar adentro ahora?

Mike agitó la orden en la mano.

—Vamos —le dijo a Duncan.

Mientras caminaba hacia la entrada de la casa para reunirse con los técnicos de la escena del crimen, se giró para mirar a Emily por encima del hombro y sus miradas se cruzaron. Ella respiró hondo y sonrió.

Anthony, que no se perdió nada, dijo:

—Van a estar bien. Pero necesitan encontrar el equilibrio entre su vida laboral y personal.

Ella lo pensó y estuvo de acuerdo en que tenía que priorizar su vida amorosa antes de que él desapareciera.

—Nuestro gran proyecto nos deja a ambos sin energía —dijo, haciendo un gesto entre Anthony y ella misma.

—Pero pronto vamos a tomar un pequeño descanso. ¡Haz que suceda, Em!

Anthony ya tenía una relación más consolidada con su pareja, Marc, cuando su carga de trabajo se disparó. Su reciente mudanza a la casa de Marc consolidó su compromiso, lo que le facilitó a Anthony lidiar con las presiones laborales con la ayuda de una pareja que lo apoyaba. Emily y Mike aún estaban en las primeras etapas de su relación, y ella pensó que él podría haber malinterpretado el motivo de su ausencia. Quería llevar las cosas al siguiente nivel, pero en cambio, dieron un paso atrás. Anthony tenía razón. Ella y Mike necesitaban aclarar las cosas.

La actividad policial en casa de Marilyn alcanzó su punto álgido al ponerse el sol. El médico forense había llegado y se había ido, llevándose el cadáver. Duncan les informó que la casa estaba vacía. Se sintieron aliviados al descubrir que Marilyn no había sufrido la misma muerte, pero seguían sin tener más información sobre su paradero. Pasó otra hora mientras esperaban permiso para buscar la comida de Tiki.

El coro de sonidos que emanaba del dosel tropical adquirió un matiz musical cuando las ranas se unieron al constante canto de las cigarras. Emily y Anthony añadieron su propio ritmo de tambor a la mezcla mientras ahuyentaban la plaga de mosquitos y jejenes que los acosaban.

—Eh, los bichos se están poniendo intensos. ¿Quieres esperar en el carro? —preguntó Anthony.

—Claro —respondió mientras caminaban hacia la entrada—. Creo que nuestras posibilidades de entrar a casa de Marilyn son cada vez menores. Si Duncan o Mike no nos dejan entrar ahora, creo que deberíamos irnos a casa.

—Tenemos suficiente comida para otro día y puedo conseguir la dieta de Tiki mañana. Agradezco que Marilyn nos haya dejado los detalles cuando lo dejó —Anthony hizo una pausa—. ¿Y si creía que estaba en peligro? Quizá por eso dejó a Tiki con nosotros, para protegerlo.

—No lo sé. Quizás. —Antes de que Emily especulara sobre qué le habría pasado a Marilyn, Duncan salió de la casa.

—Lamento que hayas esperado tanto. Pasarán algunas horas más antes de que terminemos de procesar su casa.

—Lo entendemos —respondió Emily—. ¿Te parece bien que nos vayamos a casa?

—Nos están devorando vivos aquí afuera.

—Claro. Puedo recibir sus declaraciones mañana.

—¿Qué pasó en la casa? —preguntó Anthony—. ¿Fue peor que lo que vimos por la ventana?

—Lo siento. No puedo responder a eso. Es una escena del crimen activa.

Emily oyó a Anthony inhalar y, cuando se giró para evaluar su reacción, parecía contener la respiración. La negativa de Duncan a compartir información relevante no era bien recibida. La última vez que Emily y Anthony se vieron involucrados en una investigación de asesinato, la tensión entre los hermanos Benton provocó fricciones familiares. Nadie quería que eso volviera a ocurrir, especialmente Anthony. Esperaban que Marilyn reapareciera sana y salva.

—Vamos, Em —dijo Anthony, instándolos a acercarse al carro—. Le voy a preguntar a Marc si puede recogerme en tu casa.

—De acuerdo. Puedo llevarte al trabajo mañana —dijo ella. Él se llevó la mano a la frente y negó con la cabeza.

—No puedo creer que esto haya sucedido otra vez.

Emily estuvo de acuerdo. Fue un Déjà Vu. Por segunda vez, se vieron responsables de la querida mascota de una clienta tras tropezarse con una escena del crimen. Emily había llevado a casa al pequeño Terrier de la señora Klein, Elvis, un inocente espectador, lo que provocó que la vida de ella y de Anthony se viera entrelazada en una investigación por asesinato. El único resultado positivo de tan trágico acontecimiento fue que Duncan y su esposa, Jane, adoptaron a Elvis en su familia.

Regresaron en silencio a la cabaña de playa de Emily, salvo por el ruido de sus estómagos. Ya era hora de cenar.

Encontrar un cadáver solo podía describirse como un evento traumático, pero esta vez había sido menos personal. Conocían a la señora Klein desde niños. Había sido su profesora de piano, líder comunitaria y mentora en el refugio de animales y el grupo de rescate de tortugas. Era más fácil distanciarse del crimen cuando la víctima era un desconocido, pero eso no cambiaba el hecho de que alguien extrañaría a su ser querido.

Marc le envió un mensaje de texto a Anthony para avisarle que llegaría pronto y que les había traído la cena.

—Es el mejor.

Emily se giró hacia Anthony y sonrió. Le encantaba verlo tan feliz y tranquilo. ¿Era un sueño realista tener esa misma conexión con Mike?

CAPÍTULO CUATRO

Cuando Emily llegó a la entrada, Marc estaba de pie junto a su carro con una bolsa grande llena de burritos, salsa, papas fritas y vasos gigantes de té dulce helado, lo que lo convirtió en un héroe instantáneo. Al entrar en la cabaña, Bella los recibió con maullidos exigentes, claramente desaprobando la cena tardía. Primero la calmaron, y luego llevaron la comida a la mesa del comedor exterior. Entre bocado y bocado, Emily y Anthony se turnaron para contarle a Marc la secuencia de eventos que llevaron al hallazgo del cuerpo.

—¿Sabe la policía qué pasó? —preguntó Marc.

No hacía mucho, había visto cómo las vidas de Anthony y Emily cambiaban drásticamente tras verse envueltos en su primer caso de asesinato. Su expresión tensa dejaba claro que le preocupaba que la historia se repitiera.

—No lo creo —dijo Emily—. Todavía están reuniendo pruebas en casa de Marilyn.

Marc tomó unos bocados de salsa y papas fritas del plato de Anthony antes de decir:

—Supongo que no lo viste esta noche, pero el canal de televisión local informó sobre la búsqueda del tesoro. Parece que encontraron otra pista del tesoro de Tiki en el Santuario de Vida Silvestre Salva Nuestras Aves Marinas en Sarasota.

—Creo que la veterinaria aviar de allí me llevaba unos años de ventaja en la universidad —dijo Emily—. Leí sobre ella en nuestro boletín de exalumnos.

—Entrevistaron al Director para la historia. Parece que hoy batieron un récord de donaciones —dijo Marc.

Anthony sonrió.

—Estoy seguro de que ese fue el plan de Marilyn desde el principio: atraer gente, prensa y concienciar a estos centros de vida silvestre en dificultades. Lo comprobé, y hasta ahora, todos los lugares de la búsqueda del tesoro son organizaciones sin fines de lucro, siempre con necesidad de fondos. La mayoría trabaja con voluntarios, pero es caro cuidar a todas las aves y animales. Algunos se dedican al rescate, la rehabilitación y la liberación, pero también ofrecen hogares permanentes a loros y aves marinas que no pueden regresar a su hábitat natural.

El teléfono de Emily vibró, avisándole de un mensaje.

—Es Mike. Va a pasar por aquí en una hora.

Se sentía ansiosa y emocionada al mismo tiempo ante la perspectiva de volver a verlo.

—Sí. —Anthony chocó el puño con Marc—. Deberías haberlos visto esta noche; era como ver a unos estudiantes de secundaria nerviosos en el gran baile.

—¡Ya basta! —rio Emily—. No sé por qué fue tan incómodo.

—Claro que sí —respondió Anthony—. Es porque te gusta mucho. Necesitan hablar. Nos vamos a quedar hasta que llegue, pero luego estas sola.

—Gracias, chicos —dijo antes de levantarse—. Siéntanse como en casa. Voy a refrescarme.

Emily se dio un baño a toda prisa, con la mente moviéndose a toda velocidad. ¿Venía Mike a recoger su declaración oficial para el expediente policial o por motivos más personales? Su atuendo habitual para después del trabajo incluía ropa cómoda, pero optó por un vestido veraniego informal color verde azulado e incluso se maquilló el rostro y los labios.

Emily ansiaba ver a Mike, pero no estaba segura de qué decirle. Ensayó algunas líneas iniciales antes de reunirse con Anthony y Marc en la terraza.

—Toma, Em —Anthony le dio una copa de vino—. Encontré una botella abierta en tu refrigerador. Pensé que ambos necesitábamos una copa después de la noche que pasamos.

—Gracias. —Emily dio un sorbo mientras contemplaba el océano—. ¡Qué noche tan preciosa!

El sol se había puesto, tiñendo el cielo de tonos azules y morados. Emily inhaló profundamente antes de volver a sus amigos, que estaban sentados juntos viendo un video en el teléfono de Marc.

—¿Qué están mirando?

—Le estoy mostrando a Anthony el video del noticiero local sobre la búsqueda del tesoro de Marilyn.

Marc le entregó su teléfono a Emily y presiono en reproducir. Ella vio la breve transmisión, sorprendida por el revuelo en torno a la última pista de Tiki.

—Parece que la emoción va en aumento. Vi un video de la semana pasada donde la pista de Tiki era la palabra «Maravilla», y eso llevó a los buscadores de tesoros a Jardines Maravilla de los Everglades en Bonita Springs. También tuvieron un día récord de visitantes, y parece que hoy acudió aún más gente —dijo Anthony.

—¿Los videos de Tiki siempre se publican el mismo día de la semana? —preguntó Emily.

Anthony buscó la respuesta en su propio teléfono.

—Sí, Marilyn siempre publica la pista del tesoro de Tiki los lunes.

—Estoy confundido —dijo Marc—. Entonces, Tiki da la pista sobre adónde ir, y luego hay un mensaje escondido en ese lugar.

—Sí, cada lugar tiene una pista física escondida en algún lugar del terreno. Todas las pistas juntas conducen a la ubicación final del tesoro —dijo Anthony—. Hay mucho dinero en juego.

Se quedaron pensando unos minutos. Anthony y Emily estaban más preocupados que nunca por Marilyn. ¿Esta búsqueda del tesoro habría traído a alguien peligroso a su vida? Esperaban que no, pero hasta que regresara, Tiki era su responsabilidad.

—¡Emily! —llamó Mike desde la puerta principal.

Ella se sentó derecha y se pasó los dedos por el cabello.

—¡Estamos aquí afuera!

Mike se unió a ellos en la terraza. Emily lo encontró tan guapo como siempre.

—Hola Anthony. Hola Marc. No quería interrumpir.

—Para nada —dijo Anthony—. Ya nos íbamos.

Dejó su copa de vino medio vacía en la mesa y se levantó, indicándole a Marc con las cejas que era hora de irse.

—A menos que necesites hacerme preguntas sobre Marilyn y el cadáver.

—Duncan planea tomar tus declaraciones mañana. Estoy aquí por una llamada de cortesía. Solo quiero asegurarme de que estás bien, Em. Y tú también, Anthony. —Se sentó junto a Emily antes de entregarles una bolsa—. Encontré esto en el armario de la casa y pensé que podría ayudar con el loro.

Anthony tomó la bolsa y miró dentro.

—Perfecto. Esta es la comida especial en gránulos de Tiki. El resto de su dieta consiste en frutas, verduras, cereales y algunas semillas, que puedo conseguirle. Gracias, Mike. Esto me ayuda muchísimo. Em, mañana vuelvo a entrar temprano y Marc me dijo que puede dejarme de pasada de camino al trabajo.

Anthony y Marc se dirigieron a la puerta principal, y entonces Anthony se giró para mirar a Emily.

—Hemos pasado por muchas cosas hoy, pero estoy preocupado por Tiki. ¿Y si Marilyn no aparece pronto?

—Podemos con lo que pase. Siempre lo hemos hecho.

Le dio un abrazo tranquilizador. En el fondo, comprendía que planificar el cuidado de Tiki a largo plazo no iba a ser una tarea fácil.

Hubo un momento incómodo después de que Marc y Anthony se fueran, cuando ni Emily ni Mike dijeron una sola palabra. Entonces, los dos empezaron a hablar al mismo tiempo, y ambos rompieron a reír, aliviando la tensión.

—Me alegré de verte hoy, aunque fuera en la escena de un crimen —dijo Emily.

Mike se inclinó para darle un beso largo y prolongado. En un instante, acortaron la distancia que los separaba. El beso de Mike no dejó ninguna duda en la mente de Emily sobre su posición en la relación.

—Ambos estamos abrumados. Lo entiendo, pero no me gusta —dijo Mike.

—Mi agenda lo ha estado complicando. —Emily respiró hondo antes de continuar—. Pero, para ser sincera, me preguntaba si intentabas bajar el ritmo entre nosotros.

Mike se rió y negó con la cabeza.

—Pensé que eras tu quien quería bajar el ritmo. —La besó de nuevo. Era obvio que ninguno de los dos tenía interés en bajar el ritmo de su relación. —Comprometámonos a dedicar tiempo para estar juntos.

—Prefiero tener planes, aunque tengamos que reprogramarlos cuando surja algo. Es mejor que pasar semanas sin verte.

Emily lo jaló junto a ella en el sillón, y sus brazos musculosos la envolvieron en un abrazo.

Se quedaron en la terraza hasta que la luna ya estaba alta. Bella anunció la hora cuando se acostó sola, acomodándose en su almohada. Mike captó la indirecta de Bella y se comprometió a llamar mañana para hablar de los planes para el fin de semana. Después de dos semanas de ausencia, Emily no quería esperar tres días más para verlo.

Mike estaría ocupado con la investigación tras el macabro descubrimiento en casa de Marilyn, y ella necesitaba la semana para ultimar los detalles del cuidado de Tiki. Esperaba que Marilyn reapareciera para que no fuera necesario que ella y Anthony pusieran en marcha un plan.

La Oficina del Alguacil de Coral Shores tenía ahora la tarea de encontrar a Marilyn, liberando así a Anthony y Emily de esa carga. Mike y Duncan eran excelentes en su trabajo, pero Emily confiaba en su instinto. Su participación provocó un conflicto con su hermano durante la investigación del asesinato de la señora Klein, pero también había ayudado a resolver el caso. Las circunstancias podrían ser diferentes esta vez, y tenía muchas preguntas sin respuesta. ¿Tenía Marilyn otros familiares en la zona? ¿Alguien había denunciado su desaparición? Los noticieros locales presentaban regularmente la historia sobre Marilyn y Tiki. Todos sus seguidores de Flix se darían cuenta si no publicaban el lunes, lo que haría imposible mantener el secreto por mucho tiempo.

CAPÍTULO CINCO

Emily y Anthony se sintieron aliviados al encontrar a Tiki acicalándose las plumas tranquilamente cuando llegaron al hospital.

—Buenos días. Buenos días. Momo, ¿quieres un té?

—Buenos días, Tiki Lulu —respondieron al unísono. Emily abrió las persianas y pasó los siguientes minutos charlando con la locuaz ave.

—Sigo sin mensajes de Marilyn.

Anthony revisó el teléfono y el correo electrónico del hospital antes de limpiar y reabastecer la jaula de Tiki. La dotación para pájaros que Marilyn le había proporcionado estaba agotándose, así que empezó a hacer la lista de las compras.

A Emily le fascinó ver a Tiki comer delicadamente una rodaja de plátano.

—Debe estar extrañando su rutina matutina con Marilyn —reflexionó Emily. En el poco tiempo que había visto a Marilyn y a Tiki juntos, era evidente cuánto se amaban, y le entristecía pensar en ellos separados—. Le voy a escribir a Duncan para ver si hay alguna pista nueva y si viene hoy al hospital o quiere vernos después del trabajo.

—Estoy seguro de que están revisando todas sus tarjetas de crédito y hablando con amigos y familiares. Si la desaparición de Marilyn se convierte en un caso oficial de persona desaparecida, la policía puede hacerlo público —dijo Anthony.

—Hay tanto dinero en juego con esta búsqueda del tesoro que podría atraer a tipos poco confiables en busca de una ganancia fácil. Supongo que la policía ya sabe quién es la víctima del asesinato, pero no hubo nada al respecto en las noticias esta mañana.

Emily y Anthony no necesitaron decirlo en voz alta; ambos estaban preocupados por la seguridad de Marilyn.

A pesar de la nube oscura que los envolvía, el hospital les brindó una amplia distracción de sus preocupaciones. Jax, uno de los pacientes favoritos de Emily, era la primera cita del día. Emily estaba junto a la recepción hablando con Abigail cuando el Boyero de Berna de diez meses entró corriendo al vestíbulo, arrastrando a su dueña, la señorita Gallant.

—Buenos días. A Jax le encanta ir al veterinaria. —Su dueña contuvo el aliento—. Como puedes ver, se siente mucho mejor.

Abigail rodeó su escritorio para saludarlos a ambos. Jax meneó la cola con tanta fuerza que todo su trasero rebotó contra el suelo.

—Qué buen chico —dijo, acariciándole la cabeza.

—Hola, señorita Gallant. Ya estamos listos para las radiografías de Jax. Regreso con él en unos minutos y luego podemos revisar su plan de tratamiento.

Emily tomó la correa del cachorro gigante y lo condujo a la zona de tratamiento. Se detuvo a olerlo todo por el camino, así que tardó un minuto.

Anthony y la técnica, Catrinna, estaban listos y con sus trajes de protección.

—Saqué sus últimas radiografías para compararlas. Regresamos en un rato —dijo Anthony. Jax los siguió alegremente al cuarto oscuro.

Su cojera comenzó hace un mes, primero en la pata delantera izquierda y luego en la derecha. Un examen detallado y radiografías confirmaron su diagnóstico: panosteítis. Una afección dolorosa causada por dolores de crecimiento en perros jóvenes de razas grandes. Tras ajustar la dieta de Jax, recetarle analgésicos antiinflamatorios y pedirle a la señorita Gallant que dejara descansar al activo cachorro, parecía haber mejorado. De hecho, las últimas radiografías parecían mucho mejor.

Jax guió a Emily a través del hospital para reunirse con su dueña, que lo esperaba en la sala de exámenes.

—Entonces, Dra. Benton. ¿Cómo le fue?

—Es un paciente maravilloso. Catrinna dijo que, con solo frotarle las orejas, se quedó quieto para las radiografías. Mira, déjame mostrarte las imágenes.

Emily giró la pantalla de la computadora para que la señorita Gallant las viera.

—Le tomamos la radiografía de la izquierda cuando lo trajeron por su cojera, y la de la derecha es de hoy. —Emily señaló las imágenes para resaltar las diferencias—. Esta zona del hueso, antes inflamada, ahora parece normal.

La señorita Gallant se llevó una mano al pecho y exhaló.

—Esa es la mejor noticia. Ha sido difícil mantenerlo tranquilo; está lleno de energía. ¿Significa esto que puede volver a jugar?

—Empecemos por aumentar sus paseos con correa durante la próxima semana. Si no hay signos de recaída ni dolor, podrá retomar sus actividades normales. Le he reabastecido algunas dosis de analgésicos para tenerlos a mano por si cojea. Si algo cambia, avísanos.

—Lo voy a hacer. —Jax se puso de pie sobre sus patas traseras, con las delanteras sobre la mesa de exploración, y se inclinó para besar la mano de Emily. Quería ser parte de la celebración—. Volvemos pronto para su chequeo de rutina.

Cuando Emily regresó a su oficina, Anthony la estaba esperando.

—Tenemos unos minutos antes de la próxima cita. Hay que hacer un plan para Tiki.

—De acuerdo. Veo que has empezado a hacer la lista de las compras.

—Sí, voy al supermercado a la hora del almuerzo. Deberían tener todo lo que necesitamos. Agradezco que Mike haya traído la comida especial de Tiki anoche, ya que son más difíciles de encontrar. Hablando de Mike.

Emily sonrió.

—Sabía que lo iban a solucionar —dijo.

—Solo hablamos un poco sobre nuestra pausa en las citas, pero las cosas parecen haber vuelto a la normalidad.

—Me alegro, Em.

—En fin, volviendo a Tiki. ¿Cuál es el plan para cuidarlo?

—He estado pensando mucho en eso. Ahora mismo está tranquilo y contento. Ponerlo en una jaula grande para perro le daría más espacio, pero creo que es más feliz conmigo en la oficina. Pasamos el día platicando, y cuando estoy ocupado, le pongo Animal Planet o Discovery Channel. Parece que le gusta.

—Podemos ir decidiendo día con día, pero si Marilyn no vuelve, vamos a tener que buscarle un espacio más amplio a Tiki. Aunque hubiera alguien que lo cuidara, no puede volver a casa porque sigue siendo una escena del crimen —dijo Emily, mirando su teléfono—. Aún nada de Duncan.

Anthony asintió.

—Avísame si sabes algo. Voy al súper. Catrinna se va a quedar con Tiki hasta que regrese.

.   .   .

Se le revolvió el estómago al realizar la llamada.

—Hola, Em. Disculpa que no te haya contestado, pero no tengo noticias de la señora Peña.

—¿Quieres decir que no sabes dónde está o que no puedes compartir ninguna noticia conmigo?

—No sabemos dónde está. Tenemos algunas pistas y te voy a avisar cuando tenga algo que compartir.

—¿Y la identidad del muerto? No lo mencionaron en las noticias de la mañana.

—Tenemos que contactar a los familiares más cercanos antes de poder anunciarlo al público.

A Emily le frustraba seguir un camino que ya conocía, con Duncan negándose a compartir detalles sobre el estado de la investigación. Como hermanos, eran muy unidos. Siempre lo habían sido. Su padre murió cuando eran pequeños, así que solo habían sido ellos tres desde que ella tenía memoria. Tras el fallecimiento de su mamá, se unieron más que nunca. Así que sabía que él le ocultaba algo.

—¿Entiendes lo que implica el cuidado de un loro gris africano? —Duncan no respondió, así que ella continuó—. Es mucho. Está en una pequeña jaula de viaje ahora mismo, pero no puede quedarse ahí para siempre. Voy a tener que encontrarle un santuario o una casa de acogida. Repito, no es tarea fácil. ¿No puedes compartir algo, lo que sea, para ayudarme a planificar?

—Lo siento, no. Me tengo que ir. ¿Puedo reunirme con Anthony y contigo después del trabajo para leerles sus declaraciones?

No tenía sentido presionar ahora. Emily esperaría hasta poder mirar a su hermano a los ojos. Sería más fácil saber si estaba siendo evasivo cuando estuvieran cara a cara.

—De acuerdo. Lo confirmo con Anthony. Vamos a estar en mi casa a las siete.

Con la ayuda de Catrinna, Emily cumplió con una serie de citas rutinarias. Mientras terminaban un examen de fin de curso de un dulce gato Carey llamado Pétalo, Anthony regresó con los brazos cargados de bolsas de la compra. Tenía suficientes provisiones para abastecer un barco para una travesía oceánica.

—No sabía cuánto comprar. —Anthony se encogió de hombros y sonrió al ver sus caras de sorpresa—. Créanlo o no, me ceñí a la lista. Su dieta es muy variada, y no puedo comprar solo un trocito de papaya. Me voy a llevar todo a casa esta noche para limpiar y dividir la comida en porciones y así poder traer raciones frescas cada día.

—¿Qué haría sin tu destreza con los loros? Apenas recuerdo la semana que pasé con las aves en la facultad de veterinaria —dijo Emily.

Anthony hizo una reverencia, aceptando sus elogios antes de dejar sus bolsas en el mostrador.

—¿Alguna noticia de Duncan?

—No, pero creo que sabe más de lo que dice. Pidió vernos después del trabajo para tomar nuestras declaraciones.

—Marc tiene una reunión con un cliente esta noche, así que estoy libre.

—Genial. Le aviso.

Catrinna ayudó a Anthony a descargar los alimentos perecederos de Tiki en el refrigerador del personal antes de que cada uno volviera a sus tareas de gestión de un hospital veterinario. Emily tenía que interpretar los resultados de los análisis de sangre y comunicárselos a sus clientes. Anthony se encargó de la programación del personal, dejando a Catrinna a cargo de los tratamientos de los pacientes hospitalizados y de preparar las muestras de laboratorio para su recogida. Cuando Emily y Anthony finalmente se reunieron para intercambiar ideas sobre la agenda de una próxima reunión de personal, Abigail llamó por el intercomunicador.

—Dra. Benton. Hay un caballero aquí para recoger a Tiki. ¿Qué le digo?

Emily y Anthony se miraron boquiabiertos.

—¿Quién más sabe que Tiki está aquí? —preguntó Anthony—. ¿Habló Duncan con algún familiar hoy?

—No lo sé, pero estoy segura de que me lo habría dicho si lo supiera.

—¿Qué debemos hacer?

Emily tamborileó con el dedo sobre el escritorio, pensando.

—Abigail, por favor, pon al caballero en la habitación uno. Vamos en un minuto. —Se giró hacia Anthony—. Veamos qué tiene que decir.

—Em, no le voy a entregar a Tiki a nadie a menos que me lo pida Marilyn.

—Estoy de acuerdo. Solo sígueme la corriente.

CAPÍTULO SEIS

Anthony y Emily entraron a la sala de reconocimiento y se presentaron. Anthony apretó la mandíbula y se cruzó de brazos. Era un osito de peluche por dentro, pero el desconocido que estaba frente a ellos no lo sabía.

El hombre tragó saliva con dificultad.

—Me llamo Chad Peña. Marilyn es mi tía y me pidió que le recogiera a Tiki.

Emily y Anthony intercambiaron una mirada, comunicando su desconfianza.

—Señor Peña, por favor, muéstranos alguna identificación —pidió Emily.

El hombre dudó un momento y les entregó su cartera. Ella memorizó la dirección antes de pasársela a Anthony.

—Tenemos una política hospitalaria estricta. No podemos entregarle una mascota a nadie sin la aprobación previa del dueño. Tu tía no te agregó a su lista. ¿Puedo preguntar cómo supiste que Tiki estaba aquí?

Su cara se puso roja al cambiar de postura.

—Mi tía me envió un mensaje pidiéndome que recogiera a Tiki.

Anthony dejó entrever su enojo cuando preguntó:

—¿Sabes que la policía está buscando a tu tía y que su casa está siendo tratada actualmente como escena del crimen?

—No sé de qué hablas. Me envió el mensaje esta mañana.

—¿Te importaría mostrárnoslo? —preguntó Emily.

—Eh, no. Lo borré. Oye, esto es asunto mío. No necesito enseñarte nada.

—De hecho, sí —dijo Anthony, dando un paso al frente. El hombre retrocedió un paso—. Lo siento, pero no podemos entregarte a Tiki sin el consentimiento de Marilyn. Puedes dejarnos tu información de contacto por si acaso algo cambia.

Al devolverle la cartera, el hombre se la arrebató de la mano antes de darse la vuelta para irse apresuradamente. Emily tomó su teléfono para anotar su dirección antes de olvidarla.

—¡Qué demonios, Em! Tengo un mal presentimiento sobre esto.

—Yo también. Le voy a enviar sus datos a Duncan. Quizás pueda localizar a este tipo antes de que nos veamos esta noche.

Emily añadió algunos detalles útiles. El nombre completo del sobrino era Chad Michael Peña Tercero. Parecía normal en todos los sentidos, incluyendo la altura y la complexión. De unos veintitantos años, tenía el pelo castaño claro, ojos cafés y la cara estrecha. A Emily le pareció que parecía una comadreja, y cuando hablaba, se quejaba. Una comadreja quejosa.

. . .

Después de que el hospital cerró y el personal se fue a casa, Emily y Anthony revisaron a Tiki Lulu por última vez. Encaramado en su poste más alto, se sostenía sobre una pata con la otra pegada al cuerpo. Metió la cabeza entre las plumas, indicando que era hora de dormir. Su capacidad para sujetar los dedos de las patas alrededor del poste y dormir de pie era otro milagro de la naturaleza. Emily sonrió. Gracias a los conocimientos y la experiencia de Anthony, se sentía más segura de cuidar a este famoso loro.

Una vez que Tiki se instaló para pasar la noche, salieron de puntillas de la oficina. Su espacio pequeño y reducido los preocupaba después de ver el lujoso aviario en casa de Marilyn. Estaba acostumbrado a tener mucha libertad de movimiento. Además, Tiki debía extrañar a su mejor amiga, Marilyn.

No queriendo llegar tarde a su reunión con Duncan, Anthony pidió una pizza para recoger en el camino.

. . .

Emily estaba absorta en sus pensamientos durante el viaje a casa, ajena a las hermosas vistas. Su cabaña se encontraba en una isla barrera, conectada a tierra firme por una viaducto que ofrecía vistas del Canal Intracostero que se extendía hasta las aguas azul verdosas del Golfo de México. Los lugareños que iban y venían en bicicleta de la playa se cruzaban con pescadores instalados a lo largo de las zonas de paseo del puente con sus sillas, hieleras portátiles y toldos, atentos pacientemente a las puntas de sus cañas para detectar cualquier movimiento. Todo parecía moverse a cámara lenta. El calor y la humedad de finales de verano alejaron a muchos turistas. Todo eso cambiaría después del Día de Acción de Gracias, cuando los turistas invernales comenzaron su migración anual hacia el sur, llenando todos los hoteles, tiendas y restaurantes locales.

Mientras Emily recogía su laptop y sus bolsos de trabajo, Anthony entró. Ella olió la pizza recién recogida en cuanto salió del carro. Trabajar en un hospital veterinario le dificultaba tomarse un buen descanso para comer. El ritmo acelerado del día la obligaba a botanear entre pacientes, lo que la dejaba muerta de hambre a la hora de cenar.

—Vamos a comer. Me moría de ganas de comerme un trozo en el camino —dijo Anthony.

Entraron por la puerta principal, buscando a Bella con la mirada. Dormida en su árbol para gatos favorito con vistas a la terraza, un rayo de sol se reflejaba en su pelo atigrado gris, brillante como si tuviera vetas plateadas.

—Bella —dijo Anthony.

Dejó la pizza en la cocina, pero volvió a rascarle la barbilla, su lugar preferido.

—La oigo ronronear desde aquí. —Emily repartió la cena en platos—. ¿Agua o vino? Lo siento, son mis únicas opciones.

—Agua por ahora. Puede que cambie de opinión según lo que diga Duncan.

Anthony llevó a Bella para que se reuniera con ellos afuera. Emily terminó su último bocado, respiró hondo y se desplomó en su adorado diván. Su mamá pasaba muchas horas en ese mismo diván durante sus tratamientos, y se había convertido en el lugar para que Emily recargara energías y se recuperara, tal como lo había hecho su mamá durante esos meses difíciles. El sonido de las olas al llegar a la orilla con brisas saladas que traían el aroma de flores tropicales era un poderoso elixir.

—Revisé las noticias locales y aún no hay noticias de nuestro cadáver. ¿No te parece extraño?

Ella asintió.

—Aunque no sepan su nombre, suelen reportar el delito. Sobre todo si necesitan la ayuda del público para identificarlo.

Bella levantó las orejas. Estaba alerta y se giró hacia la puerta principal.

—Duncan debe estar aquí —dijo Anthony.

Su hermano llamó una vez y luego entró, todavía uniformado y con su bolsa de trabajo en la mano.

—¡Estamos sentados afuera en la terraza! —le gritó.

—Quedan algunas porciones de pizza si tienes hambre.

—Gracias, estoy bien. Hola, Anthony. —Duncan se sentó a la mesa—. Sé que han tenido un día largo, así que gracias por recibirme tarde. No debería llevar mucho tiempo.

Emily y Anthony intercambiaron una mirada, ambos escépticos de que esta fuera una conversación rápida y superficial. También tenían preguntas. Duncan documentó todos los detalles, empezando por la cita de Marilyn y Tiki en el hospital, el hallazgo del cuerpo en su estuario y el intento de Chad Peña de llevarse a Tiki. Duncan guardó sus papeles en su bolso y se levantó para irse cuando Emily lo miró. Exhaló y volvió a sentarse.

—Bien. Primero lo primero. ¿Has podido localizar a Marilyn? —preguntó Emily.

—No, todavía no.

—No es sospechosa, ¿verdad? —preguntó Emily. Duncan negó con la cabeza.

—¿Es ella una persona desaparecida oficialmente? —preguntó Anthony.

—Así es.

—¿Tienes alguna pista hasta ahora? ¿Alguna actividad con tarjeta de crédito o información de amigos y familiares? ¿Alguna pista electrónica que puedas seguir?

Duncan no dijo nada.

—¿Está muerta? —Emily inhaló, luchando con todas sus fuerzas por controlar sus emociones.

—No —dijo Duncan rápidamente—. O sea, no lo sabemos. No puedo hablar de una investigación en curso. Ambos lo saben de primera mano.

—¿Recuerdas la última vez? —preguntó Emily—. Anthony y yo te ayudamos a resolver el asesinato de la señora Klein y demostramos que puedes confiar en nosotros con información confidencial. Estamos involucrados directamente de nuevo, te guste o no.

Duncan se giró para mirar el océano, jugueteando con el bolígrafo entre los dedos, claramente inseguro de cómo proceder.

—De acuerdo, pero ambos deben prometer mantener esto confidencial. —Asintieron y él continuó—: La víctima se llama Dylan Colt. Es un delincuente de poca monta con un largo historial de antecedentes. Principalmente fraude de cheques y robo, pero su última condena fue por agresión. Solo lleva unos meses fuera de prisión.

—¿Qué pasó en la casa de Marilyn? ¿Asesinaron a este tipo allí?

—Acabamos de recibir el ADN del laboratorio. Por la cantidad de sangre, concluimos que lo mataron en la sala. Quienquiera que haya arrastrado su cuerpo al pantano debió de esperar que un caimán se encargara de la evidencia.

Emily se estremeció al recordar esa escena.

—¿Qué hay de Marilyn? ¿Había sangre suya en la escena? ¿O alguna otra señal de forcejeo?

—Solo sangre de Colt, pero aún tenemos que procesar un montón de datos forenses de la casa.

Tenían buena suerte. Duncan parecía dispuesto a compartir, así que decidieron seguir.

—Entonces, ¿no hay pistas para encontrar a Marilyn? —preguntó Anthony de nuevo.

—No. Todos los carros registrados a su nombre en el condado siguen en su cochera, y no ha habido actividad bancaria ni con tarjetas de crédito. Encontramos su bolsa y cartera en la casa, pero faltan su teléfono y su computadora.

—¿Crees que alguien la secuestró por el tesoro? —especuló Anthony.

—La búsqueda del tesoro está complicando las cosas —admitió Duncan—. En teoría, el grupo de sospechosos incluye a todos los que buscan pistas del tesoro. Miles de personas.

Emily pensó en el papel que jugó su hospital en todo esto.

—Marilyn debió sospechar que algo estaba pasando cuando dejó a Tiki con nosotros. Su petición nos sorprendió ese día, ya que nunca lo dejó en el hospital, pero ahora me pregunto si intentaba mantenerlo a salvo.

—¿Y qué hay de su sobrino, Chad Tercero? —dijo Anthony con desdén—. Se comportó de forma muy extraña hoy cuando intentó sacar a Tiki del hospital. ¿Has hablado con él sobre la desaparición de su tía?

—No. Es su único pariente que vive en la zona y no lo hemos podido encontrar.

—Es imposible que Marilyn le haya enviado ese mensaje. Estaba mintiendo al cien por ciento —dijo Emily.

—Puede que tengas razón, pero tenemos que seguir las pruebas pieza por pieza. Encontrar a Marilyn es nuestra máxima prioridad —dijo Duncan, dejando claro quién estaba a cargo de la investigación.

La impaciencia de Emily era evidente. Su hermano era un excelente ayudante del alguacil, y con Mike a cargo del caso, estaba segura de que descubrirían qué le había pasado a Marilyn. Pero, con cada hora que pasaba, era difícil no pensar en lo peor. Marilyn sentía un profundo cariño por Tiki, y Emily creía que los contactaría si pudiera. Antes de expresar su confianza en las habilidades de Duncan, este recogió las llaves del carro y se dirigió a la puerta.

—Tengo que irme. Intento llegar a casa antes de que Mac y Ava se vayan a dormir —dijo Duncan—. Te llamo si hay algún cambio.

A Emily se le acabaron las preguntas.

—Gracias. Abraza a los niños de mi parte. ¿Sigue en pie lo del domingo?

—Ese es el plan. Buenas noches.

Duncan se dio la vuelta y salió por la puerta.

—No creo estar hecho para esto de los asesinatos. —Anthony fue a la cocina a servirles una generosa ración de vino a cada uno—. ¿Qué pasa el domingo?

—Los niños vienen con Elvis a jugar en la playa, y luego Jane y Duncan se van a unir a nosotros para cenar.

—Suena divertido. ¿Cómo está Elvis?

—Genial. Está tan feliz. Cuesta creer que solo hayan pasado unos meses desde que murió la señora Klein.

Elvis, un West Highland White Terrier casi de pura raza, con suave pelaje blanco, ojos café oscuro y una cola en forma de C, se sintió desconsolado cuando Emily lo encontró junto a su dueña, quien yacía muerta en el suelo de su cocina. Desde ese momento, Emily abogó por ambos, colocando a Elvis en su hogar definitivo con la familia de Duncan, con la aprobación de Sarah, la hija de la señora Klein, por supuesto.

Las alergias del esposo de Sarah le impidieron llevar a Elvis a su casa en California, pero su constante conexión con Emily, Anthony y la comunidad de Coral Shores le permitió visitarlo regularmente. El Terrier era un vínculo importante con los recuerdos que Sarah tenía de su mamá.

—Sarah debería regresar la próxima semana para la reunión de diseño con el arquitecto —dijo Anthony.

—Estoy muy emocionada. Esperar estos planos finales nos dio un descanso necesario del proyecto, pero estoy ansiosa por retomarlo.

—Yo también. Si te parece bien, quiero contarle a Sarah sobre nuestra participación en el caso de Marilyn y el cuidado de Tiki. Con tanto que hacer, quiero que entienda por qué hemos estado tan distraídos.

—Tienes razón. Debemos decírselo —dijo Emily—. Se va a dar cuenta de que algo anda mal si no estamos para ayudarla a planear la ceremonia.

La señora Klein dejó instrucciones específicas en su testamento para que su propiedad frente al mar se convirtiera en un centro de conservación de tortugas marinas. Fue mentora de Emily y Anthony cuando fueron voluntarios del Proyecto de Tortugas Coral Shores en la preparatoria. Las playas locales eran un importante sitio de anidación para las tortugas marinas en peligro de extinción, como la caguama y la verde. Los voluntarios monitoreaban los nidos para asegurar que las crías tuvieran la mayor probabilidad de regresar al océano. Sus esfuerzos contribuyeron al aumento de las poblaciones de tortugas en el Golfo de México y fueron un verdadero motivo de orgullo para la comunidad.

Sarah Klein nombró a Emily y Anthony codirectores del nuevo Centro de Conservación de Tortugas Marinas Eliza Klein. Los fondos del patrimonio, combinados con los vastos recursos financieros de Sarah, aseguraron que se convirtiera en un centro educativo de primer nivel. Las horas que dedicaban a la planificación del desarrollo eran agotadoras y una de las razones por las que a Emily le costaba encontrar tiempo para estar con Mike. Le torturaba tener que rechazar repetidamente sus ofertas de una cita romántica. Él decía que lo entendía e incluso se ofreció a ayudar con el proyecto, pero esto provocó que su relación se estancara justo cuando la cosa se ponía interesante.

—Cambiando de tema, Mike y yo vamos a tener una cita el sábado por la noche —dijo Emily, intentando parecer indiferente.

Anthony dejó su copa de vino en la mesa de centro y levantó la mano, invitando a Emily a chocarle los cinco.

—¡Que chido, Em! —dijo, sujetándole el brazo hasta que ella las chocó con él—. Me estaban estresando con su energía tan rara. Me alegro por ustedes.

Emily asintió y sonrió.

—Yo también me alegro por mí. Mike va a preparar la cena en su casa, y luego vamos a Barnacles a su fiesta de luna llena.

Su primera cita fue en Barnacles, un restaurante local frente al mar con música en vivo y una fiesta playera con círculo de tambores que coincidía con el calendario lunar.

—Suena perfecto. He estado pensando en este fin de semana. Si seguimos cuidando a Tiki, no me parece bien dejarlo en el hospital. Como cerramos al mediodía del sábado y no volvemos a abrir hasta el lunes por la mañana, va a estar solo mucho tiempo. Creo que lo ha llevado bien teniendo en cuenta el tamaño de su jaula de viaje, pero eso es solo porque hay tanta gente alrededor para entretenerlo. Casi nunca está solo.

—Tienes razón. Debemos asumir que Marilyn puede no regresar pronto, o nunca —dijo Emily, e hizo una pausa—. Es horrible imaginarlo. Espero que nos equivoquemos y que Tiki pueda irse pronto a casa.

—Me siento mal de solo pensarlo. Tengo algunas ideas dándole vueltas, pero déjame consultarlo con la almohada. Podemos hablar por la mañana. —Anthony se levantó para irse—. Estoy agotado. Descansa un poco, Em. Te veo mañana.

—Buenas noches, Anthony.

Se despidió, cerrando la puerta con llave al salir. Iba a ser otra noche preocupante. La responsabilidad de cuidar a Tiki la agobiaba. Emily luchó por levantarse de la silla de su mamá y gruñó al levantar a Bella para llevarla de vuelta adentro. Mientras se preparaba para acostarse, puso las noticias. La desaparición de Marilyn ya era pública, y la policía había abierto una línea de denuncia para cualquiera que tuviera información sobre su paradero. No era de extrañar que Duncan hubiera estado dispuesto a compartir información con ellos esa noche. El asesinato de Dylan Colt era la noticia principal, ya que los crímenes violentos eran poco comunes en Coral Shores. La policía mantuvo la conexión entre el asesinato y la desaparición fuera de las noticias y ocultó algunos detalles sobre la ubicación de la escena del crimen.

—Bella, ya se te destapó el secreto —le dijo a su compañera felina, que se acurrucó en su almohada, lista para irse a la cama. Emily se metió a su lado y se durmió con los suaves ronroneos de Bella.

CAPÍTULO SIETE

Cuando Emily entró al hospital, el sonido del canto de Anthony la hizo reír.

—Le gusta la música Motown —dijo cuando ella entró en su oficina.

Tiki se balanceaba mientras caminaba en sincronía con la melodía.

—Creo que lo que más le gusta de todo es tu voz.

—Buenos días. ¿Quieres un té, Momo? —dijo Tiki, haciendo una pausa en el baile para picar una rodaja de mango.

—Buenos días, Tiki. —Emily sonrió antes de volver a centrarse en Anthony—. ¿Dormiste algo anoche?

—No mucho, pero no importa. Se me ha ocurrido un plan genial. Mira esto.

Anthony señaló un dibujo en su escritorio.

—Marc y yo estuvimos hablando hasta tarde, y creo que hemos solucionado nuestro problema del Tiki. Tenemos esa gran terraza acristalada junto a la cocina. Está casi vacía y nunca la usamos. Sería un aviario estupendo. Al menos temporalmente.

El plano detallado estaba dibujado a escala, con medidas similares a las de un plano arquitectónico.

—¿Hiciste esto? —preguntó Emily.

Anthony se giró para mirarla con las cejas levantadas.

—Em, ¿alguna vez me has visto dibujar algo?

—No, supongo que no.

—Esto es trabajo de Marc. Le hablé de los componentes clave de un aviario y, en un abrir y cerrar de ojos, descubrió cómo construirlo con materiales básicos de la ferretería. Su cerebro de ingeniero trabajó a destajo.

Emily se tomó unos minutos para revisar el dibujo mientras Anthony señalaba dónde planeaban usar madera y tubos de PVC para construir una estructura simple y económica.

—Esto es increíble. ¿Está seguro Marc? Es un compromiso enorme.

—No lo dudó. Le preocupaba que yo estuviera preocupado. Le he hablado del vocabulario de Tiki y está emocionado por conocerlo. Cuando estemos en casa, podemos abrir la puerta corrediza de la terraza para hablar con Tiki. Va a ser casi como tenerlo en casa.

—¿Qué puedo hacer para ayudar?

—Bueno, si te parece bien, me voy temprano a ver a Marc en la ferretería. Si empezamos a construir esta noche, creo que va a estar listo para cuando cerremos mañana. Aunque tenga que seguir con los últimos detalles, Tiki puede venir a casa conmigo para que no esté solo el fin de semana. Además, voy a tener todo el domingo para estar con él.

Qué alivio tan grande. Anthony no solo era inteligente y compasivo, sino que siempre estaba ahí para ayudar a sus amigos, a Emily y a los animales que cuidaban.

—Tómate el tiempo que necesites. Aquí puedo encargarme de todo.

—Si hay un descanso en nuestro horario a la hora del almuerzo, voy corriendo a la tienda de mascotas a comprar un par de comederos y juguetes para colgar cuando terminemos. Quiero imitar algunos artículos que vi en el aviario de Tiki en casa de Marilyn. Cuanto más se sienta como en casa, más fácil va a ser para él adaptarse.

Abigail se asomó por la esquina.

—Dra. Benton, tu primera cita está aquí. Con gusto me quedo con Tiki.

Deslumbrados por el famoso loro, el personal siguió compitiendo por la oportunidad de pasar tiempo con él.

—Gracias, Abigail.

Anthony le indicó que se sentara en su silla y luego se dirigió al vestíbulo para saludar al siguiente paciente. Dougal Dudick, un

Galgo de ocho años, se estaba adaptando a su nueva vida tras retirarse de las exigentes carreras en las pistas. La dueña, la señora Dudick, trabajó incansablemente con grupos locales y nacionales de defensa de los Galgos para acabar con la industria de las pistas de carreras. Siempre estaba al tanto cuando un perro mayor necesitaba un hogar. Las cicatrices reveladoras visibles en el cuerpo de Dougal eran consecuencia de la piel fina de la raza y el riesgo constante de lesiones en las pistas. Como la mayoría de los Galgos, necesitaba una limpieza dental, y la visita de hoy incluía una evaluación preanestésica y una consulta para el procedimiento programado para la próxima semana.

—Hola, señora Dudick. Hola, Dougal.

Emily entró en la habitación y sonrió antes de extenderle la mano a Dougal para que la oliera.

—Eres un chico guapo.

Como los Galgos casi nunca se sientan, cruzó la habitación en dos zancadas para saludarla, aceptando la suave caricia de Emily en su cabeza, demostrando su personalidad tranquila y amigable. La altura de 90 centímetros de Dougal era impresionante, incluso para la raza.

—Dra. Benton. Dougal es un auténtico gigante gentil. Creo que es el Galgo más alto que he visto.

Emily terminó el examen y se quitó el estetoscopio.

—Parece muy sano, salvo por sus problemas dentales. Me preocupa que tenga uno o dos dientes con una enfermedad más avanzada que deban extraerse. Lo voy a confirmar con una radiografía dental, pero se va a sentir mucho mejor cuando terminemos.

—¿Le va a quitar el mal aliento? Es bastante fuerte.

—Claro que sí.

—¡Genial! Haces lo que sea mejor para Dougal.

—¿Cómo se lleva con Jeebers y Timber? —Los otros Galgos de la señora Dudick también fueron sus pacientes.

—Al principio, Jeebers no estaba seguro de él. No paraba de llevarse su juguete de cocodrilo chillón y llevárselo a su cama para perros, sin su permiso, claro. Después descubrió un peluche de flamenco rosa en el fondo de la cesta de juguetes, y ahora son muy amigos. Timber se lleva bien con todos.

Emily sonrió. Le encantaba la personalidad de los Galgos.

—Anthony va a volver para tomar la muestra de sangre de Dougal y la vamos a llamar mañana con los resultados. Si todo está normal, nos vemos la semana que viene. Un placer conocerte, Dougal.

Le dio una palmadita más antes de irse.

.   .   .   .

Un descanso a media mañana le permitió a Emily salir corriendo a Meyer Deli. Tras saltarse el desayuno para llegar temprano al hospital, su estómago requería atención. La tienda local era una parada habitual donde solía comprar bagels con queso crema para el personal. En quince minutos de ida y vuelta, entró en el estacionamiento del hospital y vio a dos personas cerca de la puerta principal y a algunas más en la banqueta. Emily no las reconoció como clientes, pero sonrió al pasar.

—Abigail, ¿esas personas están aquí afuera para recoger a un paciente?

—No lo sé. Acaban de llegar y no han entrado todavía.

Emily asintió y levantó la bolsa de bagels.

—Los voy a poner en la sala de descanso. ¿Puedes avisarles a todos para que se sirvan?

—Claro, Dra. Benton. Gracias.

Emily untó dos bagels con queso crema y le entregó uno a Anthony en su oficina.

—Hay gente esperando afuera de la puerta. ¿Sabes por qué están aquí?

Anthony se apartó de la computadora.

—No, pero lo voy a averiguar.

Emily terminó su último bocado cuando regresó.

—Creo que tenemos un problema.

Frunció los labios y sacudió la cabeza de un lado a otro.

—¿Por qué? ¿Qué? —preguntó.

Tras dos décadas de amistad, Emily confiaba en el instinto de Anthony. Si él creía que tenían un problema, lo tenían.

—Los paparazzi de Tiki lo han localizado. Tras la noticia de la desaparición de Marilyn, sus seguidores han estado especulando sobre lo sucedido. Circulan algunas teorías conspirativas en línea, pero la mayoría de las publicaciones se centran en Tiki y la preocupación por su seguridad.

—¿Paparazzi?

—Em, necesito que te concentres. ¿Qué vamos a hacer?

Le tomó unos segundos ordenar sus pensamientos y formular una pregunta coherente:

—¿Quiénes son las personas de afuera?

—Son seguidores de Tiki. Algunos han participado en la búsqueda del tesoro, pero creo que un par son blogueros profesionales, y al menos uno tiene una cámara de lujo. Ya sabes, de esas con teleobjetivo. Cuando supieron de Marilyn, empezaron a llamar para ver si Tiki estaba en algún santuario de aves silvestres o en algún hospital veterinario local. Coral Shores es pequeño, así que no tardaron en encontrarnos por eliminación.

—No les dijiste que Tiki está aquí con nosotros, ¿verdad?

—No, claro que no, pero no creo haberlos convencido cuando fingí no saber de qué hablaban. Me pidieron que les diera un recorrido por el hospital. No puedo obligarlos a irse, pero les dejé claro que la recepción es solo para clientes.

—Si los ignoramos, quizá se aburran y se vayan a casa.

—Tal vez.

Anthony no parecía convencido. Tiki tenía un millón de seguidores leales de Flix, y hasta que él y Marilyn volvieran a publicar videos, las redes sociales los seguirían buscando.

—Voy a informar a todo el personal que el paradero de Tiki ahora es alto secreto.

.   . .

Fue un día relativamente tranquilo. Anthony se fue temprano como lo había planeado, así que Emily se movió a su oficina, usándola como espacio de trabajo temporal. Una actualización de la ferretería confirmó que él y Marc tenían todos los materiales necesarios y que iban de camino a casa para empezar a construir.

—Tengo hambre. Tengo hambre —dijo Tiki, sorprendiendo a Emily una vez más. Marilyn debió haberle enseñado a avisarle cuando quería un bocadillo. Anthony le había dejado comida preparada a Emily para apaciguarlo.

—Toma, Tiki.

Mordisqueó la mezcla de brócoli, col rizada, manzana y una nuez. Fue muy interesante verlo comer. Parecía disfrutar de la variedad de texturas y sabores de la comida.

Emily encendió el televisor y puso Animal Planet para entretenerlo, luego se concentró en terminar su día.

El intercomunicador zumbó.

—Dra. Benton, esa gente sigue afuera, y algunos más se han unido al grupo —dijo Abigail con preocupación—. Los he visto turnarse para ir a comprar café. Son muy persistentes.

Emily entró al vestíbulo y se quedó observando la pequeña reunión durante unos minutos antes de decidir interactuar con el club de fans de Tiki en el estacionamiento.

—Hola, soy la Dra. Benton, dueña del hospital veterinario. ¿Puedo ayudarles en algo?

—Hola, Dra. Benton. Estamos aquí por Tiki Lulu. Nuestros amigos confirmaron que no está en ningún otro hospital veterinario ni centro de vida silvestre de la zona. Sabemos que está aquí. ¿Podría al menos decirnos si está bien? Eso es todo lo que nos importa.

Parecían personas agradables y racionales, pero había mucho en juego.

—Lo siento. No creo que pueda ser de ayuda. Por favor, tengan consideración con mis clientes y pacientes cuando entran y salen. Vamos a cerrar esta noche, así que mejor váyanse a casa.

Volvió al hospital y cerró las puertas con llave.

La hora de cierre fue estresante, ya que Emily se preparaba para dejar a Tiki solo por cuarta noche consecutiva. Él cenó bien y se sentó en su sitio favorito, listo para dormir, lo que la tranquilizó.

Después de que el personal se fuera, echó un último vistazo por la ventana. Los fans incondicionales de Tiki habían desalojado el estacionamiento. Dejó escapar un suspiro audible.

—Crisis evitada por ahora.

.   . .

Emily supuso que Anthony y Marc estarían despiertos hasta tarde trabajando en el aviario, así que lo mínimo que podía hacer era llevarles la cena y ofrecerse a echar una mano. Pidió casi todo el menú de uno de sus locales favoritos, El Asador de Sunny, y luego fue en carro a casa de Marc, donde llegó entre el martilleo.

—¡Hola! Vengo con regalos —gritó Emily al entrar en la cocina. Anthony y Marc estaban dando los últimos toques a la percha principal de Tiki.

—Puedo oler esa barbacoa desde aquí —dijo Anthony mientras ambos dejaban sus herramientas.

—Gracias, Em. —Marc agarró unos platos y no perdieron tiempo en llenarlos.

—¿Cómo va todo? —preguntó.

—Genial. Gracias al plano detallado de Marc, tenemos un plan claro y ha sido fácil de construir. Ahora entiendo la sabiduría de esa vieja regla de construcción «medir dos veces, cortar una», pero ese fue nuestro único error.

—Creo que vamos a tener lo esencial listo esta noche para que Tiki pueda mudarse mañana —dijo Marc.

—No tengo palabras para agradecerte. Fue muy duro dejarlo en el hospital esta noche —dijo Emily.

Anthony se quedó paralizado.

—¿Está bien? —preguntó, con la voz una octava más alta.

—Está bien. —Emily le dio una palmadita a Anthony en la mano para consolarlo—. Esperé a asegurarme de que los paparazzi se hubieran ido antes de irme. Hablé con ellos antes, pero pusieron los ojos en blanco cuando les dije que Tiki no estaba con nosotros. ¿Sabías que Tiki puede decir que tiene hambre cuando quiere comer?

Marc sonrió.

—Anthony me contó todo sobre su vocabulario. ¡Qué ganas de conocerlo!

Terminaron de comer y, a pesar de las repetidas ofertas de ayuda de Emily, la convencieron de que casi habían terminado por esa noche. Antes de irse, vio a Anthony enrollar cuerda de cáñamo alrededor de secciones de la vara de madera que se convertiría en la percha principal de Tiki. Había tres perchas separadas y dos puentes de cuerda trenzada para que los usara. Marc montó un comedero grande y dos más pequeños a los lados de la estructura, y planeaban terminar de colgar sus juguetes por la mañana. En poco tiempo, la terraza de Marc se convirtió en un santuario de aves seguro y acogedor. Emily pensó que Tiki estaría feliz allí, especialmente después de conectar con Anthony. Todos dormirían mejor sabiendo que le esperaba un nuevo y maravilloso hogar.

CAPÍTULO OCHO

El teléfono de Emily estaba en modo «no molestar» cuando dormía, excepto para las llamadas de Duncan, Jane, Anthony y la compañía de alarmas del hospital veterinario. Sonaría a cualquier hora, de día o de noche. Por eso Emily se puso de pie de un salto cuando sonó su teléfono. Nunca eran buenas noticias.

—Hola. —Su voz áspera sonaba medio dormida.

—¿Es la Dra. Emily Benton?

—Sí.

—Dra. Benton, le llamo de Seguridad Costera. Recibimos una señal de alarma desde la puerta trasera del Hospital Veterinario Coral Shores. Se ha enviado a la policía local.

En un instante, Emily despertó por completo al sentir una oleada de miedo.

—Gracias.

Colgó, se puso una sudadera encima de la pijama y salió corriendo por la puerta en shorts deportivos y chanclas.

—Lo siento, Bella. El desayuno va a tener que esperar.

Eran poco más de las dos de la mañana y todavía estaba muy oscuro afuera. Le costaba mantener el velocímetro dentro de los límites mientras manejaba por la desierta carretera de la playa.

Emily sabía que los fármacos utilizados en medicina veterinaria hacían que los hospitales veterinarios fueran vulnerables a robos. Los narcotraficantes los buscaban por su alto precio en la calle.

El teléfono de Emily volvió a sonar. Anthony también era el contacto principal de la empresa de seguridad y habría recibido la misma llamada.

—Em, ya casi llego.

La casa de Anthony estaba más cerca del hospital, ya que a Emily le tomó más tiempo cruzar la barrera de la isla desde la playa.

—Esperaba que esto sucediera algún día, pero aun así es impresionante recibir esa llamada. No estaba preparada en absoluto.

—Yo tampoco. Estoy entrando en el callejón y hay una patrulla en la puerta. Maneja con cuidado. Nos vemos en unos minutos.

Pensar en la seguridad de Tiki y sus pacientes del hospital la consumía. El tiempo pasaba a cámara lenta mientras manejaba en silencio, tras haber decidido que no sería apropiado poner música. Emily había instalado un nuevo sistema de seguridad de alta tecnología cuando le compró el hospital al Dr. Dinsmore. Lo diseñó específicamente para que usara una alarma silenciosa. Emily no quería que el sonido agudo aterrorizara a los animales hospitalizados, quienes a menudo se asustaban con los ruidos fuertes. Los expertos también le aconsejaron que, en el improbable caso de un robo, una alarma silenciosa aumentaba las posibilidades de atrapar al delincuente en el acto.

Estacionó el carro de golpe, saltó y corrió hacia Anthony. Él estaba hablando con un policía mientras su compañero desaparecía por la puerta abierta.

—Hola, Em. Ella es la Oficial Susan García.

Anthony señaló a Emily para completar las presentaciones.

—Soy la Dra. Emily Benton, la dueña.

La oficial asintió.

—Dra. Benton. Anthony nos abrió la puerta y casi hemos terminado la búsqueda. A primera vista, todo parece seguro. Algo debió asustarlo antes de que pudiera entrar.

La puerta trasera dañada parecía funcionalmente intacta. Durante un registro exterior del hospital, los agentes encontraron una palanca, un hacha y cizallas entre unos arbustos. La robusta puerta de acero y la cerradura industrial habían cumplido su función e impidieron el paso al agresor.

—¿Podemos entrar ya? —preguntó Emily, ansiosa por ver con sus propios ojos que todo estaba bien.

En ese momento, el segundo oficial salió para unirse a ellos.

—Todas las puertas y ventanas están cerradas y no hay señales de ningún intruso. ¿Pueden seguirme, por favor?

Emily y Anthony registraron meticulosamente cada metro cuadrado. Nada parecía fuera de lugar, y los pocos animales del hospital o de la perrera descansaban tranquilamente. Anthony abrió lentamente la puerta de su oficina y encontró a Tiki durmiendo en su percha, ajeno al peligro. Emily se quedó detrás de él cuando Anthony extendió la mano y le agarró la suya.

—Em, me muero de miedo de que le pase algo a Tiki.

Cerró la puerta y se unió al agente en la zona de tratamiento, donde contabilizaron todos los analgésicos opioides y narcóticos en la caja fuerte. No faltaba nada.

La oficial anotó la información pertinente en una libreta.

—Dra. Benton, hay cámaras instaladas en la pared trasera del edificio. ¿Forman parte de su sistema de alarma?

—Sí, la empresa de seguridad puede acceder al archivo digital y proporcionarles las imágenes.

La oficial le entregó una tarjeta de presentación y un recibo con el número de caso en la parte superior.

—Que envíen el archivo de video a la dirección de correo electrónico que aparece en la tarjeta. Ojalá nos ayude a atrapar a quienquiera que haya hecho esto.

—Lo haremos. Y gracias —dijo Emily.

La Oficial García se acercó con las herramientas del ladrón en una bolsa de pruebas.

—Vamos a buscar huellas. A pesar de todos los daños en el marco de la puerta, la cerradura está intacta. Aun así, les recomiendo que llamen a alguien para que la inspeccione y la repare.

—Por supuesto —respondió Anthony—. Es lo primero que vamos a hacer mañana.

—También vamos a tener una patrulla que pasará por turnos durante la noche, aunque sería inusual que regresaran al lugar del crimen. ¿A qué hora abren?

—A las ocho, pero voy a estar aquí antes si necesitan algo.

Los oficiales asintieron y salieron por la puerta trasera. Anthony y Emily se sentaron e intentaron recomponerse.

—No quiero sacar conclusiones precipitadas, pero me preocupa que esto tenga algo que ver con Tiki y Marilyn —dijo Emily.

—Yo también. Me alegro mucho de que nos vamos a llevar a Tiki más tarde hoy.

—No voy a poder volver a dormirme después de todo esto, pero me voy a casa a bañarme y a alimentar a Bella. ¿Quieres que nos veamos aquí cerca de las seis?

Anthony asintió.

—Quizás vuelva antes, pero te aviso. Me parece mal irme ahora mismo, pero no hay nada más que podamos hacer. Primero revisemos la cerradura dos o tres veces.

La rodeó con el brazo y caminaron juntos a inspeccionar la puerta trasera. Convencidos de que el edificio era seguro, se separaron.

．　■　．

Cuando Emily llegó a casa, pensó en llamar a Duncan, pero decidió no despertarlo y le envió un correo electrónico. Hasta que identificaran al ladrón, sería inútil especular sobre el motivo, pero quería que estuviera al tanto de lo sucedido.

Aún oscuro afuera, volvió a la cama con Bella. No pudo dormir, pero Emily cerró los ojos, dejando que el ronroneo rítmico y las olas del mar calmaran sus nervios. Finalmente se quedó dormida hasta que oyó que llamaban a la puerta.

Después de mirar por la mirilla de seguridad, abrió la puerta de par en par y dio la bienvenida a su visitante con una sonrisa.

—Hola, Mike. ¿Todo bien?

Emily se cepilló el pelo con los dedos y se sacó el sueño de los ojos.

—Vengo a hacerte la misma pregunta. —Le entregó un capuchino y croissants calientes de su panadería favorita,

Savannah—. Duncan llamó esta mañana después de leer tu correo. Va a llegar pronto.

Los refuerzos habían llegado. Emily no necesitaba su ayuda en este asunto, pero apreciaba la preocupación por su seguridad. La casa de Mike estaba a poca distancia de la playa, y Emily amaba que viviera cerca.

—Gracias por el desayuno.

Se trasladaron a sentarse en la isla de la cocina, solo para ser recibidos por las demandas de comida de Bella, a lo que Emily accedió.

—Leímos el informe policial del allanamiento. Me alegro de que no pudiera entrar.

Con la boca llena de pastel, Emily asintió.

—Los agentes recogieron algunas herramientas que dejó el ladrón. ¿Cuándo van a poder identificar alguna huella dactilar?

—Tal vez mañana.

—Lo primero que vamos a hacer es obtener las imágenes de nuestras cámaras de seguridad. Ojalá que esto conduzca a un arresto.

En ese momento, Duncan entró por la puerta principal, lo que incitó a Emily a preparar la cafetera.

—¿Está todo bien en el hospital? —preguntó Duncan.

—Buenos días. Sí, la puerta trasera sufrió daños, pero la cerradura estaba bien.

—He comprobado y no hay informes de robos en otros hospitales veterinarios ni consultorios médicos de la zona. A veces, estos delitos se producen en masa.

—Anthony y yo estamos preocupados de que tenga algo que ver con Marilyn y Tiki. Ayer, los paparazzi o los fans de Tiki, aparecieron convencidos de que lo teníamos dentro. Nada de lo que dijimos les hizo cambiar de opinión.

Duncan y Mike intercambiaron una mirada tras escuchar esta inoportuna noticia. Si la prensa se involucraba en el caso de la desaparición de Marilyn, complicaría la investigación.

—Que nuestros técnicos investiguen más a fondo las publicaciones en redes sociales sobre esta búsqueda del tesoro —

dijo Mike antes de preguntarle a Emily—: ¿También tienen cámaras de seguridad en la fachada del hospital?

—Sí, hay cámaras dirigidas tanto a la puerta principal como a la trasera. ¿Por qué?

—Avísanos si vuelven los paparazzi. No puedo creer que esté usando la palabra paparazzi para hablar de un loro. —Mike sonrió—. Lo siento, no puedo quedarme, Em.

Tomó las llaves del carro.

—¿Pero sigue en pie lo de esta noche?

Emily se tocó el estómago para contrarrestar el cosquilleo.

—Claro. Llego a tu casa a las seis.

Mike se inclinó para darle un beso rápido antes de irse. Duncan le sonrió como solo un hermano podía hacerlo.

—¿Qué? —dijo ella.

—Nada. —Duncan sabía de los recientes problemas en la relación entre Emily y Mike—. Me voy a mantener al margen de la investigación del allanamiento, ya que los dos agentes que conociste anoche pueden encargarse. Pero si necesitas algo más, avísame.

Aunque dijo eso, Emily pensó que iba a supervisar el caso a distancia.

—Te veo el domingo cuando dejes a los niños. ¿Todavía vienen Jane y tú a cenar?

—Aquí vamos a estar. Mac y Ava han hecho bocetos para una casita de perro con forma de castillo de arena para Elvis. Están emocionados por el día de playa con su tía favorita.

Duncan se sirvió uno de los croissants de Emily antes de irse a la estación.

Eran más de las seis, y Emily no quería que Anthony regresara solo al hospital. Le escribió un mensaje para avisarle su hora estimada de llegada, pero él se le adelantó. Anthony confirmó que todo estaba seguro, y Tiki estaba ocupado con sus cosas de loro: charlando, jugando, acicalándose y comiendo. Anthony le dijo que se tomara su tiempo y disfrutara de su café en la terraza con Bella.

Emily aún planeaba llegar temprano, pero siguió el consejo de Anthony y saboreó su café afuera. Bella se unió a ella, anunciando su presencia con un solitario maullido chillón antes de saltar y exigir la mitad del diván. Lo que una gata quiere, una gata tiene.

Al salir el sol, rayas naranjas, rojas y amarillas tiñeron el horizonte, maravillando a Emily. Bella movió la cola al tiempo que una suave brisa acariciaba su largo y sedoso pelaje. Se movió hacia el lado de sotavento del sillón y se acurrucó para su siesta después del desayuno. Emily cerró los ojos y escuchó el sonido de las olas rompiendo en la orilla. Fue difícil, pero después de unos minutos inolvidables, se alejó de su espacio especial, invitó a Bella a entrar con premios y se apresuró a salir y comenzar su día.

CAPÍTULO NUEVE

El hospital bullía de actividades entre bastidores. Los técnicos completaban los tratamientos de los pacientes hospitalizados mientras los auxiliares paseaban a los perros, alimentaban a todos y limpiaban las jaulas. Se ofrecía servicio de alojamiento a los pacientes con necesidades especiales. El gato diabético o el perro mayor con múltiples medicamentos se beneficiaban de una atención personalizada. El ritmo familiar del día creaba una sensación de normalidad, en marcado contraste con una llamada a la policía en plena noche.

—Un regalo de Mike.

—Emily le entregó a Anthony una bolsa que contenía el último croissant.

—Mmm. De Savannah. —Anthony abrió la bolsa, la olió y sonrió—. Espera, ¿dijiste de Mike?

—Sí, le conté a Duncan sobre el robo y ambos aparecieron en mi puerta esta mañana.

Anthony le guiñó un ojo después de enterarse de la visita de Mike a primera hora de la mañana.

—Sobre eso —dijo—. Contacté con la empresa de seguridad y están preparando el video para enviarlo a la policía desde la hora de cierre hasta que se activó la alarma. También estoy descargando una aplicación para poder acceder a la transmisión en vivo de la cámara. Ahora podremos vigilar desde cualquier lugar usando nuestros teléfonos o laptops.

—Bien, avísame cuándo podemos revisarlo juntos. Hablé con la Constructora Clark al llegar. Va a venir alguien en una hora para revisar la puerta.

Emily tenía buena relación con Bill Clark, el dueño.

Tras instalarse en su consultorio, Emily revisó los resultados del análisis de sangre de Dougal Dudick. Con todo dentro de los límites normales, le envió un correo electrónico rápido a la señora Dudick para compartir la buena noticia y confirmar su procedimiento dental programado para la próxima semana. Antes de pasar al siguiente archivo, Abigail llamó por el intercomunicador.

—Dra. Benton. Anthony. ¿Pueden venir, por favor?

No era propio de Abigail llamarlos así. Las mascotas que se traían en caso de urgencia activaban una serie específica de protocolos y códigos. Si era una urgencia, su solicitud habría transmitido cierto grado de apremio. Además, las puertas del hospital aún no estaban abiertas. Emily contuvo la respiración mientras ella y Anthony entraban al vestíbulo.

Abigail estaba de pie en el centro de la habitación, girándose para mirarlos mientras señalaba la ventana.

—Han vuelto, y esta vez han traído amigos.

Anthony suspiró. Había casi una docena de personas juntas en el estacionamiento delantero. Algunas sostenían fotos de Tiki tamaño póster. Un cartel decía «¿Dónde está Tiki Lulu?»

—Estamos en problemas.

Habían entrado oficialmente en territorio desconocido. Ni en un millón de años se le habría ocurrido a Emily que controlar a las multitudes formaría parte de la gestión de un hospital veterinario.

—Voy a llamar a Duncan para pedirle consejo.

Por el momento, acordaron ignorar la reunión siempre que la gente se mantuviera alejada de la entrada. Abigail y Anthony debatieron brevemente si llamarlos groupies, superfans o paparazzi, pero decidieron que era más divertido decir paparazzi, aunque no parecieran profesionales. Las puertas ya estaban abiertas, y si interrumpían las operaciones del hospital, Emily y Anthony recurrirían al plan B. El único problema, no tenían un plan B.

Minutos después de enviarle el mensaje, Duncan llamó. Emily y Anthony cerraron la puerta de la oficina y lo pusieron en altavoz.

—Ahora llevan carteles. Me preocupa que esto llame la atención de los medios. ¿Qué hacemos? —preguntó Emily.

—¿No compartes tu terreno del frente con los otros dos negocios del otro lado de la plaza? —preguntó Duncan.

—Sí, una óptica y un asesor financiero. Por suerte, cierran el fin de semana. Una empresa de administración de propiedades se encarga del mantenimiento de todo el estacionamiento. ¿Debería llamarlos?

—Lo haría por cortesía. Si la multitud se convierte en un problema, puedo pedir que pase una patrulla. Eso podría bastar para que se dispersen.

—De acuerdo. Hasta ahora, parece bastante inocente. Creo que son los superfans de Tiki preocupados por su bienestar —dijo.

—Tiki es un pájaro muy bonito.

Aparentemente, a Tiki no le gustaba que lo excluyeran de la conversación.

—¿Era ese el loro? —preguntó Duncan.

Emily se rió.

—Sí, es Tiki Lulu. Tiki, di hola.

—Hola.

—¡Guau, qué chido! Tengo que enseñarles sus videos a los niños esta noche. Les va a encantar.

No era propio de Duncan distraerse, pero el encanto de Tiki era difícil de resistir.

—Mike mencionó que quería imágenes de seguridad de los paparazzi. Puedo tomar una foto de la multitud y enviársela —dijo Anthony—. Me voy a llevar a Tiki a casa esta noche, pero creo que podemos escabullirnos por atrás para evitar a la multitud.

No había nada más que hacer. El hospital cerraba al mediodía los sábados, y salvo por la multitud, el día era rutinario. Solo podían esperar que siguiera así.

· · ·

—Dra. Benton, tu última cita está aquí —llamó Abigail por el intercomunicador.

Tijuana Bob Dodd era un adorable perrito de aspecto peculiar que el señor Dodd adoptó durante unas vacaciones recientes en Baja California, México. Bob se instaló en el bar de playa favorito del señor Dodd, y cuando se hizo evidente que el simpático perrito no tenía hogar, lo integró a su familia. El dueño del bar dijo que Bob le recordaba a un perro que tuvo en su infancia, cuando crecía en Tijuana, y de ahí surgió el nombre. Un veterinaria local se encargó del papeleo y de la primera serie de vacunas que permitieron que Bob volara a Florida, pero el señor Dodd quería un chequeo médico completo y lo llevó directamente al hospital veterinario el mismo día que aterrizó. Solo lo mejor para Tijuana Bob.

Durante esa primera cita, Emily le diagnosticó a Bob fiebre maculosa de las Montañas Rocosas, una infección transmitida por picaduras de garrapatas. Al momento del diagnóstico, tenía anemia leve y plaquetas bajas. Tras cuatro semanas de tratamiento con antibióticos para tratar la enfermedad infecciosa, Bob regresó para revisar sus análisis de sangre y asegurarse de que todo hubiera vuelto a la normalidad.

—Dra. Benton, pensé que Tijuana Bob era activo y saludable cuando lo conocí, pero ahora que terminamos su tratamiento, puedo ver la diferencia. Es aún más juguetón y empezamos a correr juntos por senderos. Es un gran atleta. Al principio, me preocupaba que persiguiera a nuestro gato, el señor Higgins, pero lo único que persigue son mariposas. Nunca las atrapa, claro.

Emily sonrió ante esa imagen. Completó el examen de Bob, coincidiendo en que parecía estar en excelente estado de salud.

—Es posible que haya tenido esta infección durante mucho tiempo. Las garrapatas pueden transmitir diversas enfermedades, pero el nuevo medicamento preventivo de Bob lo va a proteger de las picaduras de garrapatas en el futuro.

—Tengo un recordatorio mensual en mi teléfono para que nunca se me pase una dosis —dijo el señor Dodd—. Leí toda la información que me enviaron sobre esta enfermedad. Me preguntaba cómo la fiebre maculosa de las Montañas Rocosas le causó la enfermedad, ya que vivía en México, pero parece que está en todas partes. Y la gente también puede contagiarse.

—Sí, está muy extendido en Norteamérica. Voy a tomar a Bob para su prueba. Los resultados van a estar listos en quince minutos si prefiere esperar en la recepción.

—Sí, voy a esperarlo. Quiero asegurarme de que todo esté bien antes de irnos.

Tijuana Bob se acercó a la pierna del señor Dodd, reacio a separarse de él. Emily lo levantó con cuidado y lo llevó al área de tratamiento donde Anthony y Catrinna estaban reuniendo los suministros necesarios para tomarle la muestra de sangre.

—Cuando termine, el señor Dodd va a esperar con Bob en el vestíbulo. Voy a hacer algunas llamadas.

Emily abrazó al tembloroso Terrier y se lo entregó a su equipo.

De regreso a la oficina, Emily pasó por el vestíbulo para ver qué pasaba afuera. La multitud de paparazzi había crecido exponencialmente. Consideró hablar con los fanáticos incondicionales, pero se aferró al plan A: evitarlos. Tenía muchísimas preguntas dándole vueltas en la cabeza y una creciente urgencia por encontrar respuestas. ¿Dónde estaba Marilyn? ¿Estaba bien? ¿Estaban Duncan y Mike más cerca de encontrarla?

Emily le dio la buena noticia al señor Dodd, los resultados del análisis de sangre de Bob Tijuana fueron perfectos. Su anemia se había resuelto con tratamiento y no necesitaba visitas de seguimiento, salvo sus exámenes anuales de rutina. Después de que el señor Dodd y Bob se marcharan, Abigail cerró las puertas con llave. El hospital permaneció cerrado hasta el lunes por la mañana, y todo el personal se reunió en el vestíbulo para una reunión improvisada.

Anthony tomó la iniciativa.

—La multitud de gente afuera está desesperada por obtener información sobre Tiki. Si hacen preguntas, simplemente digan: sin comentarios.

—Hoy, nuestros clientes querían saber si estas personas estaban aquí para protestar por algo —dijo Abigail—. Me preocupa que asocien el hospital con alguna controversia.

Emily compartió su preocupación.

—Tienes razón. Necesitamos una respuesta coherente para tranquilizar a nuestros clientes. Por suerte, tenemos hasta el lunes por la mañana antes de tener que lidiar con esto de nuevo. Voy a pensar en la mejor manera de responder antes de que se vuelvan a abrir las puertas. Si alguien tiene alguna pregunta o idea, contacten con Anthony o conmigo este fin de semana.

—Tiki va a venir a casa conmigo al cierre todas las noches y va a volver por la mañana. Pero necesito su ayuda para escaparme sin que me vean. Si pueden salir todos a la vez por la puerta principal, yo voy a salir por la puerta de atrás. Creo que eso puede distraer a los paparazzi.

Todos trabajaron con rapidez para terminar las tareas del final del día. Anthony inició sesión en el software de la cámara de seguridad y guardó una captura de pantalla de la multitud reunida afuera para enviársela a Mike. Si los fans de Tiki tenían algo que ver con la desaparición de Marilyn, la policía debía determinar qué era importante para la investigación. Emily y Anthony querían revisar el video de seguridad del allanamiento, pero ahora podían hacerlo desde casa.

El personal de Constructora Clark terminó la reparación del marco de la puerta trasera y volverían para retocar la pintura. La puerta estaba segura, y eso era lo único que importaba.

Con todos listos para irse, Emily salió para charlar con la multitud. En ese preciso instante, Anthony trasladó a Tiki y su jaula a un vehículo estacionado detrás del hospital. Marc había tomado prestada la camioneta de su tío y estaba sentado al volante. Al salir del callejón, Emily se acercó a los paparazzi.

—¡Dra. Benton! ¡Dra. Benton! ¿Nos puede dar novedades de Tiki?

Un hombre con un cartel de Tiki parecía ser el líder del grupo. La multitud tenía el aspecto que cabría esperar de seguidores expertos en redes sociales, un grupo de universitarios. La única excepción era un hombre mayor, muy alto y delgado, en la parte de atrás. Destacaba por su expresión severa y estoica. No parecía estar divirtiéndose.

—Lo siento. No puedo comentar sobre Tiki ni su paradero. Como saben, esto ahora es asunto de la policía. Tendrán que dirigir sus preguntas a ellos.

—Queremos saber si está a salvo —preguntó otro súper fan.

Sería muy fácil tranquilizarlos, pero ella evitó compartir detalles.

—No sé dónde está exactamente, pero puedo confirmar que está bien cuidado.

La multitud estalló en vítores apagados.

—El hospital va a estar cerrado hasta el lunes, así que les sugiero que todos regresen a casa.

—Dra. Benton, estamos convencidos de que Tiki está en el hospital. Vamos a estar aquí todos los días hasta que Marilyn y Tiki se reúnan y puedan hablar por sí mismas.

—Entiendo. No puedo obligarlos a irse, pero les pido a todos que sigan respetando a mis clientes y pacientes.

El teléfono de Emily vibró en su mano, indicando que había un mensaje. Anthony, Tiki y Marc estaban a salvo. La treta había funcionado.

—Adiós —dijo Emily a los superfans y caminó hacia su carro, esperando que la siguieran. Con acceso a la cámara de seguridad desde su teléfono, sería fácil monitorearlos. Aún tenía tiempo para relajarse en casa con Bella antes de su cita con Mike.

CAPÍTULO DIEZ

En los calurosos y húmedos días de verano del sur de Florida, la naturaleza crea una ilusión óptica. El mar y el cielo se funden, creando un horizonte azul grisáceo continuo que impide distinguir la línea entre ambos. El oleaje suave y el agua tibia de la tina eran perfectos para un baño relajante.

Agotada tras el robo y una noche sin dormir, Emily decidió que la mejor manera de recargar energías era pasar unas horas en la playa, nadando y echando una siesta. Tomó una silla de su cobertizo y se dirigió a la orilla. Se fundió con el océano, subiendo y bajando mientras la suave ola hacía su magia. El estrés de la semana anterior disminuyó a medida que cada ola la acercaba a la orilla hasta que llegó a la playa, se secó con la toalla y se dejó caer en su silla a la sombra de una palmera. Apenas tardó unos minutos en hojear la última edición de su periódico veterinario favorito antes de quedarse dormida. El fuerte graznido de una gaviota en lo alto puso fin a su siesta. Emily miró la hora, llevaba una hora durmiendo. Con algunas cosas que hacer antes de su cita con Mike, recogió su ropa de playa y se metió en casa.

Bella se acercó primero. Después de cepillarla y darle algunas de su premios favoritos, Emily llamó para ver cómo estaba Anthony.

Informó con alegría que Tiki había pasado la última hora jugando con sus juguetes y explorando cada rincón de su nuevo hogar. Todo había salido según lo planeado.

Ambos tenían tiempo para ver el video del allanamiento de anoche. Emily repasó las primeras horas, pero ralentizó la grabación en el momento en que el ladrón apareció en la pantalla; la hora estaba marcada como la una y cuarenta de la mañana. La persona parecía estar sola. La ropa holgada ocultaba si era hombre o mujer, y una sudadera con capucha ocultaba su rostro. Fue lo suficientemente astuto como para ocultar su identidad, pero el ladrón no dominaba las herramientas que traía consigo. El ladrón golpeó la manija y el marco de la puerta, alternando entre el hacha y la palanca. Emily exhaló y dejó caer la cabeza cuando notó que el ladrón usaba guantes, eliminando cualquier posibilidad de encontrar huellas dactilares en las herramientas.

—Bueno, eso fue un fracaso.

Emily llamó a Anthony después de enviar mensajes de texto todo el tiempo.

—Quizás no. Un carro pasó por la puerta trasera antes del intento de robo. ¿Y si es el carro del ladrón y estaban inspeccionando el lugar?

Emily sonrió ante las palabras de Anthony, quien imitaba a algunos de sus detectives favoritos de la tele.

—Tienes razón. ¿Por qué alguien manejaría hasta allí tan tarde? No es un atajo entre intersecciones.

—Exactamente. Seguro que la policía tiene un programa sofisticado para mejorar la imagen y obtener la matrícula. Me da una excusa para contactar con Mike, ya que no sé nada de la foto que le envié. Quería preguntarte ¿viste a un anciano en el estacionamiento?

—Lo vi, pero no dijo nada, así que era difícil saber si formaba parte del grupo principal. Los demás hablaban entre ellos, pero él no se unió.

—Parece estar solo, lo cual es extraño. Los demás andan juntos y se comportan como si se la estuvieran pasando genial. Lo voy a vigilar —dijo Anthony—. Revisé la transmisión en vivo de la cámara de seguridad y el estacionamiento está vacío. Estoy seguro de que van a volver cuando abramos nuestras puertas, a menos que la policía tenga alguna pista en el caso y traiga a Marilyn a casa.

—Había planeado llamar a Jane para confirmar la cita de juego de mañana con los niños, pero mejor voy a contactar a Duncan. Dijo que dejaría que los agentes se encargaran de la investigación, pero seguro que se mantiene al tanto.

—No hace falta. Duncan va a llegar pronto con Mac y Ava. Llamó después del trabajo para que los niños conocieran a Tiki Lulu. Pasaron la mañana viendo los videos de Flix y desde entonces no han parado de obsesionarse.

Su entusiasmo por conocer a Tiki no sorprendió a Emily. Mac tenía ocho años y era lanzador en su equipo de ligas infantiles. El béisbol era su deporte favorito, pero después de que Jane llevara a los niños a un gimnasio de escalada, ambos se unieron a un equipo infantil. Ava tenía cinco años y ya tenía un sentido del humor increíble. Ella era la creativa. Ambos niños tenían un toque del pelirrojo Benton, pero eran más bien rubios rojizos.

—¿Van a llevar a Elvis con ellos?

Era el primer amor de los niños e iba a todas partes, pero como nadie podía predecir cómo reaccionaría un loro ante un perro, sería mejor que Elvis se saltara esta salida.

—No, esta vez no. Tiki por fin se ha instalado y quiero que siga así —dijo Anthony.

—Te dejo que le saques los últimos detalles a Duncan; se enfurece cada vez que le pido información. Puede que ya haya encontrado al dueño de ese carro, ya que la policía ha tenido el video todo el día. Ah, y a ver si puedes conseguir información actualizada sobre el paradero de Marilyn o Chad, y sobre el asesinato de Colt.

—Claro y escríbeme si descubres algo después de tu cita con Mike. Te conozco, Em. Te vas a sentir tentada a sacarle información. Solo por esta vez, ten cuidado.

Había aprendido a seguir los consejos de Anthony con los años. Siempre que ignoraba sus sabias palabras, solía arrepentirse.

—¿Marc y tú quieren cenar con nosotros mañana? —preguntó—. Elvis va a estar aquí con los niños.

—Gracias, pero este fin de semana voy a mantener un perfil bajo. Quiero pasar el mayor tiempo posible con Tiki. Sigo pensando en llevarlo al trabajo el lunes, y vemos cómo le va con la transición de ida y vuelta al hospital. Poco a poco.

—Tiene suerte de tenerte. Gracias, Anthony. Sería un desastre intentar resolver esto sola.

—Diviértete esta noche.

.   .   .

Emily celebró la mudanza de Mike a la playa a principios de año, ya que significaba que vivía a poca distancia en carro. Esa proximidad dificultó las cosas estas últimas semanas, ya que les costaba conectar. A veces, Emily pasaba por su casa de camino a casa y se preguntaba si debía pasar sin avisar. La cita de esa noche era la segunda oportunidad que anhelaba, con la esperanza de retomar la relación donde la habían dejado.

Emily llamó a su puerta, pero cuando él no respondió, entró.

—¿Mike? —llamó.

Entró desde la terraza con vista al mar.

—Estoy aquí afuera. Ven y únete a mí.

A Emily le dio un vuelco el corazón. Mike llevaba un delantal de barbacoa mientras preparaba unas costillas a la parrilla. «Tranquila, Em».

—Huele delicioso.

—La salsa es la receta de mi mamá.

Abrió la hielera, tomó una cerveza y le sirvió una copa de vino. Al entregársela, se inclinó para besarla.

—¡Salud! —Chocaron sus copas y, en un instante, la incómoda energía entre ellos desapareció—. Espero que tengas hambre.

—Siempre. Me salté el almuerzo.

—Pensé que estarías agotada después de estar despierta toda la noche y trabajando todo el día. Hablamos de ir a ver a la banda en Barnacles, pero me encantaría quedarme en casa esta noche. Tú decides.

Emocionada de tener a Mike para ella sola, Emily dijo:

—Parece que vamos a tener una puesta de sol preciosa. Hay que quedarnos aquí. Me siento bien ahora mismo, pero no creo que tenga ganas de salir por la noche.

—¿Cuáles son las últimas noticias sobre el Centro de Tortugas? —preguntó Mike.

—Sarah Klein va a estar aquí la semana que viene para reunirse con el arquitecto que está diseñando el centro de conservación. Una vez que firmemos los planos finales y la ciudad apruebe los permisos, el contratista general va a estar listo para comenzar la obra.

—Qué emocionante. Vi a Marlon y Sharon la semana pasada. Siguen intentando reclutarme para la Observación de Tortugas. Les dije que no puedo comprometerme con un turno fijo por mi trabajo.

—Ellos lo entienden. Va a haber muchas oportunidades para ayudar una vez que el centro abra.

Marlon y Sharon fueron miembros fundadores del Proyecto de Tortugas de Coral Shores y se encargarían de las operaciones diarias. Estaban ocupados con un sinfín de actividades para preparar la gran inauguración.

—Voy a ayudar en todo lo que pueda. Poder presenciar el nacimiento de las tortugas ha sido lo mejor de mudarme a Florida. Excepto por conocerte, claro.

Mike dejó las pinzas de barbacoa y se giró hacia Emily, quitándole la copa de vino de la mano y poniéndola sobre la mesa. Le apartó un mechón de pelo de la cara antes de que se fundieran. El chisporroteo de la parrilla exigió la atención de Mike, y cuando se separaron, ambos estaban sin aliento.

—Te extrañé, Em.

—Yo también te extrañé. —Emily se acercó para abrazar a Mike por detrás mientras él aplicaba la siguiente capa de salsa de barbacoa. Él le puso la mano libre en el brazo y la abrazó con fuerza. Lo oyó respirar hondo antes de girarse para mirarla.

—Para ser sincero, no estaba seguro de nuestra postura —dijo Mike.

—Sé que mi agenda me lo impide, pero no puedo decirte cuántas veces quise llamarte.

—¿Qué te detuvo?

Emily se encogió de hombros.

—No sé. Pensé que querías ir más despacio.

Mike sonrió.

—Nada más lejos de la verdad.

La besó de nuevo, sin dejar ninguna duda de que hablaba en serio.

—Prometo expresarte mejor cómo me siento. Basta de señales contradictorias —dijo.

—Yo también. Sé que el Centro de Tortugas necesita tu atención ahora mismo. Lo entiendo. Solo significa que vamos a tener que ser creativos con nuestro tiempo.

La sonrisa sensual de Mike era irresistible, así que Emily acortó la distancia entre ellos. Besar al hombre de sus sueños, mientras él sostenía unas pinzas de barbacoa, la incitó a echar un vistazo a la parrilla por encima de su hombro.

—Voy a poner la mesa para que podamos comer afuera —dijo, besándolo una vez más antes de soltarlo.

Su velada perfecta incluyó una deliciosa cena coronada por una espectacular puesta de sol. El nuevo sillón de Mike, inspirado en el famoso diván de su mamá, tenía espacio para ambos. Se acurrucó en los brazos de Mike mientras conversaban, pero cuando él no logró iniciar una conversación sobre el caso de Marilyn y Tiki, Emily abordó el tema. Tenía preguntas que necesitaban respuesta.

—¿Has visto las fotos que Anthony hizo de los fans de Tiki?

—Lo hice, y los técnicos del laboratorio están trabajando para identificar a cada uno de los aficionados a los loros.

—Paparazzi —corrigió Emily—. Así llama Anthony a los superfans de Tiki.

Mike asintió.

—Sé que estás preocupada por Marilyn y el hospital. No puedo compartir los detalles de una investigación en curso, pero debes saber que es nuestra prioridad.

Frustrada por no haber obtenido nada, Emily dudó si seguir insistiendo para conseguir más detalles, pero confiaba en Mike cuando decía que estaba haciendo todo lo posible por resolver el caso. Esperaba que Anthony tuviera más éxito sacando información a Duncan. Tras decidir dejar el tema por esa noche, abrazó a Mike.

Tonos morados intensos iluminaban el cielo nocturno como telón de fondo. A Emily le pesaban los párpados a medida que su participación en la conversación se desvanecía y desaparecía, hasta que finalmente se quedó dormida. Mike no movió un músculo durante una hora, lo que le permitió descansar. Cuando despertó y olió su jabón, se giró para abrazarlo con fuerza.

—Creo que estabas soñando.

La besó en el cuello.

—Lo siento mucho.

Emily se sonrojó en respuesta a su paso en falso en las citas.

—Para nada. Me quedé dormido. Ha sido una semana muy larga.

Emily estuvo de acuerdo. Aunque no quería que la cita terminara, estaba agotada. Mike planeaba reunirse mañana por la noche con Duncan, Jane y los niños para cenar, y saber que lo iba a ver de nuevo tan pronto hizo que fuera más fácil despedirse. A los pocos minutos de entrar por la puerta de su casa, Emily y Bella ya estaban profundamente dormidas.

CAPÍTULO ONCE

A medida que el amanecer daba paso al alba, Emily permaneció en la cama, medio despierta, hasta que la exigencia de comida por parte de Bella y su necesidad de café se convirtieron en el impulso para comenzar el día. Aún absorta en los recuerdos de la cita de anoche, deslizó los dedos por su mejilla, evocando el roce de Mike antes de besarla. El pitido que marcaba el final del ciclo de la cafetera la sacó de su ensueño; llenó su taza y salió al exterior, rumbo a la silla favorita de su mamá, con Bella pisándole los talones. Las mañanas eran el momento preferido de Emily, y los domingos, aún más. Ese instante de la semana en que podía dejar que el día comenzara con calma.

Cuando regresó a la cocina por una segunda taza, un mensaje de Anthony apareció en su teléfono. Le envió un video corto de Tiki columpiándose en un puente de cuerda y cantando:

—Buenos días, ¿quieres un té, Momo?

Emily respondió con un emoji de corazón. Muchas cosas podrían haberle salido mal a Tiki la semana pasada, de no ser por Anthony y Marc.

Emily encendió las noticias locales para ver si había novedades en la investigación del asesinato. Le sorprendió ver que la noticia principal se centraba en la búsqueda del tesoro de Marilyn y Tiki. Sus seguidores sabían que estaba desaparecida, y como los videos semanales de Flix llevaban a los cazadores de tesoros a santuarios de aves silvestres, se dedicaron a buscar más pistas. Los centros de aves silvestres de todo el estado de Florida, desde Tallahassee hasta Cayo Hueso, registraron cifras récord de asistencia. Sin un nuevo video de Flix que los guiara a la siguiente ubicación, los superfans cubrieron sus bases y los visitaron todos. La preocupación por el bienestar de Marilyn y Tiki aumentó a medida que se colocaban flores y recuerdos con temática de loros, como adornos navideños, peluches y obras de arte, en las puertas de entrada de los santuarios de aves, creando santuarios improvisados.

La oleada de afecto no fue lo que más impactó a Emily de la historia. Se dio cuenta de que el pequeño grupo de paparazzi que acudía cada día al hospital estaba a punto de multiplicarse. Y no había detalles adicionales sobre Dylan Colt ni sobre su vínculo con Marilyn. Ansiosa y con la necesidad de actuar, hizo una llamada.

—Anthony, creo que deberíamos juntarnos y hacer un plan. ¿Te parece bien ahora? Voy a llevar donas.

Emily sabía que había llamado demasiado temprano. Anthony no era madrugador.

—¿De qué estás hablando? —Luchó por ocultar el sueño en su voz.

—El Noticiero del Canal 2 acaba de emitir una noticia sobre Marilyn, Tiki y la búsqueda del tesoro. En los últimos dos días, sus superfans han invadido todos los santuarios de aves silvestres del estado. Buscan otra pista oculta, y como no tienen un video de Tiki que los guíe, están visitando todos los centros de aves sin fines de lucro. Están apareciendo pequeños santuarios por todas partes para apoyar el regreso sano y salvo de Marilyn y Tiki.

—Oh. No lo vi.

—¿Puedo ir ya? Tenemos que adelantarnos y pensar en un plan por si mañana aparece una turba de seguidores en el hospital.

—Claro, pero ya busqué información por si necesitamos ayuda. Cuando Duncan estuvo aquí ayer, me dio la información de contacto de una empresa que ofrece seguridad y control de multitudes en conciertos y eventos deportivos. También rentan barricadas y letreros para contener a grupos grandes.

—No puedo creer que estemos teniendo esta conversación. ¿Duncan compartió nueva información sobre la investigación?

—No mucha, pero creo que hay algunas cosas que desconocemos. No dijo nada específico, pero esa es mi impresión. Están trabajando con otras agencias estatales en la desaparición de

Marilyn. No es un secuestro oficial porque no se ha pedido un rescate. Me parece pura semántica, pero ellos son los expertos.

Emily podía oír un loro cantando de fondo.

—¿Cómo está Tiki?

—Está genial. Marc está obsesionado con él. Anoche acercó su silla a la puerta mosquitera y se sentó a hablar con él hasta la hora de dormir.

Emily sonrió. Cuando Anthony y Marc empezaron a salir, se volvió protectora con su mejor amigo. Anthony, mitad cubano y mitad puertorriqueño, era muy tímido. Ella supo enseguida que iba en serio con Marc, y en cuanto lo conoció, también se enamoró de él. Marc era tan alto como Anthony, pero tenía una complexión delgada, cabello rubio platino y ojos azules. Era inteligente, sereno y considerado, el complemento perfecto para la personalidad más exuberante y divertida de Anthony. Eran la prueba de que los polos opuestos se atraen. Ver a Anthony tan feliz la hacía feliz, y cuando se mudó a la casa de Marc, llevando su relación al siguiente nivel, los animó.

—Aún puedes venir con donas. Puedo mostrarte lo que encontré en la página web de la empresa de seguridad. Contratar un guardia de seguridad podría ser caro, pero puede que no tengamos otra opción.

—No, mejor te dejo en paz. Envíame el enlace a la página web y lo reviso. ¿Con cuánta antelación necesitamos avisarles?

—Veinticuatro horas, según la orden. Si te parece bien, voy a pedir que traigan barricadas y letreros el lunes por la mañana para que podamos mantener a los paparazzi alejados de la puerta principal del hospital y de los estacionamientos de los clientes. Si no aparece nadie, la empresa puede recoger el equipo al día siguiente.

—Eso suena genial. Voy a hablar con Duncan cuando deje a Mac y a Ava. Quizás pueda continuar con las patrullas policiales en la zona como hizo después del robo.

—Intenta relajarte y disfrutar del día con los niños. Podemos ocuparnos de cualquier imprevisto cuando lleguemos al trabajo mañana. Voy a llegar temprano con Tiki para prepararlo antes de que abran las puertas y lleguen los fans.

—Gracias, Anthony.

Tenía razón. Necesitaba centrarse en los niños hoy, pero con unas horas antes de que llegaran, tenía tiempo para investigar un poco. La reticencia de Duncan y Mike a compartir novedades sobre el caso la obligó a tomar cartas en el asunto. Emily consiguió la dirección de Chad; agradecida de haberla guardado en su teléfono cuando fue al hospital por Tiki. Palmetto Road estaba al sur de Coral Shores, no muy lejos.

Todavía pensando en donas, hizo una parada rápida para un glaseado de chocolate antes de pasar por la casa de Chad, un moderno complejo de departamentos de cuatro unidades. Dio dos vueltas a la manzana antes de estacionarse delante del edificio. Los espacios designados con el número de unidad de cada inquilino confirmaron que el lugar de estacionamiento de Chad estaba vacío. Pasó por delante de sus ventanas de la planta baja y, al no ver ninguna señal de actividad, tocó el botón de llamada de su departamento. Arriesgado, pero valió la pena. Nadie respondió, así que Emily retrocedió mientras decidía qué hacer a continuación. Fue entonces cuando vio a una mamá y a su hija pequeña que se acercaban a ella por la banqueta. Cuando la mamá sacó las llaves para entrar al edificio, Emily se arriesgó y se acercó a ella.

—Disculpe. Estoy visitando a mi amigo Chad y no abre la puerta.

La señora miró a Emily de arriba abajo con recelo. La sonrisa de Emily la tranquilizó.

—No lo he visto en unos días —respondió ella—. Lo siento, no puedo dejarte entrar.

—Entiendo. Gracias.

Emily se giró para regresar a su carro. Con el rabillo del ojo, vio un sedán gris oscuro estacionado en la intersección cercana. Se incorporó a la carretera principal y luego adelantó lentamente antes de acelerar. Las ventanas tintadas dificultaban la visibilidad del interior, lo que la hizo sentir incómoda y añorar la seguridad de su hogar. La salida no fue un completo fracaso, ya que confirmó el informe de Duncan de que Chad estaba en la clandestinidad. Si no tenía nada que ocultar, ¿por qué se escondía? Miró la hora, los niños iban a llegar pronto y todo lo demás podía esperar.

. . .

—¡Tía Em! ¡Mira! —Mac y Ava salieron del carro de un salto, con Elvis a cuestas. El pequeño Terrier llevaba un chaleco salvavidas azul brillante, del tamaño de un perro, adornado en la parte superior con una réplica de la aleta dorsal de un tiburón.

Emily se rió al ver pasar a Elvis.

—Es el tiburón terrestre más lindo que he visto en mi vida.

Mac siguió a Elvis hasta la cabaña, pero Ava se detuvo.

—Tía Em, los tiburones viven en el agua. No en la tierra.

—Tienes razón. Sí que lo hacen.

Aparentemente satisfecha con la respuesta de su tía, corrió para alcanzar a su hermano. Emily cruzó la mitad del jardín delantero para ayudar a Jane con sus mochilas cuando oyó un estruendo dentro de su cabaña.

—¡Tía Em! —gritaron los niños al unísono—. ¡Socorro!

Jane dejó caer sus mochilas y los dos adultos corrieron a la sala. Una gran maceta con una planta yacía de lado junto al árbol para gatos de Bella. La enorme gata de Emily estaba de pie en la plataforma superior, con el lomo arqueado como un gato de Halloween, y la cola inflada al doble de su tamaño normal.

—¿Qué pasó? —preguntó Emily.

—Bella empezó a bufar y luego tiró la planta —dijo Mac, con los ojos abiertos como platos.

Eso no disuadió a Elvis. Meneó la cola y luego hizo una reverencia, una invitación a jugar, pero Bella no se dejó engañar. Los saludos efusivos de Elvis eran la norma, pero su disfraz de tiburón debió asustarla.

Emily desabrochó el chaleco salvavidas de Elvis y lo apartó de la vista. Con la esperanza de que algunas de los premios favoritos de Bella calmaran la situación, se paró junto al árbol para gatos, hablándole suavemente a la gata angustiada mientras le acariciaba la cabeza. Mac y Ava colocaron las golosinas frente a Bella. Ella las olió varias veces antes de aceptar su ofrenda de paz.

—Lo sentimos, Bella. Elvis no te va a hacer daño —dijo Mac—. Es un tiburón de mentiritas.

Bella se había recuperado del susto y se había compuesto, volviendo a actuar con indiferencia.

—¿Por qué no salimos a la terraza y le damos a Bella un minuto para ella? —Jane recogió tierra de la planta volcada.

Emily tomó la correa de Elvis y los condujo hacia la parte de la playa de la cabaña.

—Niños, Elvis es un excelente nadador.

—Ya lo sabemos. Vamos a pescar con el amigo de papá y Elvis viene. Mamá dijo que primero deberíamos probarle el chaleco —dijo Mac.

Jane se encogió de hombros y sonrió.

Ava se sentó en la terraza junto a Elvis, con los ojos llenos de lágrimas.

Emily rodeó a su sobrina con su brazo y la atrajo hacia sí.

—¿Bella está bien? —Ava sollozó mientras las lágrimas corrían por su rostro.

—Bella va a estar bien. Creo que Elvis la asustó, eso es todo. Ella sí lo quiere.

Tal vez Emily estaba exagerando un poco en ese último punto. Cuando Jane y Duncan adoptaron a Elvis, el pequeño Terrier traumatizado encontró justo el hogar que necesitaba, con niños que lo adoraban y una amistad maravillosa con Bella. A ella le había tomado algo de tiempo acostumbrarse a él, pero Emily estaba segura de que ahora Bella disfrutaba sus bulliciosas visitas.

—¿Quieres venir conmigo a ver cómo está?

Ava asintió y tomó la mano de Emily mientras entraban. Bella soltó un maullido tímido y ronroneó mientras Ava le acariciaba el pelaje.

—Mira. Ya está bien —dijo Emily.

Ava sonrió.

—Bella, eres la más bonita. No tienes por qué tenerle miedo a Elvis.

A Emily se le enterneció el corazón. Que los niños corretearan por su casa mientras jugaban con Elvis fue precisamente la razón por la que se arriesgó y compró el hospital veterinario de su ciudad natal. El plan original, tras terminar sus prácticas universitarias, incluía mudarse a una gran ciudad y trabajar en un hospital de referencia especializado. Ese plan perdió su atractivo después de que su mamá enfermara.

Mac estaba de pie en la puerta del patio junto a Jane, quien sostenía a Elvis en brazos. Emily les hizo señas para que se acercaran. Elvis meneó la cola, pero mantuvo la calma mientras Bella lo olfateaba por todas partes. Le lamió la oreja rápidamente y, al ver que ella no protestaba, Emily supo que todo estaba perdonado.

—Bueno, parece que todo ha vuelto a la normalidad —dijo—. Estaba tan distraída que olvidé preguntar por Duncan. ¿Va a venir?

—Va a llegar pronto, pero solo puede quedarse unos minutos. Tiene que trabajar hoy.

Los hombros de Emily se hundieron con decepción. Tenía que confiar en los profesionales de la ley para investigar esos crímenes, pero desde que se había visto envuelta en un allanamiento, un asesinato, la desaparición de una persona y el control de una multitud de paparazzi, necesitaba más información. Este caso se había vuelto personal.

Elvis y Bella atrajeron la atención de los niños, lo que permitió a Jane llevar a Emily aparte para tener una conversación privada.

—¿Qué tal te fue con Mike anoche?

—Genial, excepto por la parte donde me quedé dormida.

—Em, estuviste despierta toda la noche. Seguro que lo entiende. Entonces, ¿cómo están las cosas entre ustedes? En el terreno romántico, claro.

—Estamos bien, creo. Ninguno de los dos quería que las cosas cambiaran. La vida simplemente se interpuso en nuestro camino durante unas semanas.

—Uff. —Jane se secó la frente con un gesto exagerado—. Anthony, Marc y yo estábamos en pánico.

—Entonces, ¿siguen metiéndose en mi vida amorosa? —dijo Emily en broma.

—Bueno, sí. Alguien tiene que mantenerte concentrada. Él es un buen partido, Em, pero tú también. Queremos que ambos sean felices, y todos estamos de acuerdo, Mike podría ser el indicado.

Emily comenzó a responder justo cuando Duncan entraba por la puerta principal.

—Hola, Em —Duncan le dio un beso a Jane antes de saludar a los niños.

Le contaron todo sobre el aterrador encuentro de Bella con el tiburón. La imitación de Bella por parte de Ava, siseando y resoplando, los hizo reír a carcajadas. Cuando los niños salieron a la terraza a jugar a la pelota con Elvis, Duncan fue a la cocina a buscar un vaso de agua, y Emily lo siguió.

—Lo siento, tengo que posponer la cena —dijo.

—Jane me dijo que tienes que trabajar. ¿Tiene algo que ver con el caso de Marilyn?

Duncan evitó mirarla pero asintió afirmativamente.

—Vamos, Duncan. Necesito más que eso. ¿Viste las noticias esta mañana? Esta búsqueda del tesoro se está descontrolando. Me preocupan el hospital y Tiki.

Duncan dio un largo trago. Emily pensó que estaba ganando tiempo para pensar qué decir. Guardó silencio, pero siguió mirándolo fijamente, esperando establecer contacto visual.

Se giró para mirarla, con los ojos entrecerrados y los labios fruncidos, como si dudara qué hacer.

—Acompáñame a mi carro.

Duncan se despidió de Jane con un beso y luego saludó a los niños al salir.

—¿Qué pasa? —preguntó Emily al salir—. ¿Está... muerta?

—No, aún no la hemos encontrado. Nuestros técnicos de laboratorio mejoraron el video del allanamiento al hospital. La matrícula del carro que vieron esa noche pertenece a la novia de Dylan Colt. Voy a su casa con Mike en cuanto salga de aquí.

Emily extendió la mano y agarró el brazo de Duncan. Esta revelación la dejó aturdida. Hasta ahora, la desaparición de Marilyn y el asesinato de Dylan Colt eran delitos no relacionados con el allanamiento al hospital. Esta nueva información los conectaba, y las implicaciones eran difíciles de asimilar.

—No lo entiendo —dijo.

—Revisamos el registro del Departamento de Control Vehicular de la novia, y mide solo 1.58 metros. El ladrón del video es más alto, pero necesitamos determinar si participó como conductora de escape o cómplice. Tengo que irme. Mike o yo vamos a estar en contacto. No creo que ninguno de los dos regrese esta noche. Quería que te dijera que lo siente y que te va a llamar.

—De acuerdo. Lo entiendo. —Su voz se fue apagando mientras la noticia le daba vueltas en la cabeza—. ¿Me vas a decir qué pasa? Por el bien de Tiki.

Él asintió, se subió al carro del alguacil y salió a toda velocidad. Al regresar a la cabaña, Jane le preguntó de inmediato sobre su conversación privada.

—Em, ¿qué pasa? Si necesitas que me quede, puedo cancelar mis planes.

Parpadeando con fuerza, intentó concentrar sus pensamientos. Podía compartimentar las cosas cuando era necesario, y los niños merecían toda su atención.

—No, estoy bien. Duncan está siguiendo una pista sobre el robo en el hospital. Tengo muchas ganas de tener a los niños y a Elvis para mí sola. Puedes irte. Te veo para cenar.

Emily sonrió para convencerla de que todo estaba bien.

—De acuerdo, pero llámame si me necesitas —dijo Jane antes de abrazarla fuerte.

—¡Niños! —gritó hacia la terraza—. ¡La tía Em está al mando, así que recuerda sus buenos modales!

—¡Lo haremos, mami! —dijo Mac, hablando en nombre de Ava y Elvis.

Después de que Jane se fue, Emily les hizo señas a los niños para que entraran.

—Preparemos para nuestro día de playa. Ya me encargo los juguetes y la sombrilla, pero necesito ayuda para meter la comida a la hielera.

—¿También trajiste nuestras tablas de boogie? —preguntó Ava—. Quiero ser surfista, tía Em.

—Claro que sí.

Llenaron la hielera con zanahorias y salsa, rebanadas de sandía, galletas con queso y agua para todos, incluido Elvis. El pequeño Terrier los guio a la playa donde pasaron el día nadando, corriendo y riendo. A Elvis le encantaba perseguir a los pájaros playeros por la orilla. Después de que los niños le construyeran un castillo de arena, practicaron sus habilidades con la tabla boogie. Era una tarde perfecta, pero eso no impidió que Emily se sintiera melancólica al pensar en su mamá. Le habría encantado un día como este con sus nietos. Su ausencia creó dolor físico, pero Emily se dio cuenta de que estos momentos felices estaban, poco a poco, desplazando el dolor abrumador y pesado. Escuchar la risa de los niños confirmó que Emily estaba exactamente donde necesitaba estar. Terminar su día con Jane y los niños en una cena familiar sería la manera perfecta de reponer su energía antes de una semana desafiante por delante.

CAPÍTULO DOCE

—¡Tiki! ¡Tiki! ¡Tiki! —gritaba la multitud.

Emily pasó junto a los paparazzi en carro hasta el estacionamiento designado para el personal, detrás del hospital y oculto a la vista. Anthony la había advertido tras colarse por la puerta trasera una hora antes. «Bienvenida al lunes», pensó.

—Buenos días. ¿Quieres un té, Momo? —Tiki mordisqueaba un trozo de papaya mientras veía un documental sobre gorilas de montaña.

Emily se había reunido con Anthony en su oficina.

—Buenos días, Tiki. Ojalá Momo también estuviera aquí.

—De vez en cuando, lo oigo murmurar «Momo» una y otra vez. —Anthony frunció el ceño al girarse para ver a Tiki—. Casi como si la llamara.

Emily rodeó con el brazo el hombro de Anthony. Compartían el entendimiento de que, por mucho que se esforzaran por cuidar a este loro único, Marilyn siempre sería su compañera para siempre.

Emily centró su atención en algo que sí controlaba.

—¿Sabes cuándo va a entregar las barricadas la empresa de seguridad? Conté casi veinte personas ahí fuera, y ni siquiera hemos abierto todavía.

—Van a llegar pronto y encargarse de la instalación. Y hay algo más. El mismo tipo mayor y alto está ahí otra vez. Cuando llegué esta mañana, lo vi salir de detrás del hospital antes de unirse a la multitud de enfrente. No me gusta que la gente ande a escondidas; nunca, pero sobre todo ahora. Lo comprobé y no aparecía en la cámara de seguridad, lo que significa que no se acercó a la puerta.

—Eso es inquietante. Lo vi junto con algunas caras nuevas. Esperemos que no ahuyenten a nuestros clientes.

La noche anterior, después de que Jane se llevara a los niños a casa, Emily llamó a Anthony para ponerlo al tanto de los acontecimientos relacionados con la novia de Dylan Colt y la matrícula del carro. También le contó sobre su misión de reconocimiento al departamento de Chad. Él le hizo prometer que nunca volvería a investigar sola. Emily no tuvo más remedio que aceptar, ya que de lo contrario no lo dejaría pasar. Estaban seguros de que la desaparición de Chad Tercero tenía algo que ver con Marilyn.

—Creo que tenemos un problema aún mayor. ¿Recuerdas cómo publicaban los videos semanales de búsqueda del tesoro de Marilyn y Tiki en su cuenta de Flix todos los lunes? —Emily asintió y contuvo la respiración, esperando a que terminara—. Bueno, hace unos minutos cargó una nueva publicación de Marilyn. Debió haber pregrabado un video de Flix y lo programó con antelación. Me aparté para verlo porque pensé que Tiki se exaltaría al escuchar su voz. No quería arriesgarme.

Emily se dirigió a su oficina para reproducir la grabación, fuera del alcance del oído de Tiki. Marilyn y Tiki tenían un vínculo extraordinario lleno de amor, y verlos juntos la hizo llorar. Imaginar a Marilyn herida, o algo peor, se volvió insoportable. Intentó olvidarse de esa sensación y concentrarse en la pista. El último video mostraba a Tiki con un sombrero rosa, cubierto de plumas rosas, mientras se balanceaba sobre una pierna. Aparte del accesorio exagerado, se veía igual que cuando se prepara para dormir. Lo vio una vez más y luego regresó a la oficina de Anthony.

—¿Tienes alguna idea de qué trata la pista? —preguntó.

Anthony negó con la cabeza.

—He estado demasiado preocupado como para pensarlo bien.

—Esto va a desatar un revuelo —dijo Emily—. Los paparazzi están desesperados por encontrar a Marilyn y a Tiki. No envidio a Mike y a Duncan intentando resolver el caso con esta atención mediática adicional.

—Creo que es algo bueno. Toda esta publicidad sobre su desaparición aumenta la probabilidad de que alguien vea algo y luego diga algo.

—Un arma de doble filo, supongo. Voy a consultar con Duncan sobre la posibilidad de que la policía patrulle regularmente nuestro estacionamiento. Además, quiero saber más sobre cualquier conexión entre nuestro allanamiento y estos otros delitos graves.

—La policía tiene que resolver esto.

Anthony parecía desanimado mientras le daba a su compañero de oficina un trozo de espinaca para que comiera.

.   .   .

El mensaje de Emily a Duncan fue contundente, necesitaba hablar con él. Debió percibir la urgencia en su voz, pues le devolvió la llamada enseguida.

—Lo siento, Em. Estoy en medio de algo. ¿Qué pasa?

—¿Cómo que qué pasa? ¡Lo que pasa es que hay una persona desaparecida y un asesinato! Y eso sin contar el allanamiento y la búsqueda del tesoro. Hay casi una veintena de personas afuera del hospital coreando el nombre de Tiki. Esta mañana se publicó un nuevo video en la cuenta de Flix de Marilyn y Tiki, así que espero que más superfans estén en camino.

Duncan no dijo nada al principio.

—¿Anthony contactó con la empresa de seguridad?

—Sí, van a poner barricadas y letreros para mantener a los paparazzi alejados de nuestras puertas. ¿Podrías enviar una patrulla al hospital?

—Puedo hacerlo.

—Gracias. Y bien, ¿qué hay de la novia? ¿Está involucrada en el robo?

—No, tiene una coartada para el momento del intento de robo. Dylan Colt es su exnovio, y no hay ningún aprecio entre ellos. Le robó el carro la semana pasada y nunca lo devolvió.

—¿Lo denunció como robado?

—No. Pensó que iba a tener más posibilidades de recuperarlo entero si tenía paciencia. Si llamaba a la policía, pensó que le iba a prender fuego o arrojarlo a un canal, solo para fastidiarla. Creo que sus palabras exactas fueron: «Es tan malo como una serpiente».

—Entonces, ¿dónde está el carro? Colt seguro que no lo puede manejar, ya que está en la morgue.

—Hemos emitido una alerta de búsqueda para el carro. Algo va a aparecer.

Después de ver muchos programas de detectives en televisión, Emily aprendió el significado de una orden de búsqueda. La policía no había encontrado a Marilyn después de emitir una orden de búsqueda para su paradero. Esperaba que fuera más fácil encontrar un carro.

—Tengo que irme. Deberías ver una patrulla en una hora. Avísame si algo cambia —luego colgó.

.   . .

Catrinna trabajó con Emily durante las citas matutinas mientras Anthony se encargaba de la empresa de seguridad. Tras planificar la estrategia con el representante de la empresa, se utilizaron conos y señales de tráfico para identificar el estacionamiento designado para los clientes del hospital. A pesar de la creciente multitud, cooperaron cuando se les pidió que se colocaran detrás de una nueva serie de barricadas, alejándolos de la entrada del hospital.

Los fans bombardearon a Anthony con preguntas sobre Marilyn y Tiki, a las que respondió con un respetuoso «sin comentarios». Anthony intentó conversar con el hombre mayor y alto entre el público, pero este se negó a responder a cualquier intento de conversación informal y se alejó. Al terminar, una patrulla de la oficina del alguacil pasó lentamente por el estacionamiento. Su presencia hizo que los coros cesaran. Misión cumplida.

Anthony fue a buscar a Emily para informarle sobre los nuevos protocolos de seguridad y la encontró a ella y a Catrinna ocupadas con Kizmet Hedden en la sala de tratamiento. La gatita de diez meses tenía el pelaje corto y negro, y una torcedura cerca de la punta de la cola. Durante una sesión de juego con su hermano mayor, Kirby, las cosas tomaron un giro inesperado. La señora Hedden estaba trabajando en un proyecto en su sala de manualidades cuando escuchó un siseo, seguido del estruendo de una lámpara al caer al suelo. Corrió hacia la sala familiar y encontró a Kirby erizado como un pez globo, y a Kizmet escondida detrás del sofá. Kizmet cerraba inmediatamente su ojo derecho y le lagrimaba abundantemente.

La señora Hedden teorizó que los movimientos de Kizmet molestaban a un Kirby mucho mayor, que a menudo perdía la paciencia con la gatita.

—Debió haberle dado un golpe para que se calmara. Por lo demás, son buenos amigos.

—¿Puedes apagar las luces, por favor? —le preguntó Emily a Anthony cuando pasó junto al interruptor.

—¿Todo bien?

—Estoy tiñendo el ojo de Kizmet para ver si tiene una úlcera corneal.

Una vez que la habitación quedó a oscuras, Emily usó la luz azul de su oftalmoscopio para buscar la mancha verde reveladora. Kizmet tenía un pequeño rasguño que le provocó una úlcera que requirió gotas oftálmicas medicadas y vigilancia estrecha. Afortunadamente, la lesión no fue grave y las gotas anestésicas que Emily usó estaban funcionando. Kizmet mantuvo el ojo abierto.

—Es una paciente excelente, sobre todo para ser una gatita —dijo Catrinna—. Kizmet ronroneó todo el tiempo.

Ronronear durante una visita al consultorio suele ser una respuesta al estrés en los gatos y no siempre es señal de satisfacción, pero en el caso de Kizmet, era realmente dulce.

Emily enjuagó la mancha del ojo de Kizmet y regresó a la sala de exámenes para enseñarle a la señora Hedden cómo administrar las gotas. Tres veces al día sería un reto, pero necesario para sanar la lesión. Tras programar una segunda revisión para el final de la semana, Emily le indicó a la señora Hedden que regresara de inmediato si la situación empeoraba.

Una vez que el vestíbulo se vació, Emily, Anthony, Abigail y Catrinna se quedaron juntos observando a los paparazzi. Les costó encontrar una historia coherente para contarles a sus clientes que preguntaban por la multitud afuera. Con la creciente cobertura mediática, cualquier historia inventada sonaba a engaño.

—Mi amigo Jacob escuchó a los fans de Tiki hablando esta mañana. Salía de una cita con el oftalmólogo y algunos pasaron junto a él al volver de la cafetería. Se rumorea que el video de Flix de hoy lleva a un santuario de aves con flamencos residentes. Hay alrededor de una docena de lugares en Florida con flamencos. No he investigado cuáles son sin fines de lucro —dijo Abigail.

—Tiene sentido. Tiki se veía muy curiosito con ese sombrero rosa, y su imitación de flamenco con una sola pierna fue perfecta —dijo Anthony.

—No me sorprendería que encontraran la siguiente pista de inmediato. Hay mucha más gente mirando —dijo Emily.

—Vi fotos de las pistas. Son hermosos azulejos mexicanos pintados a mano, de unos treinta centímetros. Cada uno tiene un número pintado con una pequeña imagen de Tiki en la esquina. —Abigail se acercó a su escritorio para sacar la foto. Los azulejos estaban escondidos dentro de los santuarios de aves silvestres, en lugares que obligaban a los invitados a recorrer todo el lugar—. Hasta ahora, han encontrado los números: ocho, nueve, cero y cinco.

—¿Alguien sabe qué significan? —preguntó Emily.

—No —respondió Abigail—. Los directores de cada una de estas instalaciones guardan silencio sobre la búsqueda del tesoro. Ninguno habla con la prensa.

—Estoy segura de que Marilyn hizo tratos especiales con cada uno de los santuarios de aves antes de ocultar los azulejos, o mantuvo los detalles del tesoro compartimentados para que cada ubicación solo tuviera conocimiento sobre su propio azulejo —dijo Emily.

Abigail repitió la publicación de Flix de hoy.

—Nadie sabe cuántos azulejos más podrían quedar por ahí. Sobre todo si Marilyn grabó estos videos con antelación.

Emily y Anthony entraron en su oficina para terminar su conversación en privado. El personal ya estaba preocupado tras el intento de allanamiento, así que querían evitar aumentar la preocupación especulando sobre la conexión entre Marilyn y un asesinato.

—Necesitamos distraer a la multitud durante mi escapada con Tiki —dijo Anthony.

—Yo me encargo. Cada vez que salgo, me bombardean con preguntas.

Anthony planeaba irse temprano para cambiar su agenda. No quería que los paparazzi anticiparan sus movimientos.

—Ese tipo mayor me da un aire escalofriante. Parece un personaje de una película de terror en blanco y negro. Debe ser difícil mantener una tez tan pálida cuando vives en Florida. Voy a enviarle a Duncan una captura de pantalla de la multitud que incluya al señor Raro. Sería prudente averiguar quién es después de encontrarlo merodeando por ahí esta mañana.

El anciano al que Anthony llamó señor Raro, podría ser una persona que ama a los loros, pero Emily quería estar alerta ante cualquier cosa que pareciera fuera de lugar.

.   . .

Los coros de los paparazzi alcanzaron su máximo esplendor hasta que un carro patrulla o del alguacil que pasaba por allí bajó el volumen temporalmente. Cada vez que Emily miraba por la ventana delantera, la multitud crecía. Parecía la fiesta previa al concierto de Jimmy Buffett. Los fans incondicionales de Jimmy, conocidos como *Parrotheads*, solían ir vestidos con sombreros con forma de loro, camisetas y una gran variedad de parafernalia, muy parecidos a los que ahora se reunían afuera. Lo único que faltaba en esta multitud era una licuadora llena de margaritas y la música de Jimmy de fondo.

Abigail resolvió con maestría las preguntas de sus clientes. Lo presentó como un fenómeno de las redes sociales y no relacionado con el hospital. A Anthony le preocupaba que la multitud asustara a los perros y gatos al entrar y salir del edificio, pero hasta el momento, los paparazzi habían sido respetuosos con los pacientes. Parecía que la mayoría de los seguidores estaban allí por su cariño a Tiki y Marilyn, y eso se reflejaba en su amabilidad con los demás animales.

Con Anthony listo para irse, Emily salió para captar la atención de la multitud. Les agradeció por quedarse tras la barricada. Las preguntas que le gritaban a Emily sobre Tiki quedaron sin respuesta mientras intentaba volver a la pista del video de esa mañana. La multitud, ansiosa por especular sobre el tesoro, comenzó a compartir sus teorías con Emily, pero cuando el mensaje de Anthony confirmó que estaba a salvo, ella se despidió. El hombre mayor al que Anthony había llamado señor Raro estaba de pie a poca distancia detrás de la multitud y la observaba con la mirada perdida. Emily no lo vio parpadear ni una sola vez. Con suerte, la foto del hombre tomada por Anthony ayudaría a identificarlo.

Mientras se daba la vuelta para volver adentro, Anthony la llamó.

—Oye, recibí tu mensaje... —dijo antes de que él la interrumpiera.

—Em, necesito ayuda. Creo que me están siguiendo.

CAPÍTULO TRECE

—¿Estás a salvo ahora? —Emily empezó a correr hacia su oficina.

—Creo que sí. —El ruido ambiental del altavoz de Anthony no logró atenuar el miedo en su voz—. Después de salir del hospital, vi el mismo carro en el retrovisor tres veces. Incluso di un par de vueltas al azar para demostrarme que no estaba paranoico. El carro me seguía siempre.

—¿Dónde estás?

—Cerca de tu casa. Beach Road es tan tranquila y recta, que pensé que sería imposible que un carro se mezclara y me siguiera hasta aquí. No los he visto en unos minutos, así que debió funcionar. Es demasiado arriesgado volver a casa y que algún delincuente siga a Tiki hasta mi casa. ¿Qué hago?

—Voy en camino y voy a llamar a Duncan y Mike para que nos vean en mi casa. Sigue manejando hasta que llegue.

—Está bien, gracias, Em.

Emily agarró sus llaves y salió corriendo. Intentó abrir el carro a tientas, intentando calmarse antes de ponerse al volante. Le envió un mensaje rápido a Abigail, pidiéndole que cerrara el hospital y que la contactara si necesitaba algo. Una vez que Emily estuvo en camino, llamó a Duncan; su teléfono saltó directamente al buzón de voz, pero Mike contestó al primer timbre.

—Hola, Em.

Ella lo interrumpió para abordar el tema urgente. Tras compartir los detalles de la situación de Anthony, Emily oyó el aullido de la sirena de la policía.

—Estoy dando la vuelta. Voy a estar allí en diez minutos.

Cuando llegó a casa, el carro de policía sin distintivos de Mike estaba estacionado junto a la camioneta de Anthony, y ambos hombres estaban de pie en el patio delantero.

—¿Estás bien? —Emily corrió al lado de Anthony y luego miró por la ventana para ver cómo estaba Tiki.

—Estoy mejor ahora —dijo Anthony.

Emily rodeó el antebrazo de Mike con su mano y se inclinó.

—Gracias por llegar tan rápido.

Él sonrió y se inclinó para besarle la parte superior de la cabeza.

—No creo que estés siendo paranoico —le dijo Mike a Anthony antes de volverse hacia Emily—. Su descripción del carro coincide con el que se ve en tu video de seguridad cerca del momento del robo, el que robó Dylan Colt.

A Emily se le cayó la mandíbula al girarse para mirar a Anthony.

—¿Qué? ¿Captaste el número de matrícula?

—No, y no le vi la cara al conductor porque estaba concentrado en no tener un accidente. Llevaba una gorra de béisbol sobre los ojos y el parasol colgando. Estoy casi seguro de que solo había una persona en el carro. —Anthony se acercó a la camioneta para vigilar a Tiki—. No quiero dejarlo ahí mucho más tiempo. ¿Qué hacemos?

—Duncan viene en camino. Te va a acompañar a casa y quedarse cerca para asegurarse de que no te hayan seguido —dijo Mike.

Anthony suspiró.

—Nunca había tenido a alguien siguiéndome. Es más divertido verlo en la tele.

—Tengo la sensación de que va a ser una semana larga —añadió Emily.

Duncan llegó enseguida. Mike le había contado lo sucedido de camino, así que no se quedó a charlar. Anthony estaba ansioso por llegar a casa y se fueron enseguida.

—Ya que estás aquí, ¿te gustaría quedarte a cenar? —le preguntó Emily a Mike—. Y hoy es mi noche de observación de tortugas.

Mike abrió mucho los ojos y sonrió.

—Suena perfecto.

Su primera cita incluyó un paseo por la playa para revisar los nidos de tortugas. Las responsabilidades voluntarias de Emily incluían inspeccionar los nidos para ver si había actividad después del atardecer, pero cada vez que Mike se unía a ella, la tarea científica se convertía en una salida romántica. Le costaba concentrarse mientras iban de nido en nido, tomados de la mano. Impresionado la primera vez que Mike presenció una eclosión, su auténtico entusiasmo lo hizo aún más atractivo para ella. No podría dejar pasar la oportunidad de ver esta asombrosa proeza de la naturaleza.

Con las sobras de su refrigerador, Emily preparó una tabla de embutidos ecléctica para la cena. Su objetivo de tener una despensa bien surtida y cocinar comidas caseras parecía inalcanzable. Ensalada de pollo, hojas de lechuga para envueltos, pepinillos, queso, galletas y frutos rojos frescos fueron el plato principal improvisado de esa noche. Después de cenar, Bella les hizo señas para que la siguieran a la terraza, donde Emily la cepilló mientras tomaba el sol en el diván.

Retomar la conversación con Mike donde la había dejado se sentía natural, pero a Emily le costaba comprender cómo su apretada agenda los había distanciado tan fácilmente. Podría ser tan simple como que la vida se interpusiera, pero quería asegurarse de que no fuera más que eso. Por ahora, mantendría la conversación ligera.

Emily miró su teléfono; un mensaje de Anthony confirmaba que había llegado sano y salvo a casa. Mientras respondía, Duncan llamó a Mike para hablar sobre esta última escalada del caso, resolver el asesinato y encontrar a Marilyn era su prioridad. Emily y Anthony tenían que centrarse en un nuevo plan de seguridad para Tiki.

·   · ·

—Bella, no vamos a tardar mucho. —Emily levantó a su corpulenta Maine Coon del diván y la llevó adentro, a su árbol para gatos. Le dio a Mike una linterna y, tomados de la mano, comenzaron a caminar por la playa.

—¿Ya tienes los planos finales del Centro de Tortugas? —preguntó Mike.

—Estamos incorporando nuestros últimos cambios al plan y esta semana nos vamos a reunir con el arquitecto para realizar un recorrido por el sitio con el constructor.

—Es emocionante. Seguro que requiere una experiencia única.

—Sí, hemos consultado y colaborado con biólogos marinos y otros hospitales de tortugas en las costas del Atlántico y del Golfo. Las tortugas que requieran hospitalización serán trasladadas a instalaciones cercanas, pero contaremos con una pequeña área de tratamiento para iniciar su atención. El objetivo del centro es ofrecer educación interactiva a estudiantes de todas las edades, así como al público en general, y concienciar sobre la conservación de las tortugas marinas. También contaremos con un nuevo espacio de reunión para los voluntarios dedicados a las tortugas. Hasta ahora, todas las sesiones de capacitación se realizaban en la sala de Marlon.

—¿Marlon y Sharon van a seguir a cargo de las operaciones?
Emily asintió.

—Marlon tiene décadas de experiencia trabajando en diferentes centros de tortugas y, junto con las habilidades de Sharon como directora de comunicación, forman un equipo de ensueño.

—Y contigo y Anthony al mando, va a ser un éxito increíble.

—No te olvides de los recursos de Sarah. Es una persona formidable. Expertos y asesores del sector están donando su tiempo para ayudar a Sarah a hacer realidad la visión de su mamá para el centro.

Los nidos de tortuga, etiquetados y acordonados por el Proyecto de Tortugas Coral Shores, protegieron los frágiles huevos, y los sistemas de vigilancia ayudaron a predecir cuándo las crías romperían el caparazón y emprenderían el peligroso viaje hacia el océano. Como voluntaria, la labor de Emily era asegurar que su ruta desde el nido hasta el agua estuviera libre de obstáculos que pudieran dificultar su éxito. Tras inspeccionar la zona, concluyeron que no había indicios de una eclosión inminente.

De regreso a la cabaña de Emily, Mike le apretó la mano con más fuerza.

—Me costó mucho estas últimas semanas, sin saber qué pensabas ni qué sentías. —El tono de su voz hizo que Emily se detuviera. Parecía casi triste, pero luego se volvió hacia ella con una sonrisa.

Ella tiró de su brazo para acercarse y se apoyó en su cuerpo.

—Me alegra que hayamos aclarado las cosas cenando en tu casa. Entre el hospital y mis compromisos con el Centro de Tortugas, no he tenido ni un minuto libre. Sé que no lo hice muy bien al compartir mis sentimientos —entonces Emily hizo una pausa—. Para ser completamente honesta, pensé que pasaba algo más. Pero en lugar de preguntarte, me sumergí en el trabajo.

—Nos estábamos acercando tanto, tan rápido, como si estuviéramos en camino, ya sabes, a llevar nuestra relación al siguiente nivel. Trabajar con Duncan a diario es un recordatorio constante de cómo nuestras vidas se han entrelazado. Quizás hubiera aprovechado tu apretada agenda para tomarme un tiempo y pensar en cómo serían esos próximos pasos.

Se le hizo un nudo en la garganta.

—¿Llegaste a alguna conclusión?

Mike se detuvo y giró a Emily para que lo mirara. Solos en la playa, la atrajo hacia sí y se fundieron en un abrazo intenso. Al separarse, a Emily le daba vueltas la cabeza y le temblaban las piernas.

—Espero que esto responda a tu pregunta —sonrió.

Emily asintió, aun recuperando el aliento.

—Tuve algunos de esos mismos sentimientos. De una cosa estoy segura, te quiero en mi vida.

—Bueno, eso es bueno, porque no me voy a ningún lado.

Ella lo abrazó por la cintura mientras regresaban lentamente a su cabaña. Ambos acordaron ser más abiertos en el futuro, pero por ahora, disfrutarían del tiempo juntos, sin la presión de definir los próximos pasos.

Emily no quería que Mike se fuera, pero había prometido llamar a Anthony antes de que fuera demasiado tarde. No sería una conversación rápida porque tenían que hacer planes para Tiki. Eso no impidió que Emily y Mike alargaran su despedida, con dificultades para separarse. Estaban recuperando el tiempo perdido. Tras un último y largo beso, Mike se dirigió a su carro, no sin antes confirmar su próxima cita.

.　　.　　.

—¿Mike todavía está ahí? —preguntó Anthony.

—No. Se acaba de ir. Caminamos por la playa y, de camino a casa, volvimos a hablar de las últimas semanas.

—Qué bien. Me mató verlos a los dos actuando de manera extraña.

—Lo sé. A mí también me cuesta. Me gusta. Muchísimo.

—Estoy bastante seguro de que él siente lo mismo. Deberías ver cómo te mira cuando no estás prestando atención.

A Emily le gustó oír eso.

—Ya basta de mi vida amorosa. ¿Está todo bien contigo y Tiki?

Sabía que Anthony se sentía vulnerable después de los recientes acontecimientos. Duncan se había quedado fuera de casa durante casi una hora, asegurándose de que todo estuviera tranquilo antes de irse a dormir. Llevar a Tiki al hospital y sacarlo cada día se había vuelto cada vez más difícil.

—Tiki está bien. Comió bien y ahora duerme, pero yo estoy hecho un desastre. Marc dejó su reunión de la tarde para volver temprano a casa, y hemos estado pensando cómo gestionar a Tiki hasta el final de la semana.

—¿Alguna idea nueva?

—No. Sigo queriendo llevarlo al trabajo todos los días. No me siento cómodo dejándolo solo. Marc se va a quedar aquí el jueves cuando nos reunamos con Sarah y el Equipo Tortuga.

Anthony había nombrado al grupo de consultores que estaba llevando adelante el Centro de Tortugas como el Equipo Tortuga.

—Puedo seguir interfiriendo con los paparazzi cuando lleves a Tiki a casa cada noche. Si te resulta más fácil irte más temprano, hazlo —dijo Emily.

—Puede ser. Voy a seguir viniendo por la mañana antes que el personal. Voy a pedirle al administrador de la propiedad que me dé permiso para bloquear el callejón detrás del hospital para que nadie más que tú o yo pueda acercarse a la puerta trasera. Voy a mantener la camioneta estacionada allí. Además, así puedo evitar que los fans deambulen.

—¿Las barricadas no van a llamar la atención sobre esa zona?

—No lo creo —dijo Anthony—. Los fans de Tiki se están reuniendo para crear una comunidad. Es un fenómeno de las redes sociales, y la mayoría de la gente está ahí para sus propios intereses y para publicar *selfis*. Creo que están realmente preocupados por Marilyn y Tiki; no parece que tengan malas intenciones. ¿Suena ingenuo?

Emily pensó un momento.

—¿Y qué hay del señor Raro? No creo que sea parte del grupo principal.

—Sin duda, destaca. Le envié su foto a Mike, y él se la pasó a la agente García y a su compañero para que lo revisaran.

—Mike me dijo que la probabilidad de encontrar una coincidencia con la orden de búsqueda del carro aumentó después de esta noche. Al menos sabemos que el carro no está tirado en el fondo de un canal. Suponiendo que fuera el carro de la novia de Dylan Colt, cuanto más tiempo esté en la carretera, más fácil va a ser localizar a la persona que te siguió.

—Eso espero. Tengo el mal presentimiento de que la situación se está descontrolando. No ayuda que los medios de comunicación se centren en la desaparición de Marilyn y la búsqueda del tesoro. Si la afluencia de gente en el trabajo sigue creciendo, podríamos considerar contratar un guardia de seguridad. Deberían ser discretos para que nuestros clientes se sientan seguros, pero su presencia podría disuadir cualquier actividad disruptiva de los paparazzi.

Aunque los superfans de Tiki se comportaban pacíficamente, eran un verdadero problema. Mantener en secreto el paradero de Tiki Lulu era esencial, pero no tan importante como encontrar a Marilyn. Duncan y Mike guardaban silencio sobre la investigación, dejando a Anthony y Emily solos para hacer planes. Con una búsqueda del tesoro añadida a la mezcla, la investigación se había convertido en un embrollo.

CAPÍTULO CATORCE

La nueva normalidad distaba mucho de ser normal. Durante los siguientes días, el Hospital Veterinario Coral Shores se convirtió en la zona cero de todo lo relacionado con Tiki Lulu y Marilyn, incluyendo la investigación de la persona desaparecida y la búsqueda del tesoro. Camionetas de prensa, de comida y paparazzi llenaron el estacionamiento del hospital y los negocios vecinos. Los fans de Tiki acamparon en autocaravanas o bajo carpas portátiles, muchas con grandes parrillas para cocinar. Las áreas al aire libre para ver la televisión se convirtieron en puntos de encuentro clave. Alguien pintó una imagen de Tiki Lulu en un tablero de *cornhole*, y un torneo parecía estar en pleno apogeo. Un evento para todas las edades que recordaba más a una fiesta previa al partido de fútbol americano que a un hospital veterinario.

A medida que la multitud aumentaba, la policía envió a un agente al estacionamiento, eliminando así la necesidad de que Emily contratara una empresa de seguridad privada. Pasaron la mayor parte del tiempo dirigiendo el tráfico, pero esa presencia constante mantuvo la seguridad. Duncan probablemente influyó en esa decisión, y ella se sintió agradecida.

La preocupación de que el circo mediático disuadiera a sus clientes de programar citas era infundada. Ocurrió lo contrario. El número de seguidores de Tiki en Flix se duplicó la semana pasada, acercándose a los dos millones. Ese nivel de interacción incluyó a muchos clientes de Emily que no querían perderse las festividades.

La recepcionista jefa, Abigail, convenció a Anthony para que añadiera una segunda recepcionista al turno, ya que los clientes curiosos que entraban a comprar comida o a reponer el medicamento contra el gusano del corazón y las pulgas de su mascota se sumaban a la apretada agenda de citas. Estas compras rutinarias proporcionaban una cobertura legítima, permitiendo a los clientes de Emily investigar sin parecer curiosos.

—Hablé con el administrador de la propiedad esta mañana —dijo Anthony.

Él y Emily se tomaron un momento del día para almorzar y planificar su estrategia.

—Espero que entiendan que todo esto está fuera de nuestro control.

—Sí. Mientras la policía esté aquí para mantener el estacionamiento accesible para los clientes de los demás negocios, están dispuestos a aguantar. Y no le importa que bloqueemos el callejón.

—Le he dicho varias veces a la multitud que Tiki no está aquí, pero simplemente me ignoran.

—Las teorías de conspiración en línea crecen cada día. Cada vez es más arriesgado que Tiki y yo nos movamos del hospital a mi casa. Los paparazzi lo van a descubrir.

Emily y Anthony guardaron silencio unos minutos mientras observaban a Tiki acicalarse. Usaba el pico y las patas para acariciar cada pluma desde la base hasta la punta. El plumaje de Tiki era precioso. Acicalarse era un comportamiento normal, pero Anthony expresó su preocupación por el hecho de que Tiki había estado hablando menos en los últimos días. Emily no había notado el cambio, pero Anthony pasaba más tiempo con él y confiaba en sus observaciones.

—Em, creo que deberíamos contactar con los centros de aves silvestres que participan en la búsqueda del tesoro de Marilyn. Algunos ofrecen hogares permanentes para loros. Como Marilyn ya los recomendó, también deberíamos confiar en ellos.

Anthony se ahogó. Entregar a Tiki a un santuario en lugar de devolvérselo a Marilyn era difícil de contemplar. Emily odiaba ver a su amigo tan angustiado.

—Supongo que no estaría mal llamar para averiguar qué implica reubicar a un loro, pero pospongamos cualquier decisión. Si podemos hasta el fin de semana, vamos a tener tiempo para ordenar nuestras ideas. Necesitamos un respiro de todo este drama y caos.

Emily quería sonar fuerte para Anthony, pero al girarse para mirar a Tiki, sintió un nudo en la garganta. Solo le había llevado unos días forjar un fuerte vínculo emocional con este increíble loro.

Anthony echó los hombros hacia atrás y se sentó derecho.

—De acuerdo. Voy a esperar hasta el lunes para hacer las llamadas. Hablando de algo un poco más ligero, ¿viste que Nutria viene esta tarde?

—Nunca me voy a acostumbrar a llamarla así; para mí sigue siendo Susan. Tuvimos que esperar a que las lunas se alinearan para repetir el análisis de sangre de Sara Lee —dijo Emily con una sonrisa.

Nutria siempre le levantaba el ánimo, y todos necesitaban un poco de buen karma celestial para sobrellevar el día.

—Salgo temprano para que Tiki se acomode antes de nuestra reunión con Sarah y el Equipo Tortuga. Marc trabaja desde casa esta tarde para poder quedarse con él.

—Dile que gracias. La reunión es en casa de Marlon y él nos está preparando una cena. Después, vamos a ir todos a casa de la señora Klein a recorrer la obra con el contratista.

—Sé que deberíamos llamarlo Centro Educativo de Tortugas Marinas Eliza Klein, pero por ahora, es la cabaña de la señora Klein. Debe ser difícil para Sarah a veces. No ha pasado tanto tiempo desde que murió su mamá.

Emily asintió. El dolor abrumador tras la pérdida de un padre o una madre nunca desaparece y a menudo llega en oleadas, desencadenado por la más mínima señal. Esto se agravó para Sarah, quien perdió a su mamá en un crimen violento. Justo después de la muerte de su mamá, Emily rompía a llorar al sentarse en su diván o ponerse sus chanclas favoritas. Emily atesoraba la extensa colección de chanclas de su mamá y no podía separarse de ellas. Al cerrar los ojos, imaginaba a su mamá usándolas todas. Solo con el tiempo, los recuerdos se volvieron menos dolorosos.

. . .

—Hola, Nutria —dijo Emily al entrar en la sala de reconocimiento.

La cola de Sara Lee se movía a toda velocidad. Luchó por contener la emoción e hizo su propia versión del claqué canino, cambiando el peso de un pie a otro. Emily se agachó para acariciarla.

—Hola, Sara Lee.

—Le encanta la atención —sonrió Nutria—. Pero sobre todo, a ambas nos encanta venir a verte, Emily. He estado siguiendo la historia de Marilyn y Tiki en las noticias. ¿Cómo estás?

—Como era de esperar. Estamos preocupados por Marilyn.

—Es un circo ahí fuera. Me recuerda a una feria de arte y psíquica a la que asistí hace poco.

Emily intentó imaginar qué sucede en una feria psíquica, pero no supo qué hacer.

—¿Cómo está Sarah Lee?

—Está maravillosa. Le encanta su nueva comida y ya no tiene problemas estomacales. Las lunas están alineadas, así que vinimos a revisarle los análisis de sangre. Me siento bien con esto.

Una vez que Emily completó el examen de Sarah Lee, tomaron la muestra de sangre para enviarla al laboratorio. Sarah Lee había recuperado el peso que había perdido durante su enfermedad, lo cual era una buena señal.

—Los resultados van a estar listos en un par de días —le dijo Emily a Nutria mientras caminaban hacia el vestíbulo. Era difícil evitar mirar por la ventana, pero Emily necesitaba separar su jornada laboral del caos constante. Se apartó de las pancartas y los letreros para centrarse en sus pacientes y personal. Mientras se dirigía a su consultorio, Nutria la llevó aparte.

—No iba a decir nada, pero puedo ver la preocupación en tu rostro. Tuve una premonición al pasar por el estacionamiento antes de nuestra cita. Fue breve, pero vi a Marilyn Peña y a su loro, Tiki Lulu, reunidos. Un aura de alegría, amor y paz los rodeaba.

Emily no creía en videntes ni adivinos, pero sí en Nutria. Su mamá, que también era escéptica, contaba muchas historias sobre momentos en los que Nutria, en aquel entonces Susan, predijo un futuro. Si algunas personas eran más intuitivas o tenían el don, ¿quién era Emily para decir lo contrario?

—Necesitaba oír eso ahora mismo —dijo antes de abrazar a Nutria—. Ojalá tu visión se haga realidad.

. . .

Con Anthony listo para irse con Tiki, Emily entró al estacionamiento delantero. Su presencia ya no distraía, pues la actividad cobraba vida propia. El grupo original de paparazzi seguía al frente, siendo entrevistado por un reportero de la televisión local. Emily observó a la multitud y vio al señor Raro, solo bajo una palmera cocotera. Su apariencia había cambiado. Ahora se veía demacrado y enfermo. Emily lo observó durante unos minutos hasta que giró la cabeza ligeramente hacia ella y la miró fijamente. Se sostuvieron la mirada un momento antes de que Emily diera media vuelta y regresara al hospital. Algo raro le pasaba a ese tipo. Quería saber si Duncan tenía alguna información sobre su identidad, pero tendría que esperar. Emily se apresuró a terminar su día para poder llegar a casa a cambiarse antes de la reunión del Equipo Tortuga.

. . .

—Emily. —Sarah saltó de la silla para saludarla con un abrazo.

Se habían hecho muy amigas. Cuando se conocieron, se conectaron por Elvis y el dolor compartido tras la pérdida de sus madres. Esa conexión floreció durante el tiempo que trabajaron juntas en el proyecto de las tortugas.

—Hola a todos. Disculpen la tardanza —dijo Emily.

Sharon se puso de pie para darle la bienvenida a Emily a la reunión.

—No llegas tarde. Nosotros llegamos temprano. Simplemente no pudimos evitarlo. ¡Qué emocionante!

Sharon y su anfitrión, Marlon, dirigían las operaciones diarias del Centro de Conservación de Tortugas. Sus décadas de trabajo protegiendo a las tortugas marinas los convertían en la opción ideal.

—Comamos primero antes de empezar la reunión —dijo Marlon, y luego les hizo señas para que lo siguieran.

Luis Ruiz, el arquitecto, se unió a Sharon, Marlon y Sarah mientras se servían pasta y ensalada. Emily se quedó atrás, haciéndole señas a Anthony. Quería hablar con él en privado.

—¿Está todo bien con Tiki? —Desde que Anthony compartió sus pensamientos sobre el comportamiento tranquilo de Tiki, eso le pesó.

—Marc le preparó un festín de delicias. Cuando me fui a la reunión, estaba disfrutando de sus botanas y hablando como un loco; está feliz en su nuevo hogar.

Llevar a Tiki al trabajo todos los días no era una estrategia práctica ni a largo plazo, pero al menos por ahora, respiraban tranquilos.

—Hablando de botanas, me muero de hambre.

Anthony caminó hacia la cocina y llenó su plato.

El Equipo Tortugas se reunió en el salón estilo Florida de Marlon, donde él repartió cannolis como postre. Mientras revisaban los cambios más recientes en el plano arquitectónico del Centro de Conservación de Tortugas Eliza Klein, todos coincidieron en que estaban a punto de embarcarse en un proyecto que cambiaría sus vidas. Construir un centro de primer nivel superaba sus sueños más ambiciosos.

Sarah miró su reloj y se levantó.

—Marlon, muchas gracias por preparar esta deliciosa comida. Es hora de ir a casa de mi mamá a ver al contratista. Emily, ¿podrías acompañarme? Te puedo llevar de vuelta a tu carro cuando terminemos.

—Claro.

Emily asumió que Sarah tenía algo que discutir, pero por lo demás no le dio importancia.

.   .   .

—Nos alegra mucho tenerte de vuelta en la ciudad. ¿Cuánto tiempo te vas a quedar? —le preguntó Emily a Sarah durante el corto trayecto a la playa.

—Solo unos días esta vez, pero voy a volver más a menudo en cuanto iniciemos la obra. He estado lidiando con la inminente demolición de la casa de mi mamá para limpiar el terreno. Ahora que Luis ha encontrado la manera de integrar la estructura de su cabaña en el nuevo centro de bienvenida, bueno, me siento bien. A mamá le encantaría este diseño.

—Estoy de acuerdo. Es perfecto.

El asesinato de la señora Klein conmocionó a la comunidad, pero su legado perduraría para las generaciones futuras.

—Emily, he estado siguiendo las noticias locales y, después de que Anthony me contara todos los detalles, estoy preocupada por ustedes dos. ¿Cómo lo llevan todo?

—Debo admitir que es mucho. Cuidar un loro ya es bastante estresante, pero la búsqueda del tesoro y la atención mediática se están descontrolando. Anthony y Marc construyeron un nuevo hogar temporal para Tiki Lulu, pero tenemos que afrontar la realidad de que Marilyn podría no regresar.

—Espero que no te moleste, pero llamé a Duncan. Cuando supe que descubriste a otra víctima de asesinato, me asusté.

Sarah trabajó con Duncan y Mike en la investigación del asesinato de su mamá y ayudó a que los asesinos fueran llevados ante la justicia.

—Oh —Emily intentó disimular su sorpresa, aunque Sarah parecía preocupada—. Técnicamente, Anthony encontró el cuerpo esta vez. Fue muy impresionante, pero hemos estado ahí para apoyarnos mutuamente.

—Eso mismo me dijo cuando le pregunté antes de que llegaras esta noche. Tu amistad con él es algo a lo que todos aspiramos. Si necesitas mi ayuda con cualquier cosa, por favor, pídela. Tengo un ejército de especialistas en medios a los que puedo reclutar para que te ayuden con la publicidad o lo que necesites.

—Gracias, Sarah. Aprecio la oferta. Espero que Duncan y Mike encuentren pronto a Marilyn y que todo esto se tranquilice.

Emily no sonaba muy convincente.

Al ingresar en la entrada de la señora Klein, vieron al Equipo Tortuga reunido en el jardín delantero con el contratista. Luis Ruiz sostenía los planos del sitio para guiar el recorrido. Emily no vio a Anthony con el grupo, así que empezó a inspeccionar la propiedad. Cuando salió de detrás de una camioneta, agitando frenéticamente su teléfono por encima de la cabeza, el pánico le inundó el rostro. Emily saltó del carro mientras él corría hacia ella.

—Em, es Marc. Algo va mal. Tenemos que irnos.

CAPÍTULO QUINCE

Sarah se volvió hacia Emily.

—Vete. Podemos encargarnos de todo aquí.

Emily corrió para alcanzar a Anthony, quien ya había dado marcha atrás. Empezó a manejar por Beach Road antes de que Emily cerrara la puerta. Le temblaban las manos mientras forcejeaba con la hebilla del asiento.

—¿Qué está sucediendo?

—Marc y Tiki Lulu disfrutaban de una tarde tranquila en casa cuando Tiki se puso nervioso de repente. Empezó a aletear y a chillar «¡Chad! ¡Chad!» Marc no pudo calmarlo, así que me llamó.

—Ni siquiera entiendo qué significa eso. ¿Se refería Tiki a Chad, el sobrino de Marilyn?

—No lo sé, pero Marc juró haber visto a alguien moviéndose entre las sombras fuera del aviario. La mayor parte del terraza acristalado da a una hilera de arbustos y algunos árboles. Por eso eligió esa casa. Está en una zona tranquila del barrio. Le gritó, pero ya había desaparecido. Tiki Lulu es muy listo. Si dijo que era Chad, era Chad.

No había forma de discutir su lógica. ¿Por qué si no gritaría Tiki ese nombre? Había compartido su vasto vocabulario con ellos durante la última semana, pero ni una sola vez había pronunciado el nombre de Chad. Nada que se le pareciera. Nada que sonara similar o comenzara con «ch», como chaz. Cuando los loros aprenden palabras nuevas, su pronunciación inicial suele ser un proceso en desarrollo, pero como Marc había sido vehemente con lo que había oído, solo podía haber una conclusión, tenía que ser Chad.

—Le dije a Marc que llamara a Duncan —dijo Anthony.

—Hiciste lo correcto. Sospechamos de Chad el día que intentó llevarse a Tiki a casa del hospital. La desaparición de Marilyn es una noticia importante, así que ¿por qué no se ha presentado como familiar preocupado? ¿Y por qué se esconde de la policía?

Las consecuencias del último giro de la noche se hicieron evidentes mientras pasaban los últimos minutos manejando en silencio. La tensión aumentaba con la fuerza de Anthony al sujetar el volante. Al entrar al aparcamiento de la casa de Marc y Anthony, vieron una patrulla estacionada frente a la casa. Anthony se acercó a la banqueta y saltó del carro, dejando el motor en marcha y la puerta del conductor abierta de par en par. Emily se tomó un momento para asegurar el carro y luego corrió tras él.

Anthony y Marc estaban de pie junto a la puerta mosquitera, mirando a Tiki.

—¿Está bien? —preguntó Emily mientras se unía a ellos.

—Ahora sí lo está —respondió Marc.

—¿Dónde está el policía?

—Está dando vueltas por la propiedad. Dudo que encuentre algo.

Marc ajustó el mueble de televisión improvisado que había creado para Tiki, reubicando la mesa del desayuno.

—Cuando Tiki se agitó, primero intenté ofrecerle sus comidas favoritas, pero no sirvió de nada. Solo se tranquilizó cuando puse un programa sobre osos panda.

—¿Pudiste ver bien a la persona? —Emily le preguntó a Marc.

Marc negó con la cabeza.

—Estaba demasiado oscuro, pero estaba cerca del terraza, a este lado de los arbustos.

—Tal vez era un niño del vecindario, husmeando —dijo Emily.

Anthony y Marc se giraron para mirarla.

—¿Ni tú te lo crees, verdad? Si no recuerdo mal, me dijiste más de una vez, mientras investigábamos el asesinato de la señora Klein, que no creías en las coincidencias —dijo Anthony.

Tenía razón. Ella no creía en las coincidencias, lo que significaba que la reacción de Tiki ante el intruso debía tomarse en serio.

Anthony se dio una palmadita en el bolsillo del pantalón buscando las llaves del carro, lo que instó a Emily a dárselas.

—Gracias, Em. Debo decirte que estoy de los nervios.

Entre el creciente espectáculo en el estacionamiento del hospital y otro intento de allanamiento, sus vidas se tambaleaban al borde del precipicio. Necesitaban tomarse un respiro, despejarse y trabajar en un plan B para la atención a largo plazo de Tiki.

El teléfono de Emily vibró en su bolsillo.

—Es un mensaje de Sarah. Quiere saber si estamos bien. Terminaron el recorrido por el sitio y nos va a dar una actualización cuando estemos listos.

—Me siento mal por haber salido corriendo como lo hicimos —dijo Anthony.

—Lo entienden. Le dije que estamos bien y que le vamos a contar todo más tarde.

Emily se giró hacia las voces que venían de afuera de la puerta. Marc se acercó a echar un vistazo y regresó con Duncan.

—Hola —dijo Duncan.

Emily sonrió. Su presencia le traía una gran paz. Era un exitoso Ayudante del Alguacil, pero también era su hermano mayor. Siempre se apoyaban mutuamente, y ahora que él estaba allí, podía respirar tranquila.

—Gracias por venir. Disculpa que te hayamos llamado a casa. Me entró el pánico —dijo Anthony.

—No te preocupes. Puedes llamarme cuando quieras. El Oficial Baker registró el área circundante y no parece haber nada fuera de lugar. Encontró algunas huellas en la tierra afuera del terraza de Tiki, pero eso es todo.

—Te lo digo, Duncan, Tiki sabía que era Chad el que andaba merodeando. No hay otra explicación —dijo Anthony.

—No lo dudo, pero ¿qué puedo hacer cuando el testigo es un loro? —La pregunta quedó en el aire por un minuto—. Le he ordenado al Oficial Baker que haga rondas regulares por el estacionamiento durante su turno de noche. ¿Van a llevar a Tiki al trabajo mañana?

Emily y Anthony asintieron.

—De acuerdo. Avísenme si cambian de planes, ya que afecta las rutas de patrulla. Todos se ven cansados. ¿Por qué no intentan descansar un poco? Esta noche están a salvo.

Duncan se guardaba algo, pero Emily decidió no presionarlo por ahora. Marc y Anthony movieron sus sillones junto al terraza para sentarse junto a Tiki, quien parecía contento y tranquilo mientras comenzaba su rutina de sueño nocturno.

—Si les parece bien, me voy a casa —dijo Emily—. Duncan, vine con Anthony y dejé el carro en casa de Marlon. Estábamos reunidos para hablar del Centro de Tortugas cuando todo se torció. ¿Me llevas?

—Claro —respondió, y luego ambos se despidieron.

Esperó a que estuvieran en el carro de Duncan antes de hacer preguntas. Al incorporarse a la carretera, lo vio girarse para mirar las cámaras de seguridad que apuntaban a la entrada del complejo de casas.

—Me sorprende lo en serio que te tomas las palabras de un loro —dijo Emily—. ¿Qué pasa, Duncan? ¿Sabes algo de Chad?

Siguió manejando, con la vista al frente. Emily hizo bien en esperar a estar en un espacio reducido para obtener respuestas. Duncan no tenía escapatoria.

—Em, esta investigación tiene muchas partes en juego. No puedo hablar de ello.

—No sé por qué seguimos en esta situación. Necesito información para ayudar a mantener a Tiki, Anthony y Marc a salvo. Hicieron un gesto maravilloso al traerlo a su casa, y ahora me preocupa que esa decisión los esté poniendo a todos en riesgo. Necesitas ayudarme.

Fue un argumento razonable, y después de un momento, Duncan cedió. Detuvo su carro en el arcén y se volvió hacia Emily.

—Lo que voy a compartir contigo es confidencial, y mantenerlo así es crucial para la investigación. Pero primero, ¿hay algo que quieras decirme?

«Oh, oh», pensó Emily, antes de fingir inocencia.

—¿Qué quieres decir?

—Em, sé que fuiste al departamento de Chad. Creo que me debes una explicación.

Tenía que andar con cuidado.

—Estoy atrapada en un caso de asesinato, y ni tú ni Mike quieren hablar conmigo. ¿Cómo lo supieron?

—Tenemos un agente encubierto vigilando la casa de Chad. ¿Sabes lo vergonzoso que fue descubrir que estabas allí por culpa del equipo de investigación? Pero eso no fue lo peor. ¿Y si hubiera estado en casa? ¿Y si te hubiera hecho daño?

Ahora, el sedán gris tenía sentido para ella, pero odiaba oír la decepción en la voz de su hermano.

—Lo siento mucho. Debería habértelo dicho. —Duncan aceptó su disculpa cuando ella prometió no volver a hacerlo—. Puedes confiar en mí.

—Sé que puedo, pero ¿qué pasa con compartir información con Anthony y Marc?

—No cuentan. Somos todos uno. Son mi familia también, pero ni una palabra más allá de nosotros tres.

Duncan lo pensó y asintió antes de volver a la carretera.

—El ADN de Chad Peña estaba en el cuerpo de Dylan Colt. Sus huellas estaban por toda la casa de Marilyn, pero era de esperar. Había estado viviendo allí hasta hace poco. Así fue como obtuvimos su ADN, de un cepillo de dientes.

—¿Dónde vive ahora? Hablé con su vecina y hacía días que no lo veía.

—Estamos intentando localizarlo. Aún no ha regresado a su departamento. Es hijo único y sus padres ya fallecieron. Marilyn es su única pariente que vive cerca. Emitimos una orden de arresto contra Chad, pero por ahora no tenemos ninguna pista. Chad Peña es un fracasado. Abandonó la universidad y no puede mantener un trabajo. Estaba ayudando a su tía hasta que ella lo hecho hace cuatro semanas. Tras agotar el fideicomiso que le dejó el esposo de Marilyn, está en la ruina.

—¿Tiene antecedentes penales?

—Solo unas cuantas multas de estacionamiento.

—Es la tercera vez que alguien intenta apoderarse de Tiki Lulu. Me arriesgo a suponer que Chad intentó entrar al hospital. ¿Para qué querría el loro de Marilyn?

—Alguien está accediendo a la cuenta de correo electrónico de Marilyn. Suponemos que no es ella, ya que no ha habido solicitudes de ayuda. Es posible que le haya robado la contraseña y esté buscando algo relacionado con la búsqueda del tesoro. Es el único vínculo entre Tiki y el dinero.

—Anthony y yo planeábamos contactar con algunos santuarios de aves silvestres para ver si podíamos mudar a Tiki a un nuevo hogar. No puedo meter a nadie más en esto, no si Tiki está en peligro. ¿Qué voy a hacer? No puedo permitirme un equipo de seguridad para él.

—Creo que están todos a salvo en el trabajo, y podemos empezar a patrullar la casa de Marc y Anthony por la noche. Al menos hasta que detengamos a Chad Peña.

—¿Qué hay de Marilyn? ¿Tienes alguna pista?

Duncan negó con la cabeza.

—Y aún no hay demanda de rescate. Creemos que encontrar a Chad nos puede llevar a Marilyn.

Cuando Duncan ingresó en la entrada de Marlon, todo el Equipo Tortuga, menos Luis Ruiz, que se había ido, salió al jardín delantero. Habían esperado para comprobar con sus propios ojos si Emily estaba bien.

Duncan la dejó en buenas manos.

—Prometo avisarte si algo cambia.

Emily le creyó.

No tenía energías para repasar toda la secuencia de eventos con el equipo, empezando por la cita veterinaria de Marilyn para el corte de uñas de Tiki. Comprendían su reticencia a compartir y solo querían asegurarse de que ella y Anthony estuvieran a salvo. Le costó convencerlos, pero finalmente aceptaron que Emily manejara sola a casa. Sarah no aceptó un no por respuesta cuando propuso llevar la cena a casa de Emily mañana por la noche. Les daría la oportunidad de ponerse al día y repasar los planes para las tortugas. Y, por supuesto, Anthony estaba invitado.

Emily solo pensaba en meterse en la cama y acabar con el día. Tras un rápido cambio de la comida y el agua de Bella, se puso su pijama más cómoda. Mientras apoyaba la cabeza en la almohada, Mike la llamó.

—Hola, Em. Duncan me contó todo. Puedo ir a tu casa.

La idea de quedarse dormida en los brazos de Mike era tentadora, pero Emily no tenía nada más que dar.

—Gracias, Mike. Bella está de guardia como mi guardaespaldas, así que creo que estoy bien. Estoy agotada. ¿Puede ser otro día?

—Claro. ¿Qué te parece el sábado por la noche?

—Eso sería genial. Sarah Klein viene mañana por la noche para hablar sobre los planes del Centro de Tortugas, y Anthony y yo tenemos que arreglar algunos asuntos para el cuidado de Tiki, pero por lo demás, tengo el fin de semana libre.

Escuchar la voz de Mike fue el remedio perfecto después de un día difícil. Lidiar con la dura realidad sobre la seguridad de Tiki y Marilyn seguiría presente por la mañana, pero no había nada que pudiera hacer al respecto ahora mismo. El suave ronroneo de Bella le proporcionó el sonido blanco que necesitaba para tranquilizarse y, en cinco minutos, Emily se quedó profundamente dormida.

CAPÍTULO DIECISÉIS

—Oh, no —se dijo Emily mientras veía las noticias de la mañana—. Nunca termina.

Para asegurarse de que este arrebato no interfiriera con la entrega de su desayuno, Bella dejó escapar un exigente «Miau», luego corrió hacia la cocina, incitando a Emily a seguirla.

—Aquí tienes, Bella. —Emily dejó el sabroso paté de salmón en el suelo.

Con la cafetera en pleno ciclo de preparación, Emily realizó un hábil movimiento para cambiar la taza vacía por la cafetera. Una vez llena, devolvió la cafetera sin derramar ni una gota. Un sorbo fue suficiente para afrontar el día.

El diván con vista al mar de su mamá solía ser un refugio reconfortante frente al estrés del mundo exterior, pero no esa mañana. El sol naciente se reflejaba sobre el agua, proyectando un resplandor rojizo. El oleaje estaba inquietantemente calmo y el aire, denso. Sin una brisa que lo agitara, las palmas permanecían inmóviles. Incluso las aves marinas, que solían piar, guardaban silencio. «Cielo rojo por la noche, dicha del navegante. Cielo rojo por la mañana, advertencia temprana». Su mamá siempre juró por la precisión de ese viejo pronóstico marinero.

El aire pesado y el cielo amenazante contribuían a la ansiedad de Emily. Era temporada de huracanes, así que sería prudente estar atenta al clima para asegurarse de que no hubiera tormentas en el Golfo. Después de ver la noticia de última hora sobre el caso de Marilyn y Tiki, Emily evitó las noticias de la televisión y optó por consultar la aplicación del clima en su teléfono. La esperanza de tener unos minutos de tranquilidad se desvaneció en un instante. Tenía cinco mensajes y dos llamadas perdidas de Anthony.

. . .

—Hola, Em —dijo Anthony al responder a su llamada—. ¿Lo viste?

—Sí. —Un reportero había estado transmitiendo en vivo desde el estacionamiento del hospital frente a un grupo grande de personas—. Me desconecté un poco al ver a la multitud, pero capté la parte sobre otra pista del tesoro encontrada en los Jardines de Flamencos en Davie.

—Tiene sentido después del video de Tiki con el sombrero rosa de plumas, de pie sobre una pierna. Mi abuela me llevó a los Jardines de Flamencos cuando era niño. Es un lugar genial.

—¿Qué número había en el azulejo esta vez?

—Número uno. Eso suma cinco números hasta ahora: ocho, nueve, cero, cinco y ahora, uno. ¿Sabes cuántos números hay en una ubicación GPS de latitud y longitud?

—Seis o más dígitos para cada uno, pero solo estoy adivinando.

—Pensé que si todos los números formaban parte de una geolocalización, podría llevarnos al tesoro enterrado. La X marca el lugar.

—Eso tiene sentido. ¿Acaso Marilyn anunció alguna vez cuántas pistas escondió cuando inició esta búsqueda del tesoro?

—No lo creo. Estoy a punto de irme al hospital. Marc dijo que podía tomarse el día libre para quedarse en casa con Tiki, pero sé que tiene una entrega importante. Como Tiki parece estar bien esta mañana, lo voy a llevar conmigo. Esperemos que los paparazzi no se den cuenta de nuestra llegada.

—Voy a estar allí pronto. Creo que sería buena idea llamar a todos los clientes con citas programadas hasta el cierre del sábado para informarles de lo que ocurre. Solo por cortesía.

—Buena idea. Le voy a decir a Abigail que empiece con eso cuando llegue.

—Adiós.

. . .

Emily pasó por la panadería de Savannah de camino al trabajo para comprar una docena de sus exquisitas donas gourmet para el personal. Todos habían hecho un trabajo increíble para mantener el negocio como siempre a pesar de las distracciones. Dadas las exigencias de la semana, los pasteles fueron su forma de decir gracias. Después de dejar la caja en el comedor, llevó la dona favorita de Anthony con tocino y jarabe de arce a su oficina.

—¡Mmm! Gracias, Em. Después de ver las noticias esta mañana, se me olvidó desayunar.

—Yo también perdí el apetito. La gente afuera parece ser más que ayer.

—¿Qué haces? Momo. Momo. ¿Quieres un té?

Tiki se balanceaba en su percha. Luego, revisó la comida de su comedero y eligió una rodaja de manzana. A Emily le fascinaban sus hábitos culinarios.

—¿Cómo está? —preguntó—. Y no me lo suavices.

—En general, parece estar bien, pero sigo pensando que está más tranquilo y tal vez un poco menos activo. Está acostumbrado a ese aviario enorme y elegante que Marilyn le construyó. Intentamos compensar el espacio reducido asegurándonos de que siempre haya alguien ahí para mantenerlo ocupado.

—Pero eso no es sostenible. Ni para ti, ni para Marc, ni para Tiki.

—Lo sé, pero por ahora lo estamos gestionando y podemos trabajar en un plan este fin de semana. Como el sábado cerramos a medio día, pensé en trabajar desde casa. Tengo que ponerme al día con el papeleo y me preocupa mover a Tiki por solo unas horas.

—Me gusta la idea. Podemos sobrevivir la mañana sin ti, pero por los pelos. —Emily abrazó a su amigo—. Estaba tan distraída anoche después del fiasco de Tiki con los gritos de Chad, que olvidé preguntarle a Duncan sobre el señor Raro. Ya está de vuelta bajo la palmera. Lo voy a mencionar la próxima vez que hable con él.

Emily se dirigió a su oficina, centrando su atención en el día que tenía por delante.

Cada vez era más difícil ignorar el ambiente circense que se respiraba fuera de la puerta principal. A media mañana, llegó una patrulla adicional para ayudar con el control de multitudes. Las pancartas eran cada vez más grandes, y los disfraces de loro que llevaban los superfans eran más elaborados. Plumas rojas de cola acentuaban las alas de loro, confeccionadas con diversos materiales. Los sombreros con forma de loro gris africano eran la prenda estrella. Al mirar el aparcamiento, parecía un mar de cabezas de loro, balanceándose al ritmo de la música. Alguien había creado una lista de reproducción de canciones con letras sobre pájaros. *I'm Like a Bird* de Nelly Furtado sonaba por el altavoz.

Después de hablar con la mayoría de sus clientes, Abigail le informó a Emily que algunos habían optado por reprogramar su cita para la semana siguiente. Emily no podía culparlos. Los chequeos de rutina no eran urgentes y podían esperar unos días. Para los clientes con mascotas con problemas médicos, la multitud no los desalentaba. Su mascota era lo primero.

Uno de esos pacientes era Bubú Taylor, el Yorkshire Terrier. Sus dueños le pusieron el nombre del compañero del Oso Yogi, lo cual era muy apropiado porque parecía un oso de peluche. Bubú tenía once años y, a pesar de que su enfermedad renal estaba bien controlada con una dieta especial, había desarrollado hipertensión, una complicación común. A sus clientes siempre les sorprendía descubrir que su mascota tenía hipertensión. Para el señor Taylor, se convirtió en un momento de conexión con su pequeño Terrier, ya que él también estaba en tratamiento para la hipertensión. Después de que Bubú comenzara a tomar un nuevo medicamento el mes pasado, se programó esta cita para volver a controlarle la presión.

—Hola, Dra. Benton. Bubú se está tomando las pastillas como un campeón. No quiero que coma más sal escondiendo la pastilla en un trozo de queso, así que cociné unas zanahorias pequeñas al vapor y es fácil meter la pastilla dentro. Y le encantan. Espero que sus lecturas de hoy sean mejores que la última vez.

—Esa es una excelente manera de ocultar su medicina. Vamos a tomarle la presión aquí en la habitación contigo. Bubú está muy tranquilo en tus brazos, y eso nos va a ayudar a evitar lecturas artificialmente altas causadas por el estrés. Le voy a hacer el examen cuando terminemos.

Anthony trajo la máquina portátil y, tras saludar rápidamente a Bubú y al señor Taylor, le colocó el pequeño tensiómetro en la pata delantera. La máquina realizó tres lecturas diferentes y registraron el promedio en su historial médico. La presión de Bubú se mantuvo siempre dentro del rango normal. El medicamento había funcionado, una gran noticia para el señor Taylor y su querido perrito.

—Esas son casi las mismas lecturas que tuve en mi última visita al cardiólogo —dijo el señor Taylor.

—Sí, las personas y los perros tienen los mismos valores normales.

—Interesante. Es tan pequeño que supuse que su presión sería más baja.

—La dosis de Bubú se basa en su peso de cuatro kilos y medio, pero esa es la única diferencia. Vamos a revisar las lecturas cuando lo vea en su revisión médica de mitad de año.

—Me parece un buen plan. Voy a registrar la próxima cita antes de irme. ¡Vamos, Bubú! Vi un camión de comida vegana en el estacionamiento. Hora de almorzar temprano. Adiós, Dra. Benton. Adiós, Anthony.

Anthony y Emily caminaron juntos mientras devolvían el tensiómetro al quirófano.

—Ya sabes cuánto me encantan los camiones de comida —dijo Anthony.

—Sí, sí. —Emily sonrió—. En la prepa, me arrastrabas por todo Coral Shores y a las playas para comprar tus tacos de pescado favoritos de Taco Zone. ¡Qué camión de comida tan chido!

—Esos tacos estaban increíbles. Esta mañana vi un puesto de pollo y waffles. Están teniendo mucho impacto en redes sociales. Creo que les voy a echar un vistazo. Tu dona estaba deliciosa, pero ahora tengo un bajón de azúcar.

—Mejor aprovecha la única ventaja de este circo mediático. Pide dos de lo que pidas. No traje mi almuerzo.

—Claro. Ahorita regreso.

.   .   .

Anthony le recordó a Emily que la buena comida lleva su tiempo cuando regresó con su pedido. Valió la pena la espera. No dijeron ni una palabra hasta que terminaron de comer. Con la televisión sintonizada en Discovery Channel, un programa sobre delfines captó la atención de Tiki. Toda su cabeza se erizó mientras movía la cola de arriba abajo, en señal de emoción.

—Nunca lo había visto hacer eso —dijo Anthony—. Le gusta este programa.

El documental examinaba los sonidos que hacían los delfines para comunicarse. Cada silbido, clic y chillido tenía un significado. Emily y Anthony se quedaron boquiabiertos cuando Tiki imitó los sonidos que oía en el televisor.

—¿Cómo lo hace? —preguntó Emily—. ¿Puede replicar esos sonidos después de solo oírlos una vez?

—Creo que le toma más tiempo que eso.

Los tres se sentaron a ver el programa juntos. Tiki repetía cada sonido de los delfines con precisión, pero su favorito era el silbido que usaban para comunicarse.

—Marilyn debió haberle enseñado los delfines.

—Es increíble —Emily estaba maravillada—. Quiero sentarme aquí todo el día viendo programas con Tiki, pero el deber me llama.

.   .   .

El número de pacientes que ingresaban al hospital disminuyó por la tarde, así que no fue una sorpresa que las dos últimas citas del día llamaran para cancelar. Emily aprovechó el descanso para ponerse al día con el papeleo. El momento más destacado de su semana fue informar a Nutria sobre los resultados perfectos de las pruebas de laboratorio de Sara Lee. Reenvió el informe por correo electrónico y recibió inmediatamente un mensaje de Nutria lleno de emojis de caritas felices y corazones.

Después de despejar su escritorio, llamó a Duncan, pero no contestó. Supuso que la mantendría al tanto si había novedades importantes, pero a nadie le gustaba estar en el limbo, especialmente a Emily. Después de la discusión de anoche, quería oír su voz. Sería fácil saber si de verdad la perdonaba por haber dicho una mentira piadosa. Decepcionar a su hermano no le hacía sentir bien, aunque se preocupara por el bienestar de los demás.

Anthony fue a la oficina de Emily y se apoyó en la puerta.

—Si está todo bien, me voy con Tiki.

—Dame unos minutos y me voy contigo. Quiero acompañarte a casa, por si acaso. Abigail puede cerrar por nosotros. Le escribí a Sarah para reprogramar la cita para esta noche. Lo entendió y dijo que podemos repasar los planes la próxima vez que esté en la ciudad.

Anthony no lo dijo, pero Emily sabía que los cuidados de Tiki, sumado al caos que rodeaba el hospital, lo habían agotado. Los loros eran sensibles a los cambios. Mantener una rutina constante les ayudaría a minimizar su estrés, pero eso requería esfuerzo y planificación. Todos estaban preocupados por la seguridad de Marilyn, y a medida que pasaban los días, se hacía más difícil imaginar un final feliz.

Mientras la multitud afuera se concentraba en sus propias festividades, proveer una distracción durante la escapada encubierta de Anthony se volvió innecesario. Anthony salió primero con Tiki y estacionó en un complejo de oficinas cercano para esperar a que Emily llegara detrás de él.

Al llegar a la casa, Anthony estacionó en su lugar designado mientras Emily esperaba frente a la puerta principal. Caminó con Tiki y su jaula por el estacionamiento y articuló un «gracias» antes de desaparecer.

Emily había salido de su lugar de estacionamiento cuando vio un carro doblar la esquina al final de la hilera de casas. Coincidía con la descripción del carro de la novia de Dylan Colt del video del allanamiento al hospital; el mismo carro que siguió a Anthony a casa a principios de semana. Estaba demasiado lejos para ver al conductor, así que, por instinto, comenzó la persecución y luego llamó a Anthony.

—Llama a Duncan de mi parte. Sigue enviándole mensajes y llamándolo hasta que conteste. Necesito hablar con él —dijo Emily.

—¿Por qué? ¿Qué pasó?

—Creo que alguien te esperaba fuera de tu casa, pero llegaste temprano y le arruinaste los planes. Es el mismo carro que te siguió la última vez. Revisa bien el terraza con mosquitero de Tiki para asegurarte de que no lo hayan manipulado. Lo estoy siguiendo ahora mismo y tengo que concentrarme. Por eso necesito que llames a Duncan.

—Em, no hagas esto. Deja que la policía se encargue. Es un carro común y corriente; no puedes estar segura de que sea la misma persona.

—Sabes que odio las coincidencias. No pienso dejar que se escape otra vez, pero voy a tener cuidado. Te lo prometo. Espera, acaban de tomar el viaducto hacia el sur. Tengo que irme. Llama a Duncan —dijo antes de colgar.

CAPÍTULO DIECISIETE

Como fan de los dramas policiales televisivos, Emily había visto bastantes rondas de vigilancia y había aprendido algunos consejos sobre cómo seguir a alguien sin que la atraparan. Al menos, como lo hacían los actores en pantalla. Probablemente era más aburrido y técnico de lo que se representaba, pero Emily hizo todo lo posible por sacar a la detective que lleva dentro.

—No te acerques demasiado —se dijo a sí misma.

Mantener el carro a la vista en el viaducto abierto era fácil, ya que no había intersecciones, así que Emily siguió por el carril contiguo para no verse en el retrovisor. La cosa se complicó cuando el carro puso la señal de salida a una calle lateral más congestionada. La autopista Dixie, una carretera de cuatro carriles con muchos semáforos, albergaba todas las cadenas de comida rápida y concesionarios de carros. Después de saltarse una luz amarilla para mantener el ritmo, la siguiente se puso en rojo, lo que la obligó a detenerse. Emily aflojó el agarre del volante, sacudiendo las manos para liberar la tensión. Hasta el momento, estaba segura de que la persona que manejaba el carro de la novia de Colt no sabía que lo seguían.

—Duncan, gracias a Dios. —Emily contestó el teléfono y lo puso en altavoz—. Estoy en la autopista Dixie hacia el sur, justo al salir de la salida diez...

Duncan la interrumpió.

—¿Qué haces? ¿Viste siquiera la matrícula?

—No estoy lo suficientemente cerca para verla.

—Sé que quieres ayudar, pero esto tiene que parar. Hazte a un lado y déjame encargarme.

El tono de Duncan dejaba claro que no bromeaba. Emily entrecerró los ojos y se mordió el labio inferior, pensándolo un momento antes de responder. «A lo hecho, pecho» le vino a la mente.

—Tengo cuidado y me mantengo oculta.

Emily se preparó, anticipando lo que vendría después.

—No vas a escucharme, ¿verdad? —Su voz tenía un tono enojado.

—Siempre te escucho, pero olvidas que soy una adulta responsable y no solo tu hermanita. Te prometo que estoy cuidando de mí.

—Estoy enviando un mensaje a Mike. Se dirige a tu ubicación, así que quédate al teléfono conmigo hasta que pueda retomar la persecución en su carro sin distintivos.

—¿Hay algún oficial cerca?

—Ni siquiera sabemos si sigues el mismo carro del robo. No puedo dar el aviso basándome en una corazonada.

—Créeme, es el mismo carro —dijo Emily con insistencia—. Pero no queremos asustarlo.

Tras pasar cuatro semáforos más, la carretera se despejó y la zona quedó menos urbanizada. Emily había dejado atrás a algunos carros, pero le preocupaba perder el objetivo.

—Estoy al sur de la zona comercial principal, en dirección a Edgewood. Espera, está cambiando de carril.

—¿Puedes ver el nombre de una calle transversal o de un negocio?

—No, pasé un naranjal a la izquierda. No hay señales. —En cuestión de minutos, Emily se acercó a la siguiente intersección—. Está girando a la derecha en Catcher Road y veo una valla publicitaria de Alabaster Acres.

—Conozco ese lugar. Es una granja de ostras en la bahía. Creo que está abierta al público. Ya has ido demasiado lejos. Es hora de retirarse.

—¿Dónde está Mike?

—Va a llegar pronto. Tiene las luces y la sirena encendidas para despejar el tráfico, pero las va a apagar cuando se acerque. Si ves que el carro entra en una zona residencial, no lo sigas. No te arriesgues.

—¿Qué más hay por aquí? Solo veo unas cuantas casas y algunos huertos.

—Déjame revisar. —Menos de un minuto después, Duncan volvió a la línea—. A la izquierda, hay caminos sin salida que conducen a canales que llevan a la bahía. A la derecha, casi todo es tierra de cultivo.

—Acabo de pasar Alabaster Acres. Espera, está girando a la izquierda. Está como a medio kilómetro después del criadero de ostras.

—Date la vuelta y espera a Mike.

—¿Pero qué pasa si lo perdemos? Estoy a punto de descubrir quién está detrás de esto.

—Emily. —Duncan nunca la llamaba por su nombre completo, y no pasó desapercibido—. Espera a Mike.

Por un instante, pensó en detenerse en el arcén, pero cambió de opinión. Y fue lo mejor, porque de otro modo se habría perdido el momento en que el carro giró hacia una entrada.

Emily redujo la velocidad mientras contemplaba si valía la pena arriesgarse a pasar frente a la casa. El pequeño callejón sin salida le permitiría dar la vuelta sin detenerse, en caso de que tuviera que irse con prisa, así que se decidió a hacerlo. Tras pasar la primera casa, la vista del agua de la bahía se abrió a ambos lados. Todas las viviendas tenían muelles privados en sus patios traseros, con acceso directo al agua. Al acercarse a la propiedad del sospechoso, aceleró para no levantar sospechas, conduciendo como si su destino estuviera más adelante.

—Mike está a menos de cinco minutos —dijo Duncan.

Vio el carro del sospechoso estacionado detrás de una casa estilo rancho que parecía desierta, con su jardín descuidado. Dio la vuelta y se detuvo frente a la casa de un vecino antes de marcar la ubicación en su teléfono y enviársela a Duncan y a Mike.

—Te dije que esperaras en la granja —dijo Duncan, después de recibir su mensaje.

—El carro está en la entrada, pero no veo a nadie.

Sabiendo ya lo que diría, añadió rápidamente.

—Te llamo enseguida —y colgó. Mike llegaría en cualquier momento, lo que animó a Emily a ir a ver qué pasaba.

Una hilera de árboles a lo largo del límite de la propiedad le proporcionaba suficiente cobertura para ver la puerta lateral y el patio trasero. Emily se acercó poco a poco hasta que alguien salió disparado de la parte trasera de la casa hacia el agua, obligándola a agacharse tras un gran arbusto. Como asomarse entre las ramas no ofrecía ninguna vista, pensó en acercarse, pero una vocecita en su interior le dijo que se quedara quieta. El rugido de los motores la impulsó a levantarse, pero ya era demasiado tarde cuando vio cómo el barco se alejaba del muelle.

—Mierda.

Sin saber si había alguien más dentro de la casa, se arriesgó y corrió hacia el agua, con la esperanza de identificar al conductor. El bote llegó al final del canal y giró hacia la bahía trasera.

—¡Doble mierda! —Se estaba alejando.

El sonido de un carro acercándose obligó a Emily a correr a refugiarse entre los árboles hasta llegar al jardín delantero. Al ver que era el carro de Mike, agitó los brazos para llamar su atención. Él frenó bruscamente antes de saltar.

—¿Estás bien? —gritó.

—Estoy bien —dijo tras correr a su encuentro. Lo agarró de la mano y lo jaló hacia el muelle—. Se va en bote.

Llevó a Mike al patio trasero y señaló hacia el barco que se alejaba.

—¿Hay alguna unidad de la policía marina que pueda ir tras él? Mike la giró para que lo mirara.

—Respira, Em.

—¡Pero tenemos que detenerlo! —La frustración y la adrenalina se unieron, amenazando con abrumarla. La energía serena de Mike la ayudó a calmar su creciente pánico. Tomó sus manos entre las suyas, obligándola a mirarlo—. Está bien, me voy a tranquilizar.

—Entonces, ¿solo hay una persona manejando el bote? —preguntó.

—Sí, pero no vi su cara.

—Déjame ver qué recursos tenemos en la zona.

Emily asintió mientras intentaba controlar sus emociones.

Mike se apartó para hablar en privado. Al regresar, dijo:

—Ya vienen los refuerzos. ¿Te vas a quedar en mi carro mientras reviso todo?

Emily lo miró, comunicándole su intención de seguirlo durante la búsqueda.

—No voy a estorbarte y me voy a mantener cerca.

Mike ladeó la cabeza y la miró con los ojos entrecerrados, como si evaluara su credibilidad.

—Necesito confirmar la matrícula. Si coincide con la del carro de la novia de Colt, puedo conseguir una orden de cateo para la propiedad y la casa.

Caminaron hasta la entrada, y Mike usó la cámara de su teléfono para capturar la matrícula. Coincidía. Le envió la foto a Duncan para que pudiera empezar a trabajar en la orden.

—Em, voy a tocar a la puerta. Necesito que te quedes en el carro un minuto. No puedo concentrarme en el trabajo si estoy preocupado por ti.

No quería arriesgar la seguridad de nadie, especialmente la de Mike, así que se alejó. Tras repetidos golpes autoritarios en la puerta sin respuesta, él regresó a esperar en su carro con Emily.

—¿Viste algún nombre en el barco? —preguntó.

—No, estaba demasiado lejos. Es uno de esos barcos de pesca deportiva con toldo en el medio y dos motores fuera de borda. Voy a buscar en mi teléfono a ver si encuentro una foto parecida. Parecía nuevo.

—Buena idea. —Mike leyó un mensaje de Duncan—. La propiedad es de una tal Sandra Bleecher. ¿Te suena ese nombre?

—No. Nunca he oído hablar de ella. ¿Dijo algo sobre buscar el barco? ¿No hay una estación de la Guardia Costera cerca?

—Eso sería adelantarnos a los acontecimientos; necesitamos más pruebas. Lo siento, Em. Sé que estás preocupada por Anthony, Marc y Tiki.

—Y Marilyn. ¿Dónde está? —Emily no habló con nadie en particular y no esperaba que Mike respondiera.

—Solicitamos el apoyo del Departamento de Aplicación de la Ley de Florida. La atención mediática elevó la visibilidad de este caso. El FDLE cuenta con recursos adicionales para ayudar con la investigación, ya que la búsqueda del tesoro involucra a varios condados del estado.

—¿Y el FBI? ¿No pueden ayudar también?

—Se involucran en casos de secuestro, pero hasta que no haya una demanda de rescate, lo vamos a tratar como un caso de persona desaparecida. Aunque eso puede cambiar.

Emily apoyó la cabeza en el respaldo del asiento y cerró los ojos. ¿Cómo encajaba todo esto? La evidencia del carro de la novia de Dylan Colt en el video de seguridad del hospital y de nuevo en casa de Anthony y Marc había sido la única conexión entre el asesinato de Colt y los intentos posteriores de llegar a Tiki. Con Colt en la morgue, ¿quién manejaba el carro? Tenía que ser Chad. ¿Era el compañero de Colt, su asesino o ambos? Emily tenía la intuición de que Chad, lejos de ser un transeúnte inocente, era el principal sospechoso de los intentos de secuestro de Tiki. Abrió los ojos y vio a Mike mirándola fijamente.

—¿Qué? —preguntó.

—Eres hermosa cuando resuelves crímenes. —Sonrió, tomó su mano y la besó—. Tus instintos siempre son acertados. ¿En qué estás pensando?

—¿Cuál es la conexión entre Colt y Chad Peña? La persona que se alejaba en la lancha coincidía con la descripción física general de Chad Tercero.

—¿Chad Tercero? —preguntó Mike.

—Así lo llama Anthony. Es Chad Michael Peña, el Tercero. Lo leímos en su licencia de manejar cuando intentó recoger a Tiki del hospital.

—Hasta ahora, no hemos podido averiguar el origen de su relación. Colt es un delincuente de poca monta, y Peña es un joven de fraternidad fracasado que vive del dinero de su familia. Se mueven en círculos diferentes.

—Tiene que haber una conexión —dijo Emily, y luego volvió a concentrarse en su búsqueda de fotos de barcos de pesca en internet.

Buscó entre las imágenes hasta que encontró una que parecía coincidir.

—Aquí. —Le entregó su teléfono a Mike—. Estoy bastante segura de que este es el barco. Un Boston Whaler de siete metros.

Mike silbó.

—Es una belleza. Y cara, además. Ni Colt, ni Chad, podrían permitirse una de estas. —Sonó su teléfono—. Es Duncan.

Mike escuchó unos minutos, interviniendo de vez en cuando para hacer preguntas antes de colgar.

—Viene de camino con la orden judicial. Sandra Bleecher es la abuela materna de Dylan Colt. Falleció hace dos meses tras una larga lucha contra el cáncer, y Colt era su único pariente vivo. Murió sin testamento, por lo que la herencia está en trámite sucesorio. Colt se estaba quedando aquí.

—Eso todavía no nos dice quién manejaba el carro y usaba el muelle de su abuela.

—No, pero la orden cubre el carro y la casa. Esto es un gran avance, Em.

Debería haber estado eufórica, pero nada de eso disminuyó su urgencia por encontrar a Marilyn y atender las necesidades a largo plazo de Tiki. El tiempo apremiaba.

CAPÍTULO DIECIOCHO

Duncan tardó más de una hora en conseguir la orden de cateo. En circunstancias normales, habría sido un suplicio para Emily esperar antes de actuar. No esta vez. Sentarse a solas con Mike les dio la oportunidad de hablar. Ambos querían recuperar el tiempo perdido y confirmaron sus planes para el sábado por la noche.

Duncan llegó, seguido de un oficial del departamento del alguacil. Emily se apartó del grupo, pero escuchó a escondidas su conversación. Esperaba que no se dieran cuenta cuando los siguió al interior, pero era imposible.

—Em, tienes que quedarte aquí para que podamos realizar la búsqueda —dijo Duncan.

Antes de que ella respondiera, añadió:

—No es negociable —y acompañó al agente hasta la puerta principal.

Mike se volvió hacia ella.

—Hay protocolos que seguir. Vuelvo en cuanto terminemos. —dijo, y corrió para alcanzar a Duncan.

Emily le debía una actualización a Anthony, por lo que regresó a su propio carro para hacer la llamada.

—¿Está todo bien? Me cuesta mucho mantener la calma. Debería haber estado contigo.

—No te preocupes. Estoy bien. Mike y Duncan están aquí.

Anthony le gritó a Marc, quien había corrido a casa cuando Emily comenzó a perseguir el carro afuera de su casa.

—¡Está a salvo!

—Lo logré. Seguí el carro hasta una casa en Edgewood, pero desafortunadamente, el conductor escapó en bote.

—Qué decepción. Pero buen trabajo. Una cosa más, ¿me prometes que no vas a volver a hacer eso? En serio, Em. Duncan se puso furioso cuando lo llamé.

—No tenía otra opción a menos que quisiera que se escapara.

—Lo sé, pero aun así. Es muy peligroso. ¿Cómo te sentirías si Duncan apareciera en el hospital e intentara ayudarte con una cirugía? No te haría ninguna gracia. Es lo mismo.

Emily nunca lo había pensado así. Anthony siempre decía lo correcto para aclarar cualquier situación.

—Hay una distinción importante. Ninguno de los dos pedimos involucrarnos en este caso. Tras vernos envueltos en él, hemos tenido que afrontar todas las consecuencias. Entre la creciente turba en el trabajo y el cuidado de Tiki, todo es nuestra responsabilidad.

—¿Y ahora qué sigue? —preguntó Anthony, cambiando de tema—. Te pongo en altavoz para que Marc pueda oír.

Emily les contó a ambos sobre su búsqueda, el hallazgo de la casa de la abuela de Colt y el barco de escape.

—Apuesto a que la persona a la que seguí fue Chad.

—¿Chad Tercero? ¿El sobrino inútil de Marilyn? —preguntó Marc.

Emily se rió de su descripción.

—Sí, él. Me voy a quedar aquí hasta que Mike y Duncan terminen la búsqueda. Espera, una grúa acaba de llegar a la casa.

Un oficial salió para hablar con el conductor.

—Apuesto a que van a llevar el carro de vuelta al laboratorio forense —dijo Anthony.

—¿Coral Shores tiene un laboratorio forense? —preguntó Marc.

—No lo sé. Supongo que sí. Es lo que pasa en las series.

Anthony y Marc siguieron conversando sobre su serie favorita de CSI como si Emily no estuviera al otro lado de la línea. Ella disfrutó escuchando su intercambio antes de volver a la conversación.

—¿Cómo está Tiki?

—¿Se lo dijiste? —preguntó Marc.

—Decirme ¿Qué?

Anthony habló.

—Después de que me dijiste que revisara el aviario de Tiki, lo revisé todo, por dentro y por fuera, y encontré una abertura en la malla. Tuvieron que hacer el corte con precisión con un alicate. Sé que no estaba ahí cuando construimos la estructura para él.

—Quienquiera que seguí debía de estar intentando entrar. O estaban creando una abertura y planeaban volver al anochecer. Me alegra que salieras temprano del trabajo.

—Yo también.

—Cuando llamaste, estaba a punto de ir a la ferretería. Puedo arreglar la mosquitera y voy a comprar unos focos de exterior que se activan con el movimiento. Si alguien intenta colarse entre los arbustos junto a la casa de Tiki, se van a iluminar como un árbol de Navidad —dijo Marc.

—Y esta noche vamos a dormir junto al terraza por turnos —añadió Anthony—. Nadie se le va a acercar bajo nuestra vigilancia.

Emily estaba agradecida de formar parte del equipo, como *Los Tres Mosqueteros*. Su fuerza radicaba en la unión, sobre todo cuando no estaban seguros de a qué se enfrentaban.

—Puedo ayudarte con los turnos de noche —dijo—. No tienes que encargarte de todo esto tú solo.

—Gracias, Em —dijo Anthony—. Ya has tenido una noche muy dura, y aún no ha terminado. Vete a casa con Bella y trata de descansar un poco. Mañana tienes doble turno en el trabajo, ya que me quedo en casa con Tiki.

—Yo también voy a estar en casa mañana. Por si necesitas la ayuda de Anthony —dijo Marc.

—Gracias, chicos. Ah, esperen. Duncan sale de casa. Los llamo luego.

· · ·

Al acercarse, Duncan parecía relajado. Ella esperaba que eso significara que la perdonaba por desobedecer sus instrucciones.

Como no había señales de tensión en su rostro, también asumió que el cuerpo de Marilyn no estaba dentro de la casa y exhaló.

—¿Qué pasa? —preguntó.

Duncan le sostuvo la mirada unos largos segundos antes de responder:

—Tú y yo necesitamos hablar de algunas cosas, pero no ahora.

Emily empezó a decir algo, pero se contuvo y optó por el silencio. Tenía razón, esta noche no.

—Sé que sí. ¿Qué encontraste dentro?

—La casa está vacía, pero hay pruebas de que alguien fue retenido contra su voluntad. —Sacó el teléfono del bolsillo—. La puerta de una habitación estaba cerrada con dos cerraduras de alta resistencia instaladas en el exterior.

—Oh. —Emily miró la imagen y estuvo de acuerdo en que las cerraduras solo tenían un propósito: mantener a alguien atrapado dentro de la habitación.

—Creemos que retuvieron a Marilyn aquí.

—¿Cómo lo sabes? —Duncan hojeó más imágenes y luego le entregó el teléfono. Garabateada en rojo estaba la palabra «CHAD»—. ¿Dónde fue esto?

—Dentro de la habitación cerrada, detrás de un cuadro colgado en la pared.

La cabeza le daba vueltas.

—¿Pero qué significa?

—Quien escribió esto intentaba enviar un mensaje u ocultar una pista. La cocina está llena de comida fresca, lo que significa que alguien se ha estado quedando allí después del asesinato de Colt. Llamamos a la unidad de investigación criminalística y van a llegar pronto. El carro está siendo trasladado al laboratorio para su procesamiento.

—¿Por qué me cuentas todo esto? Creí que estaba en la ruina después de seguir el carro.

—Tienes que agradecerle a Mike por eso. Me hizo darme cuenta de que estabas haciendo lo que cualquiera de nosotros habría hecho. Sé que a veces puedo ser sobreprotector.

—¿A veces? —Emily sonrió.

—Bueno, casi siempre. No puedo evitarlo. Si te pasa algo, nunca me lo perdonaría.

Duncan se dio la vuelta para recomponerse.

Él había asumido el papel de protector desde la muerte de su mamá. Ella comprendía que cada uno procesaba su dolor de forma diferente, y necesitaba ser más comprensiva cuando él actuaba así, pues lo hacía con amor.

—Y prometo que nunca me voy a poner en peligro ni a mí ni a nadie más.

—No siempre es tan sencillo, Em. Las cosas pueden empeorar en un abrir y cerrar de ojos.

Le contó sobre la mosquitera del terraza de Anthony y Marc, pero se detuvo a media frase cuando tuvo una revelación.

—¿Puedes enseñarme esa última foto otra vez? —Duncan abrió su teléfono para que Emily la examinara—. Parece el mismo color rojo de las plumas de la cola de Tiki. ¿Estaba escrito con labial?

—Es posible, pero no soy un experto.

—¿Hay alguna posibilidad de que pueda entrar y verlo de cerca?

—¿Por qué?

—Cuando Marilyn llevó a Tiki Lulu a la veterinaria, llevaba un labial rojo personalizado. Combinaba a la perfección con las plumas de la cola de Tiki. Llevaba el mismo labial en todos los videos; es su color característico.

—¿No son todos los labiales rojos básicamente iguales? —preguntó Duncan.

—Para nada. Créeme. Anthony y yo nos fijamos en el color de su labial ese primer día.

—De acuerdo, dame un minuto. —Entró en la casa, probablemente para hablar con Mike, y al regresar, dijo—: El equipo de la escena del crimen va a llegar pronto. En cuanto terminen de recoger las pruebas, puedes ponerte el equipo de protección y entrar. Prométeme que no vas a tocar nada y que vas a seguir todas mis instrucciones.

—Lo prometo.

Emily esperó sola afuera mientras el equipo forense entraba y salía de la casa, cargando bolsas con evidencia. Mike habló con el técnico jefe de CSI antes de girarse y caminar hacia ella, con el equipo en la mano.

—¡Qué buena observación sobre el labial! Si puedes ponerte el traje y el equipo, te llevo adentro. Duncan está poniendo al equipo a procesar el carro para que la grúa pueda llevarlo al garaje de la policía.

Emily se puso el traje blanco, las botas y los guantes, transformándose en un bombón ondulante.

—Ni se te ocurra —dijo, obligando a Mike a contener la risa.

—Lo estoy intentando —dijo—. Vamos.

Emily lo siguió al interior de la casa. El aire la envolvía, pero podría haber sido el efecto de llevar un traje de pies a cabeza en una noche bochornosa y calurosa de Florida. La decoración era la de una señora mayor. En la sala de estar se veían sillones con estampados florales y vitrinas llenas de figuritas. La cocina, ordenada y bien cuidada, estaba anticuada por sus electrodomésticos verde aguacate y el suelo de linóleo. Mike la condujo por un pasillo, pasando un baño y una pequeña habitación. Tras llegar al final del pasillo y ver las dos cerraduras, luchó con todas sus fuerzas por no vomitar en la escena del crimen. Emily respiró hondo antes de entrar, procurando no tocar nada al entrar.

—Durante nuestra búsqueda, noté un cuadro torcido.

Mike se acercó al cuadro y, con las manos enguantadas, lo levantó de la pared. Escrito en mayúsculas sobre el papel pintado descascarillado estaba el nombre «CHAD».

Emily se acercó para examinar la evidencia antes de hablar.

—Eso es. Ese es el lápiz labial de Marilyn.

—¿Cómo puedes estar segura? —preguntó Mike.

—Es de un rojo muy particular. Si Tiki estuviera aquí, lo verías con tus propios ojos, es exactamente igual que el rojo de las plumas de su cola.

—De acuerdo. Los técnicos de la escena del crimen van a analizar la sustancia utilizada para escribir la palabra.

—Lo voy a consultar con Anthony, pero puede que Marilyn haya rellenado algún formulario cuando ingresó a Tiki para el ingreso después de su cita en el hospital ese día. ¿Puedes usar eso para comparar la letra con esta pista?

—Podemos si necesitamos confirmación. También tenemos muestras de caligrafía de los papeles que recogimos en su casa. — Mike la acompañó fuera de la habitación.

Emily luchó por contener sus emociones al entrar al jardín delantero. El traje se sentía como una camisa de fuerza mientras se quitaba frenéticamente el equipo de protección. Una vez libre, se dobló por la cintura, apoyando las manos en las rodillas mientras un sollozo escapaba de sus pulmones. Se volvió imposible contener la abrumadora oleada de emociones tras encontrar pruebas de que Marilyn había estado viva en esa casa. Aunque nunca lo admitió en voz alta, Emily se preguntó si la habían asesinado el mismo día que Anthony encontró el cuerpo de Dylan Colt, y luego la habían arrojado en lo profundo de los Everglades, para nunca ser encontrada. Mike se acercó a ella y le puso la mano en la espalda.

—Em, ¿estás bien ? —preguntó.

Se levantó, se limpió la cara con el traje que sostenía en la mano y asintió.

—Esa habitación horrible me hizo pensar en lo asustada que debe estar. No puedo ni imaginarme lo que ha pasado. Y tener la valentía de dejarnos una pista. Es una mujer dura. Y lista.

—Si que lo es —dijo Mike.

—¿Dónde está ahora? ¿Y si el secuestrador entra en pánico? — Duncan se unió a ellos en el jardín delantero—. Es ella, Duncan. Lo sé.

Él asintió con la cabeza.

—Estamos haciendo todo lo posible por encontrarla. Vamos a estar aquí hasta muy tarde, así que ¿por qué no te vas a casa? Te veo cuando terminemos —dijo—. Y, Em, gracias a ti tenemos todas estas pruebas. Estamos mucho más cerca de encontrar a Marilyn y atrapar al asesino. Lo hiciste bien.

Le dio una palmadita en el hombro y se dio la vuelta para volver a la casa.

Emily se quedó sin palabras. Ser incluida en la investigación significó un gran avance, pero aún más importante, su hermano confió en su instinto y agradeció su ayuda. Mike sonrió y la abrazó por los hombros mientras la acompañaba a su carro. La armonía en la familia Benton era buena para todos.

CAPÍTULO DIECINUEVE

La adrenalina que Emily experimentó durante la búsqueda del carro de la novia de Colt, seguida del descubrimiento del cautiverio de Marilyn, se había desvanecido. Sus defensas se quebraron, dejando solo tristeza y rabia. En circunstancias normales, recurriría a Anthony en busca de amistad y apoyo, pero él soportaba toda la carga del cuidado de Tiki, y ella no quería añadir sus problemas a la lista de los suyos. Pero claro, le debía una llamada.

—Em, hemos estado esperando noticias tuyas. ¿Dónde estás?

—Estoy manejando a casa. Tengo buenas y malas noticias. —Escuchó a Anthony inhalar, preparándose para lo peor—. Duncan y Mike encontraron pruebas dentro de la casa de que Marilyn había estado retenida allí.

—¡Oh, no! Espera, ¿esas son las buenas o las malas noticias? —preguntó.

—Esa es la buena noticia. Sabemos que está viva, o que estaba viva. La mala es que no sabemos adónde la llevaron. Me dejaron entrar a la casa, y sé que soy una aficionada, pero no vi nada parecido a un forcejeo ni a la escena de un crimen.

—¿Qué les hace pensar que Marilyn había estado allí?

—Bueno, había dos cerraduras de seguridad en la parte exterior de la puerta de una habitación. En la pared de esa misma habitación, detrás de un cuadro, encontraron el nombre «CHAD» escrito con labial rojo. ¡En su labial rojo! —dijo Emily con énfasis en «su».

—¡Guau! ¡Qué lista! Sabía que había sido él. Cobarde sin carácter.

—Duncan me advirtió que no sacara conclusiones precipitadas. Que el nombre de Chad esté en la pared no significa que sea el malo. Quizás ella quería que la policía lo encontrara. Quizás él también esté en problemas.

—Pero ¿por qué Tiki gritaría su nombre si no fuera Chad el que andaba merodeando por nuestra casa?

—Buen punto. Me sorprendió que el secuestrador le permitiera quedarse con sus pertenencias, pero luego me puse a pensar. Mi abuela siempre se ponía el lápiz labial dentro del sostén si no tenía acceso a su bolsa. No iba a ningún lado sin él. ¿Y si Marilyn hace lo mismo?

—Sí, recuerdo que mi tía también hacia eso. Entonces, ¿qué sigue?

—No lo sé. Seguro que el laboratorio forense va a estar ocupado.

—Están procesando todas las pruebas de la casa y el carro, pero creo que Mike y Duncan ocultan información. Se alejaban para hablar en privado. Esta investigación podría estar más avanzada de lo que pensábamos.

—Marc me preguntó si quería ir. Dijo que puede encargarse de la vigilancia de Tiki él solo.

—¡Ay qué tierno! Pero estoy bien. Creo que esta noche estamos todos a salvo. Nadie se arriesgaría a volver a tu casa, no después de su atrevida huida por el agua.

—Puede que tengas razón, pero no voy a bajar la guardia. Si están desesperados, son peligrosos.

Ese pensamiento persistió mientras se despedían. Emily ingresó en la entrada, agradecida de estar en casa. En cuanto entró en su cabaña, Bella le maulló uno tras otro y luego corrió a la cocina.

—Lo siento, pequeña.

A pesar de su hambre, Emily alimentó a Bella primero. No habría paz hasta que su gata, tan mandona, se saciara. Optando por una comida rápida, metió un plato principal congelado en el microondas y luego se sirvió una copa de vino.

Tras una de las semanas más largas de su vida, aún tenía que pasar el sábado sin Anthony a su lado. Dudaba que él o Marc pudieran dormir mucho, pues estaban nerviosos por lo ocurrido ese día. Al menos Anthony podría quedarse en casa mañana y recomponerse.

Las hileras de luces iluminaban la terraza de la playa con un suave resplandor. Una suave brisa tropical había reemplazado el opresivo aire matutino, convirtiéndola en un lugar acogedor para terminar el día. Bella se anunció con un arrullo recatado, lo que incitó a Emily a acercarse. Su suave ronroneo, combinado con el sonido de las olas rompiendo en la orilla, se convirtió en el antídoto perfecto después de un día estresante.

Emily luchaba por mantenerse despierta. En un intento de prevención, les envió un mensaje a Duncan y Mike para avisarles que ya estaba en casa y se iba a dormir. Iban a trabajar bien entrada la noche, y no quería que se preocuparan cuando no respondía a sus llamadas.

—Vamos —dijo Emily, instando a Bella a que la siguiera adentro—. Hora de dormir.

La veterinaria y la gata no tardaron en dormirse profundamente.

.   .   .

El sol de la mañana entraba a raudales en el dormitorio, despertando a Emily. Con energías renovadas tras nueve horas de sueño, podría sobrevivir a una corta jornada de trabajo. Bella dormía en su almohada favorita en la cabecera de la cama, pero en cuanto percibía movimiento, se levantaba y estaba lista para comer. Mientras Bella disfrutaba de su popurrí de mariscos, Emily se sirvió una taza de café y volvió a la cama, tomándose un momento para retomar su día. Después de unos sorbos para despejarse, encendió la televisión.

—A continuación, noticias de última hora sobre la investigación de la desaparición de Marilyn Peña y su querido loro, Tiki Lulu. No se pierdan las noticias del Canal 2.

Eso fue rápido. Esperando que estuviera despierto, le envió un mensaje a Anthony para que encendiera la tele y pudieran ver las noticias juntos. Antes de que terminara la pausa publicitaria, él llamó.

—¿Tienes noticias de Duncan o Mike?

—No, pero me quedé dormida nada más llegar a la casa. Supongo que todo estuvo tranquilo con Tiki. ¿Se acabaron los intrusos?

—No pasó nada, pero dormimos por turnos —dijo mientras se reanudaba la transmisión de noticias.

—El caso de desaparición de Marilyn se ha convertido en un secuestro, y la policía solicita la ayuda del público para encontrarla. Varias agencias del orden, incluyendo una portavoz del FBI, ofrecieron una conferencia de prensa temprano por la mañana frente a la oficina del alguacil.

Emily vio a Duncan y a Mike de pie con el grupo detrás del podio. Parecían cansados.

—Em, creo que debo ir a trabajar hoy. Los fans van a estar como locos después de esta noticia.

—La policía va a estar ahí para controlar a la multitud afuera, y yo puedo quedarme dentro del hospital, en nuestra pequeña burbuja. Tengo el presentimiento de que va a estar tranquilo, de todas formas.

—¿Me prometes que pedirás ayuda si la necesitas? Estoy a solo unos minutos.

—Lo prometo.

. . .

Recorrer el estacionamiento del hospital requirió cierta precaución, ya que las camionetas de noticias, los vendedores y los paparazzi vestidos con parafernalia de loros se expandieron hasta llenar los estacionamientos de los negocios vecinos. La policía estaba en el lugar, proporcionando una presencia tranquilizadora. Manejando lentamente por la zona, Emily vio al grupo original de pie, junto con banderas con la imagen de Tiki Lulu. No tardó mucho. Había artículos de Tiki por todas partes.

Una vez más, el señor Raro se quedó solo en las afueras de la actividad, bajo el cocotero. Incluso desde la distancia, su aspecto demacrado la preocupó. Tras el avance del caso de anoche, a Emily le costaba creer que tuviera algo que ver con el secuestro de Marilyn, dada su edad y su frágil aspecto. Pero «¿quién era y por qué estaba allí?», se preguntó.

Movió la barricada temporal que bloqueaba el acceso a la parte trasera del hospital y se estacionó junto a la puerta antes de entrar corriendo. Una vez sentada en su escritorio, Emily les envió un mensaje a Duncan y Mike, ansiosa por saber algo después del cateo de la casa y el carro de la abuela de Colt. Solo había pasado una hora desde la conferencia de prensa, así que no esperaba tener noticias de ninguno de ellos de inmediato.

—Buenos días, Dra. Benton.

Abigail fue la primera empleada en llegar al trabajo. Su gestión de los clientes y el caos de la semana pasada ayudaron a mantener la normalidad en el hospital. Sin que nadie se lo pidiera, aceptó turnos extra para atender el tráfico de personas y las llamadas. Emily se apuntó mentalmente hablar con Anthony para que le diera una bonificación en su próximo sueldo. Un pequeño detalle en reconocimiento a su compromiso y trabajo duro.

—Revisé los mensajes y hubo algunas cancelaciones más.

—Ya me lo imaginaba.

La cobertura mediática sobre el secuestro de Marilyn cambió las cosas, ahuyentando a los clientes que al principio quizá sintieron curiosidad, pero que ahora estaban cada vez más preocupados. Emily se guardó para sí la persecución de anoche, por ahora.

—Recibimos una solicitud de cita urgente y la programé a primera hora —dijo Abigail—. Parece que Moose Englewood podría tener un foco de infección.

Eso no sorprendió a Emily, ya que Moose, un labrador chocolate feliz y saludable con un estilo de vida activo, era un paciente frecuente. Su última visita resultó en una urgencia quirúrgica para extraerle un anzuelo del labio superior. A Emily le encantaba ver a Moose, así que era la manera perfecta de empezar el día.

.　　.　　.

Los puntos calientes no eran graves, pero aparecían rápidamente y se volvían dolorosos y con picazón. A pesar de la amplia zona de piel inflamada e infectada en el pecho y la pata izquierda de Moose, movía la cola y mostraba todos sus trucos para ganarse unas golosinas después de que ella entró al consultorio.

—Lo juro, Dra. Benton. No tenía nada ayer. Se ve mal. —El rostro del señor Englewood se tensó al bajar la vista y sacudir la cabeza—. Ninguno de los dos pudo dormir anoche. Con tanto lametón y arañazo.

La humedad en la piel suele ser la causa, y los puntos calientes aparecen de repente.

—¿Ha estado nadando últimamente? —preguntó Emily.

—A diario. Hemos estado pescando y le encanta saltar al mar desde la popa del bote. Tiene el pelo tan grueso que tarda todo el día en secarse.

Emily asintió.

—Con eso basta. Lo más importante es afeitar toda la zona para que la piel infectada quede expuesta al aire. Necesita medicamentos durante la próxima semana y un collar isabelino para evitar que se lama.

—¡Oh, no! el cono no. Lo odia.

—En un par de días, su punto caliente va a estar curado y seco. Puedes quitarle el cono mientras estés cerca para vigilarlo. Si se lame, vas a tener que volver a ponérselo e intentarlo de nuevo al día siguiente. Mantenlo fuera del agua la semana que viene y, de ahora en adelante, sécalo con una toalla después de que nade para asegurarte de eliminar toda la humedad de su pelaje.

—Está bien. Y gracias por hacernos un espacio con tan poco aviso.

Veo que tiene las manos llenas con todo lo que está pasando en el estacionamiento. He estado siguiendo la historia en las noticias. Espero que encuentren pronto a esa Marilyn.

—Nosotros también, señor Englewood. Voy a pedir prestado a Moose unos minutos. Nos vemos en el vestíbulo cuando terminemos.

Moose se dirigió a la sala de tratamiento del hospital. Las heridas siempre eran más grandes de lo que parecían a simple vista, pero Moose se portó de maravilla mientras Catrinna cortaba y limpiaba el punto crítico. Ajustarle el collar de cono se volvió un poco más difícil. Se chocaba constantemente con armarios y marcos de puertas al regresar al vestíbulo. Le aseguraron al señor Englewood que Moose mejoraría su manejo del cono.

Poco después de que los Englewood salieran del hospital, el líder de los superfans entró corriendo por la puerta principal, agitando los brazos con furia.

—¡Ayuda! ¡Ayuda! ¡Necesitamos un médico! —gritó, indicándoles que lo siguieran antes de volver corriendo al estacionamiento.

Emily y Catrinna no dudaron ni un segundo en correr tras él, sabiendo que las emergencias suelen requerir atención en el carro del dueño, sobre todo si una lesión o enfermedad limita la capacidad de la mascota para caminar.

CAPÍTULO VEINTE

Emily escudriñó el estacionamiento en busca del dueño de una mascota desesperada mientras seguía al líder de los paparazzi hacia la gran palmera cocotera. Cuando Emily y Catrinna lo alcanzaron, listas para ayudar a un gato o perro necesitado, se sorprendieron al ver a un grupo de personas reunidas alrededor del señor Raro, quien yacía inconsciente en el suelo. Su rostro pálido tenía un tono grisáceo.

—Soy veterinaria —le dijo Emily al superfan que los había convocado, mientras se agachaba junto a señor Raro para comprobarle el pulso. Era débil y filiforme. Su respiración era superficial pero estable, y su piel estaba caliente al tacto.

—Lo sé, pero eres la única doctora aquí. Llamamos al 911.

Cuando el señor Raro se desplomó, se alejó de la sombra de la palmera y cayó al pleno sol.

—¿Cómo te llamas? —Emily le preguntó al líder de los paparazzi.

—Franklin.

—Bien, Franklin. Necesito tu ayuda. ¿Puedes traer tu tienda de campaña para que tenga sombra? Busca algo para que apoye los pies. Necesito una toalla y una botella de agua fría.

Emily se volvió hacia la multitud.

—¿Alguien conoce a este hombre?

Todos negaron con la cabeza.

Le revisó la muñeca izquierda en busca de un brazalete de alerta médica, pero tenía el brazo derecho apoyado en la espalda. Al jalarlo suavemente hacia adelante, chocó con la cartera en su bolsillo trasero. Sin estar segura del protocolo para invadir su privacidad en estas circunstancias, la sacó. Los paramédicos necesitarían su identidad. Archibald Sherman, alias el señor Raro, tenía ochenta años y, según la dirección de su licencia de manejar, vivía cerca.

Franklin regresó con todos los artículos que Emily le había pedido y se hizo cargo, moviéndose para proteger al señor Sherman de los elementos. Catrinna le elevó los pies mientras Emily le aplicaba la toalla refrescante en el cuello y la cabeza. No sabía si se trataba de un evento cardíaco o de alguna otra emergencia médica, pero no era descabellado suponer que la deshidratación y la insolación pudieran ser un factor después de estar de vigilia durante días en el caluroso y húmedo clima de Florida.

Al acercarse las sirenas, el señor Sherman parpadeó. Parecía estar recobrando el conocimiento.

—Señor Sherman, la ayuda está en camino —dijo Emily.

Intentó incorporarse, pero no lo logró. Emily le sujetó la cabeza y los hombros antes de que cayeran al suelo.

—¿Dónde estoy? —Su voz debilitada lo hizo apenas audible.

Emily le tomó la mano y le habló con calma y dulzura:

—Está en la veterinaria. Debe de haberse desmayado. Descanse hasta que llegue la ambulancia.

Sus labios se movieron, obligando a Emily a inclinarse más para escucharlo.

—Dra. Benton. ¿Está Tiki a salvo?

La sorpresa al oír su nombre la hizo sentarse, y mientras decidía qué responder, llegaron la ambulancia y un carro patrulla. Franklin abrió paso para que los vehículos se detuvieran junto al señor Sherman. En cuanto los paramédicos estuvieron a su lado, ella se apartó.

La oficial encargada del control de multitudes había abandonado el estacionamiento tras ser enviada a una llamada más urgente, pero regresó para atender la emergencia de Franklin al 911. La Oficial Susan García, la policía que Emily conoció la noche del allanamiento al hospital, se acercó al grupo de espectadores, tomando las riendas mientras los alejaba una distancia prudencial. Tras saludar a Emily con un gesto de la cabeza, se unió a los paramédicos, quienes subieron al señor Sherman a una camilla. Lo conectaron a un equipo de monitoreo y le administraron sueros intravenosos. Emily pensó que su color ya había mejorado con los cuidados paliativos. Tras ser subido a la parte trasera de la ambulancia, le dedicó a Emily una débil sonrisa.

—Bueno, gente. Ya no queda nada que ver —dijo la Oficial García, obligando a la multitud a dispersarse a sus puestos anteriores en los camiones de comida, las mesas de mercancía y las sillas de jardín. Como la emergencia del señor Sherman no los había asustado, Emily estaba segura de que estaban allí para quedarse.

—Es mejor que volvamos adentro —dijo Catrinna—. Creo que vi llegar a la señora Alonso. Tiene cita para que le quiten los puntos a Cookie.

—Claro. Gracias por toda tu ayuda. Eso fue aterrador —dijo Emily mientras caminaban hacia el hospital.

—Al principio me temblaban las manos, pero luego vi lo tranquila que estabas. Nunca antes había lidiado con una emergencia humana. ¿Qué le pasó? —preguntó Catrinna.

—Ni idea. Voy a intentar obtener información del hospital antes de cerrar.

Abigail les abrió la puerta.

—Estaba muy preocupada de que fuera uno de nuestros pacientes hasta que un paparazzi me dijo que un hombre se había desmayado. ¿Está bien?

—Sí, gracias a la Dra. Benton. —Catrinna sonrió.

—Los paramédicos lo están llevando para que reciba la atención que necesita —dijo Emily.

—Es terrible. Espero que esté bien —le entregó a Emily un historial médico—. Cookie está en la habitación 1 esperándote. La señora Alonso quería que revisaras la incisión para asegurarte de que esté completamente curada. Eso me dijo, tiene que estar completamente curada o va a seguir preocupándose.

Sería un eufemismo decir que la señora Alonso era una dueña de mascotas muy preocupada. Si Cookie estornudaba una vez, la señora Alonso programaba una revisión. Un resultado inesperado de todas esas visitas al veterinaria fue que a Cookie, una adorable Caniche Toy mayor, le encantaba ir al hospital. A diferencia de muchos perros y gatos, que tenían miedo de ir al veterinaria, Cookie veía la visita como una cita para jugar.

Durante la reciente limpieza dental de Cookie, Emily le extrajo una pequeña masa parecida a un quiste, del tamaño de una goma de borrar, de la piel de su pata delantera. Parecía un bulto benigno, común en perros mayores. La señora Alonso llamaba todos los días después de la cirugía para pedirle los resultados, aunque Emily le había dicho que la biopsia tardaba de tres a cinco días en llegar del laboratorio de patología. En cuanto se terminó el informe, Emily le dio la buena noticia, la pequeña masa benigna no era cáncer y, tras ser extirpada por completo, no requirió ningún tratamiento adicional. Para expresar su alegría, la señora Alonso envió al hospital una caja grande de galletas gourmet con chispas de chocolate y una tarjeta de agradecimiento de Cookie.

Catrinna llevó al cariñoso Caniche a la zona de tratamiento, recibiendo una lluvia de besos perrunos por el camino. Después de que le quitaron los puntos, Emily le aseguró a la señora Alonso que la incisión de media pulgada de Cookie estaba al cien por ciento curada. Se volvió aún más difícil convencerla de que el pelo iba a volver a crecer y que no habría cicatriz visible.

—Gracias, Dra. Benton. Cookie lo es todo para mí. Necesita estar bien, o mejor que bien.

—Lo entiendo. Siento lo mismo por mi gata, Bella.

Cookie regresó a la sala de reconocimiento con Catrinna sujetando la correa.

—Como siempre, Cookie gana el premio a la mejor paciente del día.

La señora Alonso sonreía de orgullo al regresar al vestíbulo.

·   ·   ·

Los sábados solían ser el día más ajetreado de la semana, a pesar de cerrar al mediodía. Resumir una jornada completa en media jornada era un reto. Pero no hoy. Los clientes, nerviosos por el continuo circo mediático, cancelaron las citas médicas rutinarias de sus mascotas, lo que afectó negativamente las operaciones del hospital.

Emily le contó a Anthony sobre la emergencia médica del señor Sherman. Al menos ahora podía dejar de llamarlo señor Raro. Intentó llamar a Duncan dos veces, pero terminó enviándole un mensaje. Investigar a Archibald Sherman debería ser sencillo ahora que sabían su nombre. No podía imaginar que este hombre frágil tuviera algo que ver con el caso. Tenía que haber una explicación inocente para su continua presencia en el hospital.

—Dra. Benton, me estoy preparando para irme y me preguntaba si habló con alguien del hospital sobre el señor Sherman.

Catrinna y Abigail aparecieron juntas frente a la oficina de Emily.

—No, pero los voy a llamar ahora.

Se presentó como la Dra. Emily Benton para obtener información actualizada sobre el estado del señor Sherman, pero olvidó mencionar que era veterinaria. La enfermera confirmó su ingreso al hospital en condición estable, pero cualquier otro detalle tendría que provenir directamente de su médico de cabecera. Las visitas eran bienvenidas. Emily avisó que volvería a llamar, ya que quería colgar antes de que descubrieran que era doctora en Medicina Veterinaria, no una doctora de personas.

—Gracias —dijo Catrinna—. Creíamos que le había pasado algo terrible. Ya me siento mejor. ¿Necesitas algo antes de irnos?

—No. Gracias a ambas por todo. Sé que esta semana no ha sido fácil y agradezco toda su ayuda.

.   .   .

Una vez que el hospital quedó en silencio, Emily tuvo un momento para pensar. Duncan estaba demasiado ocupado o no le interesaba investigar los antecedentes del señor Sherman, y aunque sintió la tentación de pedirle ayuda a Mike, no quería distraerlos del caso. Marilyn era la prioridad, pero estaba cansada de esperar. Dado que le había brindado primeros auxilios al señor Sherman, sería natural ir a ver cómo estaba en el hospital. Cualquier ciudadano bondadoso estaría preocupado. Su estado de debilidad lo descartaba como una amenaza física, pero pensó que sería prudente llevar un testigo que corroborara su conversación. Emily solo tenía un cómplice, así que llamó para invitar a Anthony a acompañarla.

—Me apunto —dijo después de que Emily le contara su plan—. Marc puede quedarse aquí con Tiki.

—Genial. Te recojo en quince minutos.

. . .

No sabían qué esperar después de registrarse en el mostrador de visitas del piso del señor Sherman. Una enfermera les dijo que había terminado de almorzar y que tenía mucho apetito. Les indicó que la visita fuera breve, ya que necesitaba descansar.

Emily y Anthony entraron de puntillas en su habitación. La cortina entreabierta les daba algo de privacidad, pero pudieron ver al señor Sherman sentado en la cama con auriculares viendo un programa.

—Oh, Dra. Benton. Hola. —Se quitó los auriculares y apagó el televisor.

—Hola, señor Sherman. Me llamo Anthony. Trabajo en el hospital veterinario con la Dra. Benton.

—Mucho gusto, Anthony. Por favor, llámame Archie. Te he visto afuera hablando con los amigos de Tiki.

—Estábamos preocupados por usted y queríamos saber cómo está. ¿Necesita algo? —preguntó Emily.

—¡Ay no! estoy un poco avergonzado. Gracias por ayudarme antes. El médico me dijo que me desmayé por deshidratación. Supongo que el calor me afectó. Mi esposa me habría regañado por ser tan descuidado.

—¿Está aquí su esposa o quiere que la llamemos? —preguntó Anthony.

Archie bajó la mirada y pareció perderse en sus pensamientos.

Emily y Anthony intercambiaron una mirada confusa, sin saber qué decir, ya que él se negó a responder a su pregunta. Emily fue directo al grano.

—Señor Sherman, ¿le importa que le pregunte por qué viene al hospital todos los días? No parece estar con los seguidores de redes sociales acampados en nuestro estacionamiento.

Archie se secó una lágrima, se aclaró la voz y los miró a ambos directamente a los ojos.

—Mi esposa por cincuenta y ocho años falleció en febrero. Margaret y yo estuvimos juntos desde la secundaria. —Archie sonrió, como si recordara un momento feliz—. La única razón por la que sobreviví estos últimos meses fue gracias a nuestro querido loro gris africano, Bonkers. Criamos a Bonkers nosotros mismos desde que era un polluelo, y era la alegría de nuestras vidas.

—Sentimos mucho lo de Margaret. Seguro que ha sido duro. —La voz de Anthony se quebró mientras luchaba por controlar sus emociones.

—Creía que lo estaba haciendo bien por mi cuenta. Eso fue hasta que murió Bonkers.

Emily se quedó sin aliento. Lidiar con una pérdida tan profunda y consecutiva era demasiado triste para contemplarlo. Cuando la muerte de una mascota seguía a la de otro familiar, el dolor solía aumentar exponencialmente.

—¿Qué edad tenía Bonkers? —preguntó Anthony.

—Tenía cincuenta y cinco años. Su cumpleaños habría sido el lunes pasado. Lo adoptamos después de que Margaret y yo supiéramos que no podíamos tener una familia propia. Era nuestro hijo.

Archie se secó otra lágrima.

Decir «lo siento» parecía insuficiente, pero eso era todo lo que podían ofrecer.

—¿Tiene alguna foto de Margaret y Bonkers? —preguntó Anthony.

—Ah, sí. —Archie se volvió hacia su mesita de noche y abrió el cajón. Sacó tres fotos del bolsillo de su cartera—. Aquí estamos

Margaret y yo en nuestro quincuagésimo aniversario de bodas. Este es Bonkers en su aviario, y este es una de los tres juntos.

Emily miró las fotos y se las pasó a Anthony. Bonkers era la viva imagen de Tiki Lulu. La presencia de Archie en el hospital ahora tenía sentido.

—¿Por eso viene todos los días? ¿Esperaba ver a Tiki Lulu? —preguntó Emily.

—No sé qué pensé que iba a pasar. Vi la noticia de Tiki en los noticieros locales, y era idéntico a Bonkers. Me he sentido tan solo. Solo necesitaba estar ahí. Todas esas personas que aman a Tiki Lulu me hicieron sentir conectado de nuevo con algo. Y la idea de que estuviera sin Marilyn, su mejor amiga, no sabía si él también estaba de luto. Me doy cuenta de que no tiene lógica.

—Es perfectamente lógico —dijo Anthony, y luego sonrió al devolver las fotos—. Lo único que no entiendo es por qué dejó de cuidarse.

—Mi médico y las enfermeras ya me leyeron la cartilla, y sé que debí cuidarme más. No voy a permitir que esto vuelva a suceder.

—Necesita tiempo para descansar y recuperar fuerzas. Si lo vemos allí la semana que viene, más le vale tener una botella de agua en la mano —dijo Emily.

Él asintió.

—Hay algo que puedes hacer por mí. ¿Puedes decirme si Tiki está a salvo?

Anthony intercambió una mirada con Emily, confirmando que era el momento adecuado para compartir algunos detalles.

—Tiki está genial —dijo—. Lo estamos cuidando, come bien y habla como un loco. Se nota que extraña a Marilyn, pero hasta ahora, logramos mantenerlo entretenido.

Archie sonrió por primera vez.

—Esa es la mejor noticia. Puedo descansar ahora que sé que está bien. Gracias por eso.

Cerró los ojos, lo cual fue la señal para irse. La historia de Archie era a la vez desgarradora y conmovedora. Emily y Anthony habían cumplido su buena acción del día, eliminando con alegría a Archie de la lista de sospechosos.

CAPÍTULO VEINTIUNO

—Marc me envió la lista de la compra. Quiere cocinar para ti esta noche —dijo Anthony mientras salían del estacionamiento del hospital.

Conociendo la reputación de Marc como un excelente chef casero, rechazar su oferta fue aún más difícil.

—No, no puedo. Mike y yo tenemos una cita.

—Dame un segundo —le escribió Anthony a Marc—. Los invita a ambos y quiere incluir a Duncan, Jane y los niños. Hemos evitado salir de casa por la seguridad de Tiki, y creo que Marc está nervioso.

La expresión de Anthony dejaba claro que esto era importante para ellos. Todos se habían sacrificado, pero Marc más que ninguno. Emily y Anthony tenían una obligación innata con Tiki como su equipo veterinaria, pero Marc había dado un paso al frente para construirle un hermoso hogar y se había tomado tiempo libre del trabajo para cuidarlo. Si Marc y Anthony querían que ella estuviera allí, planeaba aparecer.

—Lo voy a confirmar con Mike, pero seguro que es flexible. Dile a Marc que suena genial. Avísame qué puedo llevar.

—Dice que con tu presencia es suficiente. Por lo larga que es su lista de la compra, creo que ya lo tiene todo cubierto.

—¿Es la primera vez que organizan una fiesta desde que se mudaron juntos?

—Más o menos. —Anthony se encogió de hombros—. Un compañero de Marc vino a cenar una noche mientras trabajaban en un proyecto.

Emily asintió, intentando disimularlo. Organizar su primera fiesta como pareja era un gran acontecimiento, aunque Anthony no lo hubiera dicho.

—Déjame en mi carro en lugar de en la puerta. Tiki se pone un poco nervioso cuando vamos y venimos, así que iré directo al supermercado.

Una vez sola en el carro, Emily le envió un mensaje a Jane para avisarle. Sabía que Marc se pondría en contacto con Jane directamente, pero quería asegurarse de que Jane comprendiera la importancia de la invitación. Tras enviar el mensaje, Emily se dio cuenta de que los niños estaban en sus clases de natación por la tarde, pero recibió un emoji de pulgar hacia arriba como respuesta. Estarían allí.

Mike fue el siguiente. Era extraño que no supiera nada de él desde la noche anterior. Solía confirmar sus citas. Le dejó un breve mensaje de voz, y al llegar a la entrada de su casa, él la llamó.

—Hola, Em. Siento no haberte visto. ¿Estás bien después de anoche?

—Estoy bien, solo cansada. ¿Ha habido algún avance importante en el caso? ¿Alguna pista sobre Marilyn?

—Por eso no te contacté hasta ahora. No puedo darte detalles, pero están pasando muchas cosas, y todo el mérito es tuyo. —Luego cambió de tema—. ¿Aún se te antoja salir por la noche?

Le encantaba recibir reconocimiento por su trabajo policial amateur, aunque él se guardaba los últimos detalles. Duncan siempre la desalentaba a participar, por su propia seguridad, lo que significaba que rara vez la felicitaba cuando descubría una pista o indicio. Evitaba a toda costa envalentonar sus actividades de investigación.

—Sobre eso. Marc y Anthony nos invitaron con cenar a Jane, Duncan y los niños. No quieren dejar solo a Tiki, sobre todo después de todo lo que ha pasado.

—Me parece perfecto. Además, estoy emocionadísimo por conocer a Tiki.

—Voy a comprar un par de botellas de vino. ¿A qué hora es la cena?

Emily sonrió. Mike era un hombre de verdad, y no podía estar más contenta con el estado de su relación.

—La cena es a las siete, no es demasiado tarde para los niños.

Mike planeaba venir temprano y pasar tiempo con Emily. Eso le dejaba algunas horas libres, algo poco común.

.   .   .

El océano siempre había sido el lugar predilecto de Emily para despejarse. Encaramada en su árbol, Bella aceptó algunos premios antes de reanudar su siesta, lo que le permitió salir de la cabaña sin sentirse culpable por abandonar a su compañera felina. Tomó sus aletas, máscara y tubo y se dirigió directamente al agua. El océano, cálido como una bañera, y las olas tranquilas y planas creaban las condiciones perfectas para nadar en la orilla.

Emily recorrió una gran distancia sin esfuerzo gracias a todos los largos de entrenamiento en la alberca durante la práctica del equipo de natación de la preparatoria. Después de dar la vuelta a mitad de camino, vio una raya látigo nadando en aguas poco profundas. Era negra y estaba cubierta de lunares blancos, una raya águila moteada. Aunque parecía más grande bajo el agua, debía de medir dos metros y medio de ancho. Para Emily, la majestuosa raya parecía estar volando. Mantuvo una distancia prudencial y pateó con fuerza para bucear a su lado. Cuando giró hacia aguas más profundas, Emily levantó la cabeza para comprobar su ubicación y terminó su nado con una brazada pausada.

Regresar a Coral Shores después de la facultad de veterinaria fue una decisión sencilla cuando su mamá enfermó, pero en momentos como este, Emily se dio cuenta de la suerte que tenía de vivir cerca del océano. Los turistas acudían en masa a la zona cada invierno para disfrutar del clima tropical, pero la belleza natural del agua y sus alrededores era su verdadero atractivo. Solo unos pocos podían experimentar la alegría de nadar junto a una raya. Su trabajo en el rescate de tortugas marinas, incluyendo la construcción de un nuevo centro de conservación, hizo realidad un sueño de la infancia. No quería vivir en ningún otro lugar.

Después de secarse, hacía demasiado calor para sentarse al sol, así que se trasladó a la sombra de su terraza. Bella, ya despierta de la siesta, se sentó con ella en la silla de su mamá para disfrutar de toda su atención. Todo lo demás podía esperar.

.　.　.

Emily rara vez se preocupaba por su peinado y maquillaje, pero esta era una ocasión especial. La primera cena de Anthony y Marc significó un paso adelante en su relación, así que eligió un ramo de hibiscos de su jardín para regalarle.

Con retraso en el trabajo, Mike llamó para avisarle que iba tarde.

—Lo siento, Emily. Todavía tengo que recoger el vino, pero voy a llegar pronto.

—No te preocupes. Tenemos tiempo.

No era propio de Mike llegar tarde, pero no le importó, pues supuso que se trataba del caso de Marilyn. Encendió la televisión local para ver las últimas noticias. Repitieron la noticia de la mañana, así que concluyó que nada había cambiado. Mientras el meteorólogo terminaba el pronóstico del fin de semana, Mike ingresó en la entrada.

—Hola. —Se inclinó para besarla cuando ella abrió la puerta y luego dio un paso atrás—. Estás preciosa.

—Gracias.

Su vestido veraniego de mezclilla, combinado con las chanclas azul rey de su mamá, eran de un estilo playero y elegante.

—No tuve tiempo de correr a casa a cambiarme. ¿Te importa si me echo un poco de agua en la cara antes de irnos?

—Claro. Pasa.

Bella saltó del árbol para gatos para saludar a Mike. Se deshizo por él. Emily la oyó ronronear mientras se dejaba caer de lado, permitiéndole acariciarle la barriga.

—Apenas me mira de reojo cuando llego a casa —rió Emily.

Mientras Mike se lavaba, Emily agarró su ramo para prepararse. Le pareció que se veía más cansado que durante la rueda de prensa matutina. Cansado o no, siempre lucía guapo.

Cuando se reunió con ella en la cocina, le dio un vaso grande de agua, que se lo bebió de un trago.

—Gracias. Ha sido un día largo.

—Me lo puedes contar todo durante el viaje. ¡Vamos!

• • • •

No fue una sorpresa que Mike evitara compartir detalles de la investigación. Emily le recordó que ella ayudó a aclarar las cosas en el caso, pero aun así, él se negó a hacer comentarios. Al entrar en el complejo de casas, ella dejó el tema por el momento. Esta noche se trataba de Marc y Anthony.

—Mike, Em, pasen —gritó Anthony—. Estamos en la cocina.

—Lo que sea que estés cocinando huele de maravilla —dijo Mike mientras le entregaba el vino. Emily buscó un jarrón para sus flores, lo llenó de agua y lo puso sobre la mesa.

Marc está preparando la famosa paella de mariscos de su tía. La visitó en España cuando estaba en la prepa, e incluso está usando una paellera auténtica que le envió desde Valencia. No estaba segura de sí a Mac y Ava les gustaría, así que les preparamos una comida para niños por si acaso.

—Hola. ¿Qué haces? —saludó Tiki desde su puesto.

Anthony les dio a cada uno un vaso de sangría.

—¿Por qué no charlan con Tiki? Ya casi terminamos. Em, hablé con Jane y va a traer a Elvis. Quedamos en que si tener un perro en casa le molesta a Tiki, se lo va a llevar. Pensé que a Tiki le gustaría conocerlo.

—Pronto lo sabremos —respondió ella. Elvis amaba a todos y a todo, pero era una incógnita.

Emily se sentó junto a la silla de Mike, ubicada junto al terraza acristalada de Tiki. Marc y Anthony habían creado una cómoda zona de estar que facilitaba la interacción con el loro, con una televisión incluido para su disfrute. Mike se quedó fascinado al ver a Tiki comerse una almendra.

—Esto es increíble. ¿Construyeron todo esto?

Emily sonrió al ver los juguetes y las perchas adicionales.

—Sí, Marc lo diseñó y lo construyeron juntos.

Poco después, Jane y Duncan llegaron con los niños. Elvis corrió a saludar a Mike y Emily como siempre. Dando muchas vueltas y meneando la cola antes de darse la vuelta para que le acariciaran la panza. Elvis siempre parecía tener una sonrisa en la cara. Emily sujetó la correa mientras Mac y Ava le indicaban a su adorable Terrier que se sentara. Obedeció a la primera orden.

—Tía Em, hemos estado practicando. Mamá dijo que tiene que ser muy educado esta noche. No queremos que asuste a Tiki Lulu —dijo Mac.

Ocupado por los humanos en la habitación, Elvis tardó un minuto en notar a Tiki, que se había movido a través de su percha para mirar más de cerca.

—¡Guau! ¡Guau! —dijo Tiki, imitando el ladrido de un perro.

Anthony y Marc salieron corriendo de la cocina con la boca abierta. Elvis giró la cabeza bruscamente para encarar al loro. Dejó de menear la cola y pegó las orejas a un lado de la cabeza. Todos contuvieron la respiración, esperando a ver qué pasaba. Elvis giró las orejas hacia adelante y empezó a caminar agazapado, abriéndose paso lentamente junto al aviario, mientras su cola reanudaba su alegre meneo. Perro y pájaro se enamoraron al instante.

—Buen chico, Elvis. —Mac siguió acariciándole la cabeza mientras Tiki se acomodaba en su sitio más bajo, ahora a solo unos metros de distancia, pero aún separados por la mosquitera de la terraza. Anthony colocó almohadas en el suelo para que los niños pudieran sentarse junto a su perro.

—Salió mejor de lo que esperaba —dijo Jane, sin perder de vista a Elvis.

Mike se levantó para cederle la silla a Jane y luego se reunió con Duncan en la sala. Los dos hombres estaban de espaldas y susurraban. Emily no dejaba de mirarlos, esforzándose por captar alguna palabra.

—Em, olvídalo. Sé que estás involucrada en otro caso de asesinato, pero deja el trabajo policial en manos de tu hermano y

Mike. Duncan no para de hablar de cómo los federales intentan tomar la iniciativa en la investigación. Me parece peligroso y serio.

—Sí, pero se les olvida que estoy involucrada en todo esto. Anthony también. Nos veremos obligados a decidir qué hacer con Tiki, y es difícil planificar las cosas cuando se niegan a compartir los detalles del secuestro de Marilyn.

—Lo entiendo, pero ten cuidado.

. . .

Cuando Marc y Anthony salieron de la cocina, trajeron una gran sartén de metal llena de la aromática paella y la colocaron en el centro de la mesa.

—La cena está servida —declaró Marc.

Anthony les indicó a Mac y Ava que lo siguieran a la cocina. Quería que supieran que Marc también había preparado sus macarrones con queso caseros especiales con una guarnición de zanahorias con mantequilla. Decidieron probar primero la comida sofisticada, pero parecían aliviados de tener un plan B.

Tras muchos brindis de celebración, la sala quedó en silencio mientras saboreaban la comida. Marc recibió un entusiasta gesto de aprobación de casi todos los comensales. A Mac le encantó la paella, pero Ava rebuscó entre los platos con escepticismo. Anthony se escabulló a la cocina y regresó con los macarrones con queso, lo que iluminó el rostro de Ava. Ahora sí, la decisión era unánime. Después de cenar, los niños volvieron a ver a Tiki, y Emily se ofreció a pasear a Elvis mientras todos recogían.

Elvis se resistió a que lo apartaran de su amigo emplumado, pero una vez afuera, disfrutó de los olores desconocidos mientras guiaba a Emily por las afueras del complejo de casas. Ella estaba absorta pensando en lo que le depararía el futuro a Tiki, por eso no vio un sedán blanco que giraba desde la calle lateral detrás de la hilera de casas de Marc. Miró el carro por encima del hombro mientras alejaba a Elvis de la banqueta, pero se detuvo en seco. Chad Tercero estaba al volante.

Sin pensarlo, Emily se interpuso en la carretera para impedir que el carro se marchara. Chad aceleró hacia ellos. Con solo una salida del complejo, tenía que pasar. Para no jugar a la gallina con un vehículo en movimiento, Emily levantó a Elvis y se apartó de un salto, escapando por poco del impacto del parachoques. Chad chirrió las ruedas al girar hacia la carretera principal, alejándose una vez más.

—¡Ayuda! —gritó Emily. Sabía que la oirían por la terraza abierta de Tiki—. ¡Mike, Duncan! ¡Vengan rápido!

CAPÍTULO VEINTIDÓS

Duncan y Mike irrumpieron por la puerta principal y corrieron hacia Emily en el estacionamiento. Giraron a la izquierda y a la derecha, observando la zona en busca de amenazas.

—¿Qué pasó? —preguntó Duncan.

Antes de que ella pudiera responder, Jane y Anthony llegaron corriendo detrás, luciendo mucho menos serenos.

—Em. Estás bien. Estás bien —dijo Anthony, repitiendo la afirmación para sí mismo al darse cuenta de que no parecía herida. Se agarró el pecho, intentando recuperar el aliento, antes de abrazarla con Jane.

Elvis actuó ajeno a la amenaza mientras meneaba la cola y se deslizaba entre sus piernas. Jane se inclinó y dejó que le lamiera la mano. Cuando se separaron, Jane preguntó:

—¿Por qué gritabas pidiendo ayuda?

—Vi a Chad Tercero.

—¿Estás segura? —preguntaron Duncan y Mike al unísono.

—Claro. Pasó en un BMW deportivo blanco. Intenté detenerlo, pero aceleró y casi nos atropella al intentar escapar. Estaba preocupada por Elvis, así que no vi su matrícula. Lo siento.

Mike y Duncan intercambiaron una mirada rápida, y luego Mike se apartó para hacer una llamada.

Jane cargó a Elvis en brazos y lo abrazó fuerte. Él la besó en la cara, buena señal de que había salido ileso.

—Los niños están preocupados. Voy a decirles que todo está bien.

Volvió adentro con Elvis. Emily se sintió fatal por asustar a Mac y Ava.

—Soy la peor tía —le dijo a nadie en particular.

—No, no lo eres —dijo Duncan—. Pero intentar detener un carro en marcha con el cuerpo no es muy inteligente.

Se acercó a Mike, que seguía al teléfono.

—Sabes. Esta es la segunda vez que tú y Elvis se libran por poco de ser víctimas de un atropello y fuga —dijo Anthony.

—Créeme. Lo sé. —Emily sufría de Estrés Postraumático al recordar cuando el asesino de la señora Klein intentó atropellarlos.

Esta vez fue menos amenazante. Chad no se desvió para atropellarlos. En cambio, se había metido en la carretera. Claro que Chad debería haberse detenido, pero no lo hizo.

—Siento haberte arruinado la fiesta. Soy la peor invitada.

—Siempre vas a ser mi invitada favorita para cenar —sonrió Anthony.

—Marc va a estar fuera de sí. ¿Estás bien aquí fuera?

—Estoy bien. Quiero saber qué pasa. No tardo mucho.

Anthony se giró para entrar, dejando a Emily sola. Sin saber si intervenir en la conversación telefónica de Duncan y Mike, se sonrojó al apretar y soltar los puños. La ira la invadía por la situación. Ira hacia Chad. Ira por no haberla involucrado en el caso. Se acercó, decidida a obtener respuestas.

—¿Cuál es el plan? —le preguntó a Duncan.

Él se llevó un dedo a los labios. Mike estaba en altavoz, así que se quedó en silencio para escuchar.

—Gracias, Daniel. —Mike colgó.

—¿De qué se trata todo esto? —preguntó.

—Le informé al agente del Departamento de Aplicación de la Ley de Florida sobre Chad y el carro. Lo están buscando. Em, Duncan y yo tenemos que irnos.

—No te preocupes por mí —dijo Emily—. Voy a irme con Jane.

Mike la besó y prometió compensarlo. Con prisa, Duncan llamó a Jane para transmitirle sus disculpas a Anthony y Marc por abandonar la cena, y luego se fueron.

Emily levantó las manos antes de dejarlas caer a los costados dramáticamente. No le hacía ninguna gracia que la relegaran a un segundo plano, considerando que había sido fundamental para aportar otra pista al caso. Si tan solo hubiera conducido su propio carro, se habría sentido tentada a seguirlos. Emily regresó al interior y encontró a todos sentados junto al aviario de Tiki. Mac y Ava flanqueaban a Elvis, cada uno con una mano en la espalda.

Emily le dijo a Jane con los labios:

—¿Todo bien?

Jane se acercó y la llevó a la cocina para hablar.

—Están bien. Les dijimos a los niños que viste una araña gigante, y por eso gritaste. Se enorgullecieron al saber que Elvis no les tenía miedo a las arañas —dijo Jane—. Una pequeña mentira piadosa ayuda mucho.

—Gracias. Me siento fatal por asustarlos.

—Los niños son resilientes. Supongo que Duncan va a estar fuera hasta tarde, y eso demasiada emoción para mí. Puedo llevarte a casa de camino.

Jane se movió para recoger sus cosas.

—Quiero quedarme un rato, así que me voy a casa sola —dijo Emily antes de unirse a los demás. Elvis y Tiki intercambiaron algún que otro ladrido, lo que provocó en los niños una carcajada histérica.

—Tía Em —dijo Ava—. No pasa nada por tener miedo a las arañas. Yo también les tengo un poco.

Abrazó a su tía para que la apoyara. Emily tuvo que contener una sonrisa.

—Bueno, niños. Hora de irnos. —Jane le puso la correa a Elvis.

—Señor Anthony. Señor Marc. ¿Podemos traer a Elvis a visitar a Tiki otra vez? —preguntó Mac—. Son muy graciosos.

—Claro. A Tiki le encantaría volver a verlos —respondió Anthony. Los niños saltaron de alegría. Tardaron veinte minutos en salir.

Una vez que todo estuvo tranquilo y Tiki se sentó a dormir, los tres se retiraron a la sala de estar para terminar su sangría.

—¿Qué demonios, Em? —dijo Anthony—. ¿Por qué Chad quiere atacar a Tiki? No tiene sentido.

—No lo sé. Nos falta algo —dijo.

—He pasado los últimos dos días y dos noches con Tiki. De vez en cuando dice algo nuevo, al menos para mí. ¿Crees que Chad intenta presionar a Tiki para silenciarlo? —preguntó Marc.

Lo reflexionaron un momento.

—Parece improbable, pero nunca se sabe. Tenemos que considerar todas las posibilidades. Tiki solo repite lo que ya ha oído. ¿Ha dicho algo polémico o alguna pista? —preguntó Emily.

—No, volvió a hacer esos sonidos de delfín esta tarde cuando veíamos un programa de *Viajero del Océano*, pero claramente puede imitar sonidos de otros animales, como el ladrido de un perro. Es difícil creer que signifique algo importante.

Todos coincidieron en que debía haber otra razón para el comportamiento de Chad.

Era tarde, y Emily notaba que Marc y Anthony estaban agotados tras dormir por turnos las últimas dos noches. Para ser una invitada amable y dejar que sus anfitriones descansaran, abrió la aplicación en su teléfono para pedir que los llevaran.

—Llévate mi carro, Em —dijo Anthony—. No lo necesito, porque voy y vuelvo al trabajo en la camioneta. Lo recojo de tu casa cualquier día de la semana.

—De acuerdo —respondió Emily, aceptando las llaves que le entregó—. Marc, gracias por preparar la deliciosa paella de tu tía. Toda la noche fue increíble, hasta que apareció Chad.

—Definitivamente es un visitante no deseado, pero a Tiki le encantó tener a Elvis y a los niños aquí. —Marc la abrazó.

—Te acompaño afuera —dijo Anthony.

Una vez solos, se giró hacia ella. Se le tensaron los músculos del rostro y, al hablar, no se anduvo con rodeos.

—La situación se está descontrolando. No puedo seguir poniendo en peligro a Marc ni a Tiki. Voy a contactar con los centros de aves silvestres el lunes para averiguar sobre la reubicación de Tiki. —Se le quebró la voz al continuar—. Me rompe el corazón, Em, pero es lo que tenemos que hacer.

—Lo sé. Tienes razón. El lunes vamos a tomar esta decisión juntos. Te quiero.

—Yo también te quiero. Buenas noches.

.   .   .

Emily estaba sentada en el carro de Anthony, pensando. No solo se enfrentaban a una decisión difícil sobre Tiki Lulu, sino que las probabilidades de encontrar a Marilyn con vida se reducían. Tiki parecía feliz, pero el personal experimentado de un centro de aves silvestres podría proporcionar un entorno enriquecido y la oportunidad de conectar con otro loro.

Todavía estaba sentada allí cuando una patrulla del departamento del alguacil pasó por el estacionamiento. Observó cómo el vehículo daba dos vueltas alrededor del complejo antes de salir por la entrada principal. Si tuviera que adivinar, Duncan y Mike habrían ordenado patrullas en su ausencia.

¿Dónde estaban ahora mismo? ¿Habían encontrado a Chad? Sus mensajes sin respuesta no la tranquilizaban, por eso vigiló la casa, al menos hasta que supiera de alguno de ellos. Chad ya se había escapado dos veces, y no pensaba darle la oportunidad de una tercera. A pesar de la incorporación de agentes federales al caso de Marilyn, Emily lo había localizado. Se negaba a atribuirlo a la suerte, prefiriendo creer que se debía a su afinada capacidad de observación. Sería arriesgado que Chad regresara, pero quería que Anthony y Marc estuvieran a salvo. Si eso significaba que no podía dormir, no importaba. Podía echarse la siesta todo el domingo.

A diferencia de los emocionantes dramas policiales de la televisión, Emily encontraba la espera aburrida e incómoda. Los actores nunca tenían que lidiar con mosquitos durante sus rondas de vigilancia, ya que ella los ahuyentaba. El aire fresco de la tarde le permitía sentarse en el carro sin el motor en marcha, siempre y cuando las ventanillas estuvieran bajadas. Reclinó el asiento para estar más cómoda mientras vigilaba la casa.

Los faros la obligaron a incorporarse y mirar el reloj. Nunca se ganaría la vida como detective privada quedándose dormida en el trabajo. Eran más de las tres de la madrugada y una patrulla policial atravesaba el complejo de casas adosadas, completando su circuito horario. Anthony y Marc estaban a salvo con la presencia continua de las fuerzas del orden, y su contribución a la seguridad era cuestionable. La patrulla terminó su ruta y regresó a la carretera principal cuando Emily decidió irse a casa.

Al buscar las llaves del carro en la consola central, algo en su campo visual izquierdo le llamó la atención. Instintivamente, se acurrucó en el asiento para esconderse. Un carro sin luces salió lentamente de entre las sombras y arrancó de la calle lateral más cercana a la casa de Marc, girando para pasar frente a su puerta a paso de tortuga. La oscuridad ocultaba el rostro del conductor, pero el BMW blanco era inconfundible. A pesar de la noche calurosa y húmeda, a Emily se le erizaron los pelos de los brazos. Chad Tercero había vuelto.

CAPÍTULO VEINTITRÉS

—Tranquila —dijo en voz baja tras un momento de pánico. Una vez que Chad dejó atrás la hilera de casas, encendió las luces delanteras y aceleró.

—¡Oh, no, no! Esta vez no.

Emily arrancó el carro y salió del estacionamiento, manejando sin luces hasta llegar a la carretera principal. No quería que Chad la viera, así que se mantuvo a una distancia prudencial. Obligada a concentrarse, Emily evitó llamar a Duncan y Mike. Las calles del barrio se unieron a cuatro carriles mientras se dirigían al este hacia la autopista interestatal. Con tan pocos carros a esa hora, pudo mantener el carro de Chad a la vista sin problemas.

Tras pasar los límites de la ciudad de Coral Shores, las opciones eran incorporarse a la carretera principal o continuar hacia los Everglades. Se puso en el carril derecho, señalando su giro hacia la rampa hacia la Interestatal 75 sur. Emily miró la consola, tenía el tanque lleno. Arruinaría su reputación de detective aficionada si se quedaba sin gasolina durante una persecución. «¿Adónde va?», se preguntó. Solo había una manera de averiguarlo.

Emily se inclinó hacia adelante en su asiento, con ambas manos en el volante y el cuerpo rígido. Esperaba que Chad saliera de la autopista en cualquier momento, pero después de manejar durante casi dos horas, las señales de tráfico le dieron la bienvenida a Naples. Totalmente desprevenida y sin un plan, una sensación de temor la invadió. Pronto, la interestatal haría un giro brusco a la izquierda. Este tramo recto de carretera, conocido como Callejón de los Caimanes, cruzaba el estado, conectando las costas del Atlántico y del Golfo, abriendo un sinfín de destinos.

El amanecer fue una grata visión. La adrenalina mantuvo a Emily alerta durante su persecución, pero sentía que sus párpados se le pesaban. Después de llegar tan lejos, no habría vuelta atrás. Continuó superando el agotamiento.

Sin previo aviso, Chad se incorporó al carril de salida de Collier Boulevard y giró hacia el sur. Disminuyó la velocidad para no verse en el retrovisor mientras se ajustaba para seguir su movimiento. Las señales de dirección indicaban que se acercaban al Tamiami Trail, lo que hizo dudar a Emily. Prefería la seguridad de la interestatal abierta, ya que este tramo de carretera de dos carriles y desierto cruzaba el corazón de los Everglades, con solo unas pocas paradas antes de llegar a las afueras de Miami. Emily tendría que decidir si quería evitar ser vigilada, aunque Callejón de los Caimanes ofrecía una ruta mucho más rápida para cruzar el estado.

A medida que el sol asomaba por el horizonte, se hizo más fácil seguirlo por los siguientes noventa kilómetros de carretera remota. Retirándose para aumentar su margen de seguridad, Emily decidió que era hora de pedir ayuda. Con cada kilómetro que pasaba, su ansiedad aumentaba. Estaba sola.

Anthony y Emily marcaron sus números de teléfono como favoritos para que sus llamadas anularan la función de «no molestar». Tenían que comunicarse en caso de emergencia.

—Em —graznó la voz de Anthony mientras ella lo despertaba de un sueño profundo.

—Hola. ¿Te desperté?

Una pregunta tonta, pero estaba dando largas. Decirle lo que había hecho no le caería bien.

—¿Qué te parece? Todavía está oscuro afuera. ¿Qué pasa?

—Estoy en Tamiami Trail, cruzando los Everglades hacia el este. Sigo a Chad Tercero.

Emily oyó golpes seguidos de las maldiciones de Anthony. Debió haber dejado caer el teléfono, pero cuando volvió a la línea, parecía estar completamente despierto.

—¿Qué demonios estás haciendo?

—Bueno, es una larga historia.

—¿Y? No me voy a ninguna parte. Todavía no, al menos —respondió Anthony.

Emily se tomó unos minutos para contarle sobre su vigilancia en la casa y el avistamiento del carro de Chad. Justificó su decisión de no llamar antes porque tenía que prestar atención a la carretera, pero Anthony no estaba dispuesto a aceptarlo.

—No puedo creer que hayas hecho eso sin hablar con nadie. ¿O debería decir que lo estás haciendo? ¿Cuál es tu plan? ¿Qué vas a hacer cuando llegue a donde quiera que vaya?

—No lo sé. Por eso te llamé. Podría guiarnos hasta Marilyn. ¿No vale la pena el riesgo?

—¿Cómo puedo responder a eso? No es todo o nada, Em. Podrías haber tomado un montón de decisiones anoche, y ninguna te pondría en peligro. —Anthony se giró para hablar con Marc, que ya estaba despierto—. Está en los Everglades, siguiendo a Chad por Florida.

Incapaz de oír la respuesta de Marc, imaginó que sería muy parecida a la de Anthony.

—¿Has llamado a Duncan o a Mike? Por favor, di que sí.

—No.

—Em —la voz de Anthony se quebró al gritar—. ¿Quieres llamarlos o lo hago yo?

—Los voy a llamar, pero no va a ser bonito. Oye, ¿puedo pedirte un favor?

Tras un largo silencio, dijo:

—Sí.

—Anoche le dejé croquetas secas a Bella, pero ¿podrías ir a verla y darle el desayuno? Se va a enfadar conmigo cuando llegue a casa.

—Claro que puedo, y la voy a cepillar. Le encanta.

—Gracias, Anthony. Escucha, casi estoy en Miami y necesito concéntrate en lo que hago. No quiero perder a Chad en el tráfico ni perderme en un giro. Voy a estar a salvo. Lo prometo.

—Quiero que me devuelvas la llamada. Aunque no puedas hablar, quiero que la línea siga abierta.

—Esa es una buena idea. En cuanto sepa hacia dónde va, te llamo.

Emily colgó antes de que él renegociara. Dada la larga noche y su cansancio, necesitaba todos sus recursos para la tarea en cuestión. Si Chad seguía manejando hacia el este, terminarían en el Océano Atlántico en Miami Beach, pero antes de eso, cruzarían la autopista de peaje de Florida, yendo al norte hacia Orlando y al sur hacia los Cayos de Florida. Al acercarse al cruce, Emily apretó el volante con más fuerza.

Iba unos seis carros detrás de Chad cuando él cambió de carril para incorporarse a la autopista de peaje, en dirección sur. Emily conocía ese tramo de la carretera, pues había pasado las vacaciones en Islamorada de niña y viajado por carretera a Cayo Hueso para las vacaciones de primavera de la universidad. Anthony no tenía un transpondedor *SunPass* en su auto, pero con el sistema actualizado de Peaje Por Placa del estado, ella no necesitó detenerse en una caseta de cobro.

Chad se acomodó a un ritmo constante, lo que le permitió relajarse un poco. Sin poder posponerlo más, llamó a Duncan. La hora de su llamada, tan temprano en la mañana, era inusual, lo que podría haber sido la razón por la que contestó al primer timbre.

—Te levantas temprano —dijo.

—La verdad es que todavía no me he dormido. Por eso te llamo. Necesito tu ayuda.

Imaginó que su respuesta sería una mezcla de confusión, frustración, ira y miedo.

—¿Estás en tu carro? ¿Qué pasa?

—Estoy en el carro de Anthony. Me quedé anoche y estuve sentada en el estacionamiento frente a la casa un par de horas. Quería asegurarme de que Chad no volviera. Anthony y Marc han estado durmiendo por turnos para cuidar de Tiki, y quería que descansaran un poco.

—Organicé patrullas regulares alrededor de la casa toda la noche para la seguridad de todos. No era necesario que te quedaras ahí.

—Sí, lo hice. Vi a tus oficiales haciendo sus revisiones de rutina, y estaba a punto de irme a casa alrededor de las tres de la mañana cuando Chad pasó por delante de la casa de Marc con las luces apagadas. No me vio salir del estacionamiento tras él, y lo he tenido en la mira desde entonces.

—Eso fue hace más de tres horas. ¿Dónde estás ahora?

—Cruzamos Tamiami Trail y ahora nos dirigimos hacia el sur por la autopista de peaje de Florida, casi al comienzo de los Cayos, cerca de Florida City.

—Maldita sea, Em. ¿Qué te hace pensar que está bien seguirlo sola?

—Pensaba que no quería que se escapara otra vez, y espero que me lleve hasta Marilyn. Eso mismo pensaba. No fue fácil seguirlo en la oscuridad, así que tuve que concentrarme en el camino.

—Eso no es excusa. Podrías haber llamado en cualquier momento.

Emily no quería entrar en un debate.

—Bueno, te llamo ahora. Quiero saber qué hacer cuando llegue a su destino. La carretera termina en Cayo Hueso, así que va a terminar parándose.

Duncan tardó un momento en volver a hablar.

—Todos los Cayos están bajo la jurisdicción de la oficina del Alguacil del Condado de Monroe. Tengo algunos contactos allí y los voy a llamar. ¿Estás segura de que no sabe que lo estás siguiendo?

—Casi segura. Me quedé bastante atrás, ya que es bastante fácil seguir un BMW blanco sin tráfico en las carreteras. Ahora tengo la información de la placa. Es BIRDLDY, y tiene un diseño especial, pero no distingo los detalles. Es como el que tenía mamá que decía «Ayudando a las Tortugas Marinas a Sobrevivir», pero este tiene otros colores. Debe ser el carro de Marilyn, pero pensé que contabilizaste todos sus carros después de registrar su casa.

—Sí, lo hicimos. Todos los que estaban a su nombre.

—Entonces, ¿qué hago? —preguntó.

—Si pensara que me harías caso, te diría que dieras la vuelta y volvieras a casa. Como es improbable que eso pase, voy a llamar al

Alguacil de Monroe y a Mike. Si Chad se detiene en algún lugar, sigue de largo y deja que la policía se encargue. Como tu hermano, no te pido mucho, pero solo por esta vez, quédate en tu carro. No me pongas en una situación en la que tenga que arrestarte por obstrucción.

Las palabras de Duncan le dolieron. No era su estilo usar la culpa ni las amenazas para obligarla a aceptar algo; una clara señal de que le preocupaba su seguridad y hacía todo lo posible por convencerla de que siguiera su consejo. Por un instante, Emily lamentó su decisión de perseguir a Chad sola, pero al imaginarse a Marilyn encerrada en casa de la abuela de Colt, la preocupación por su propia seguridad le pareció irrelevante. Amaba a su hermano, así que, por ahora, accedió a su petición.

—De acuerdo, me quedo en mi carro. —Emily optó por mantener la calma en lugar de negociar excepciones al plan—. Anthony va a estar al teléfono mientras manejo, pero avísame en cuanto tengas más detalles. Si Chad se detiene, te llamo enseguida.

Duncan le hizo prometer una vez más y luego colgó.

. . .

Después de que Emily pasara por Cayo Largo, la primera parada importante de la Carretera Internacional, el terreno se estrechó, dejando al descubierto tramos donde el Golfo de México y el Océano Atlántico se tocaban a ambos lados de la carretera. El color azul verdoso del agua era incomparable en cualquier otro lugar de la costa de Florida. Le encantaba manejar por los Cayos, pero esta mañana, fijó su mirada en el carro de Chad e ignoró las vistas tropicales circundantes.

Llamó a Anthony para que pudiera escucharla mientras ella continuaba su persecución. Habría preferido que estuviera sentado a su lado, pero agradeció el apoyo remoto. Hablaron poco, pero le reconfortó saber que él estaría ahí si lo necesitaba.

—Paso por el restaurante Lorelei —dijo Emily. El estómago le rugió y necesitaba ir al baño desesperadamente.

—Me encantan sus sándwiches de pescado —respondió Anthony—. ¿Recuerdas nuestro viaje por carretera después de graduarnos de la prepa? Fue divertidísimo.

—Sí. Deberíamos repetirlo cuando todo esto termine. —Siguió manejando sin hablar, ya que las conversaciones sobre comida y vacaciones la distraían—. Duncan llama. Te voy a poner en espera y vuelvo enseguida.

Cambió de interlocutor.

—¿Sigues manejando? —preguntó Duncan.

—Sí. Estoy en Islamorada. ¿Qué descubriste?

—Mike y yo vamos en camino. Empecé a manejar justo después de tu llamada, pero Mike se retrasó unos minutos. Si Chad se detiene, envíame la dirección y el alguacil del condado de Monroe va a enviar agentes al lugar. No hagas nada por tu cuenta.

—No lo voy a hacer. Avísame cuando llegues a los Cayos.

—Ya casi llego al Callejón de los Caimanes. Llegamos pronto.

Eso fue música para sus oídos. No había pensado en todos los posibles peligros cuando empezó a seguir a Chad. Con solo ciento treinta kilómetros por recorrer antes de llegar al final del camino en el punto más al sur de Cayo Hueso, podría dar un giro en cualquier momento. Emily ansiaba desesperadamente encontrar a Marilyn antes de que fuera demasiado tarde. Tenía que concentrarse.

CAPÍTULO VEINTICUATRO

Cuando Emily reanudó su llamada con Anthony, oyó el chisporroteo de su cafetera, indicando el final del ciclo de preparación.

—Lo que no daría por una taza ahora mismo.

—Bien. Ya volviste. Le estoy preparando el desayuno a Tiki y luego voy a alimentar a Bella. ¿Qué dijo Duncan?

—Él y Mike están de camino. Dondequiera que Chad llegue a su destino final, han dispuesto que el alguacil local se encargue de todo hasta su llegada.

—Entonces, no lo vas a seguir a pie, ¿verdad?

—Voy a esperar la ayuda. —Anthony no dijo nada, así que agregó—: Juro por el meñique.

.   .   .

Al entrar en Marathon, en los Cayos del Medio, el tráfico aumentó, lo que la obligó a sortear semáforos con más frecuencia. Preocupada por separarse de Chad, adelantó a algunos carros para acortar la distancia. Sin previo aviso, él se detuvo en una gasolinera a la derecha. Incapaz de seguirlo sin levantar sospechas, giró hacia la siguiente entrada y se quedó parada en el estacionamiento de una inmobiliaria. Por el retrovisor, vio a Chad llenar el depósito antes de desaparecer dentro del edificio. Regresó con dos maletas y luego volvió a la autopista. Emily se coló detrás de él.

—Chad acaba de cargar gasolina y compró algunas cosas —dijo Emily.

—Tiene que parar pronto.

—Ya casi llego al Puente de las Siete Millas. Tengo que llamar para informar, pero vuelvo enseguida.

.   .   .

Hablando con Duncan por el altavoz, escuchó las sirenas de la policía. Él y Mike se acercaban al inicio de los Cayos tras cruzar el Callejón de los Caimanes en tiempo récord, una señal tranquilizadora de que se acercaban.

—Estoy en contacto constante con el alguacil del condado de Monroe, Ron Wheeler —gritó Duncan para hacerse oír por encima de las sirenas—. Sus agentes han sido informados y están preparados para responder.

Ella le contó sobre la reciente parada de Chad.

—Debe estar cerca de su destino —dijo—. Tengo que irme, pero recuerda quedarte en tu carro y no acercarte a él. Porque eres mi hermana y es nuestro sospechoso de asesinato, el Alguacil Wheeler ha sido más que cooperativo. Pero lo dejó claro, no quiere que te acerques a este caso. Si ves un carro del alguacil, hazte a un lado y deja que sigan a Chad. ¿Entendido?

Emily no tuvo oportunidad de responder antes de colgar.

.   .   .

—Buenos días. ¿Quieres un té, Momo?

El saludo de Tiki se oyó cuando Anthony puso el altavoz.

—Estoy aquí —dijo—. ¿Por qué no me avisas cuando pases por puntos de referencia o gires? Tengo abierto en mi computadora un mapa de Marathon para poder seguirte.

—¡Buen plan! Acabo de pasar el semáforo en Cayo Colonia —gritó Emily—. ¡Está girando! ¡Está girando!

—¿Dónde?

—Gire a la izquierda en Sombrero Beach Road. ¿Puedes enviarle un mensaje a Duncan para avisarle?

—Claro. Les voy a contar detalladamente a ambos la situación. —Anthony envió la ubicación GPS más reciente de Emily—. Solo hay una entrada y salida de ese barrio. Parece ser mayoritariamente residencial. Creo que es aquí, Em.

Ella no respondió, sino que se concentró en Chad.

—Está girando a la derecha en la Avenida Primiceria —dijo—. De nuevo a la derecha en Isla de Palmas. Parece que la calle termina en el agua. Me voy a quedar atrás para no quedarme atascada en el callejón sin salida. Las casas de esta calle son enormes mansiones frente al mar. Espera, está frenando. Está girando hacia la entrada a la izquierda. Es la última casa de la calle. Y es la más grande.

—Lo tengo en los mapas de *Street View* ahora mismo. ¿Es una casa blanca? —preguntó Anthony.

—Sí.

—¡Bingo! Es Isla de Palmas 110. Acabo de enviar la ubicación al teléfono de Mike y Duncan. Creo que deberías darte la vuelta.

—Lo voy a hacer en un segundo. Quiero ver si alguien sale a recibirlo. ¡Rayos! El carro se metió en una cochera y el jardín me tapa la vista.

—Em, date la vuelta —la voz severa de Anthony le llamó la atención—. Ni lo pienses.

Era como si le leyera la mente. Consideró acercarse a la propiedad para echar un vistazo a través de la valla, pero si alguien la veía, arruinaría el factor sorpresa ante cualquier posible acción de la policía.

—Dile a Mike y a Duncan que voy a estacionar en Sombrero Beach. Los llamo enseguida. Chad no puede irse de este barrio sin pasar por mi lado. Vuelvo pronto.

Emily eligió un lugar junto a la carretera y dio marcha atrás. La playa estaba tranquila y desierta cuando llamó a su hermano.

—¿Dónde estás ahora?

—A una hora de distancia. Anthony me envió tu ubicación y alguien de la oficina del Alguacil del Condado de Monroe debería llegar pronto para realizar una comprobación de bienestar en la casa. Estamos esperando una orden judicial para entrar.

—¿Cuánto tiempo va a tomar?

—Depende. Has estado despierta toda la noche, así que ¿por qué no desayunas antes de volver a casa?

—¿Bromeas? He llegado hasta aquí y no me voy a ir hasta que estés aquí y puedas ver qué hay en esa casa. Te voy a estar esperando.

A pesar del ruido ambiental del altavoz, se oyó la exhalación de Duncan.

—Te llamo cuando estemos cerca.

Emily se comunicó con Anthony para que no se preocupara. Necesitaba un descanso y salió del carro para estirar las piernas y hacer un par de saltos de tijera para compensar la falta de sueño. Los baños públicos de la playa estaban cerca, y no tenía otra opción. Tenía que arriesgarse a romper su vigilancia. Otra cosa que nunca comentaban durante las vigilancias televisivas, reflexionó. En un tiempo récord, volvió a salir, segura de que habría oído pasar un carro a esa hora tan temprana.

La sed y el hambre se estaban volviendo fuertes, pero pensó que podría aguantar un poco más. Un vecino que salía a hacer ejercicio pasó y la saludó. De vuelta en el carro, con las ventanillas bajadas, los únicos sonidos que Emily oía eran el suave arrullo de las tórtolas. Sus rítmicos cantos la adormecieron. Se sentiría tan bien cerrar los ojos, aunque fuera un minuto.

Un vehículo policial con el logo de la Oficina del Alguacil del Condado de Monroe en un lateral apareció a la vista.

—Ya era hora —se dijo Emily.

La patrulla siguió su ruta anterior, girando a la derecha en la Avenida Primiceria. El tiempo transcurría lentamente mientras esperaba noticias del cateo de la casa. Veinte minutos después, la misma patrulla pasó, regresando a la carretera principal.

Frustrada y derrotada, llamó a Duncan y tuvo que luchar con todas sus fuerzas para no levantar la voz.

—¿Por qué se van?

Su negativa a responder a su pregunta la hizo creer que ya sabía la razón.

—Espero noticias del alguacil. Te llamo en cuanto pueda —y colgó.

Eso no le serviría a Emily, quien consideraba esencial acceder a esa casa, y le daba igual si el cateo era legal. La vida de Marilyn pendía de un hilo.

Aún preocupada por la lentitud de la policía, Emily vio un carro que se dirigía hacia ella. Al acercarse, se agachó para ocultarse, pero solo después de identificarlo como el BMW blanco con Chad al volante, que salía del barrio. Ahora tenía que decidir: seguir a Chad o aprovechar la oportunidad para inspeccionar la casa. Al final, no había opción. Marilyn fue primero.

Le envió un mensaje a Duncan con información sobre los movimientos de Chad y luego puso el teléfono en modo «no molestar». No esperó su respuesta, pues sabía lo que diría. «Quédate ahí». Emily arrancó el motor y se incorporó a la carretera. Tras girar a la derecha en Isla de Palmas, se hizo a un lado de la carretera y continuó a pie.

Las lujosas casas frente al mar que pasaba palidecían comparadas con la finca al final de la calle, una mansión blanca de estilo español que recordaba la casa de Marilyn en Coral Shores. Se acercó, usando la valla de hierro decorativa y el paisaje tropical como protección. Al llegar a la entrada, se asomó tras una palmera, buscando movimiento afuera. La puerta principal, hecha a medida, tenía incrustaciones de loros en un entorno selvático. «Si Marilyn era la dueña de la casa, ¿por qué no había aparecido en una búsqueda anterior?» Apartó esa pregunta de su mente para concentrarse.

Corrió hacia la entrada de la casa y se ocultó tras un montículo de petunias mexicanas. Avanzando lentamente por la pared, vio una hilera de ventanas en la planta baja. Emily ahogó un grito cuando una pequeña lagartija tropezó con su zapato. Tomándose un minuto para recomponerse, comenzó a avanzar paso a paso. Al llegar a la primera ventana, se detuvo. Era el mejor punto estratégico, pero cualquiera que estuviera dentro podía verla. Un riesgo calculado que estaba dispuesta a correr.

Emily pegó la cara al cristal, protegiéndose los ojos del resplandor. El solario, el comedor y la cocina estaban vacíos. Se dirigió a la parte trasera de la casa, mirando por cada ventana hasta que pudo ver el océano Atlántico. Un aviario exterior, con un marco ornamentado, ocupaba la mayor parte del patio trasero. El alto recinto albergaba un paisajismo típico y asientos al aire libre, pero todo ese follaje impedía la vista del muelle y del otro lado del patio.

Sería un blanco fácil si continuaba rodeando el aviario, ya que no sabía qué había al otro lado. El ruido de los motores de un gran barco que navegaba cerca le impedía oír ningún sonido proveniente del interior de la casa, así que se tomó un momento para pensar en sus próximos pasos.

Una vez que el barco llegó a mar abierto, la situación se calmó y Emily reanudó su búsqueda. Supuso que las puertas estaban cerradas, pero valió la pena el riesgo para comprobarlo. Caminó de puntillas hacia el acceso al aviario y se quedó paralizada al oír acercarse un carro. Cerró los ojos y contuvo la respiración para escuchar. El carro entró en la entrada de Marilyn y la puerta se cerró de golpe, seguida del pitido de la alarma, su peor escenario hecho realidad.

Se escondió tras una gran palmera, se acurrucó y se hizo lo más pequeña posible. No había forma de salir de la propiedad sin ser vista, pero a menos que alguien saliera por la puerta de su lado del aviario, el árbol la ocultaba. Sacó el teléfono del bolsillo para revisar si tenía mensajes. Solo uno de Duncan, advirtiéndole que se quedara en el carro. Demasiado tarde. Consideró enviarle un mensaje a Anthony con los detalles de su situación, cuando el portazo de otra puerta la sobresaltó y dejó caer el teléfono.

«Debía haber una puerta al otro lado», pensó. La estructura apantallada le impedía moverse y mantener su escondite. Tomó su teléfono y lo levantó por encima de su cabeza, tomando una foto hacia la puerta, con la esperanza de capturar una imagen del agresor. Sin suerte. Ahora tenía una foto desenfocada de una hoja de palma.

Dos pitidos llamaron la atención de Emily, seguidos de un ¡vrum vrum!, mientras los motores cobraban vida con un rugido. El ruido metálico al cambiar de punto muerto reveló que el barco ya estaba en movimiento. Sin nada que perder, corrió desde su escondite hacia el agua. Al pasar por el otro extremo del aviario, un barco se alejó del muelle, con Chad al timón. El mismo barco que había visto salir de la casa de la abuela de Colt hacía solo unos días. Chad miró por encima del hombro y fijó la mirada en Emily. Era demasiado tarde. En cuestión de minutos, estaría en aguas abiertas del océano Atlántico, con innumerables rutas de escape.

Emily maldijo en voz baja. Una vez más, el pícaro Chad Tercero se había escapado. Tomó el teléfono, respiró hondo y llamó a su hermano. Él acabaría perdonándola por ignorar sus instrucciones, y necesitaba su ayuda. Tenían que entrar en la casa, y rápido.

CAPÍTULO VEINTICINCO

—Duncan, se escapa. ¿Tiene el alguacil una unidad de marines?

—¿Dónde estás?

«Allá vamos», se dijo Emily. Duncan la escuchó sin interrumpirla mientras le contaba sobre Chad y el barco. Cuando terminó, él preguntó:

—¿Estás segura de que no hay nadie más allí?

—He recorrido todo el lugar, incluso he comprobado si había alguna puerta abierta. —La frustración de Emily por las repetidas fugas de Chad había llegado al límite—. ¿Por qué no entró el alguacil cuando llamaron a la casa? Ahora estaría detenido.

—Nadie abrió la puerta y no tenemos orden de cateo. Quédate quieta y no entres en la casa.

«Eso salió mejor de lo esperado», pensó. Él no la regañó por actuar fuera de la ley. Emily caminó hacia el elevador de barcos y se sentó encima del cajón del muelle. Contemplar las aguas azul turquesa de los Cayos de Florida la ayudó a calmarse. Un banco de arena y una pequeña isla eran visibles al otro lado de la bahía, donde los manglares brotaban de las aguas poco profundas. El sol había salido alto en el horizonte y la temperatura subía por las nubes.

Pasaron minutos sin saber de nadie. Le escribió a Anthony hasta que él la convenció de llamarlo y ponerlo en altavoz. No tenía ganas de hablar, pero agradeció que actuara como suplente virtual. Escuchar la conversación de Tiki y Marc le dibujó una sonrisa.

Las sirenas sonaron más fuertes, estaban en camino.

—Anthony, oigo los carros de policía. Voy a colgar, pero te llamo sí sé algo sobre Marilyn.

—Espero que esté ahí y que esté bien.

—Yo también —dijo Emily.

Para evitar que la confundieran con un intruso, Emily los recibió en la entrada. Dos carros con las luces intermitentes se detuvieron frente a la casa de Marilyn. Un agente bajó del primer carro y revisó su teléfono antes de acercarse.

—¿Es usted la Dra. Emily Benton? —preguntó con voz formal pero tranquila.

—Sí, señor. Mi hermano es el Ayudante del Alguacil Duncan Benton. Va a llegar pronto.

—Soy el Alguacil Wheeler. Me pidió que le dijera que lo esperara. Pero necesito que se aleje de la propiedad. Puede sentarse en mi carro.

Emily se imaginó tras una reja en el asiento trasero de un carro patrulla, con puertas que no se abren desde dentro.

—Gracias, Alguacil. Mi carro está estacionado calle abajo. Voy a esperar ahí.

Él asintió y se giró hacia sus compañeros, indicándoles que lo siguieran hasta la puerta principal. Volvió a mirarla y dudó, esperando a que se fuera antes de ejecutar la orden de cateo.

La rápida caminata de Emily de regreso a su carro se transformó en una carrera. El aire acondicionado le ofreció un respiro temporal de la humedad implacable. Manejó despacio por la calle, pasando por la entrada de Marilyn, antes de dar la vuelta en la calle sin salida. Desde ese ángulo, vio parte del muelle y a dos agentes alejándose del agua, hacia el jardín delantero. Quería evitar interponerse, pero estaba ansiosa por descubrir qué estaba pasando dentro.

Por fin, el carro de Duncan, seguido del de Mike, entró en Isla de Palmas. Aliviada, Emily caminó hasta el final del camino de entrada para recibirlos. Duncan se estacionó y luego salió a la carretera. Emily se acercó a él, pero su mirada penetrante y su mandíbula apretada la detuvieron en seco. Lo vio darse la vuelta y alejarse, por eso no vio a Mike hasta que estuvo frente a ella.

Mike esperó a que la mirara a los ojos y luego la observó fijamente por un momento antes de hablar. Entrecerró los ojos cansados y exhaló.

—Em. ¿Estás bien ?

Contuvo las lágrimas. El cansancio, el hambre y la sed amplificaron el impacto del frío saludo de Duncan.

—Estoy bien —mintió.

—Dale unos minutos para que se calme. —Mike miró a Duncan. Rodeó los hombros de Emily con el brazo, y ella se inclinó hacia él, agradecida por el consuelo—. Pensar que algo terrible te pudiera pasar le dio un susto de muerte. Ni siquiera me esperó para que pudiéramos venir juntos en el carro.

Dio un paso atrás y enderezó los hombros.

—Nunca lo había visto tan enojado. Me disculpo por no haber llamado antes, pero no me voy a disculpar por seguir a Chad. No se trata de mí. Se trata de Marilyn.

—Lo entiendo, pero eso no significa que tengas que encargarte de todo sola. Em, la idea de perderte... —Le tocó un lado de la cara. Un momento íntimo solo para ellos dos—. ¿Puedes esperar aquí? Necesito hablar con el Alguacil Wheeler.

Emily asintió.

Duncan salió de la casa, hablando con un oficial mientras el Alguacil Wheeler salía por la puerta principal para estrecharle la mano a Mike. Los cuatro hombres conversaron apiñados hasta que se giraron y la miraron. No podía oír lo que decían, pero su lenguaje corporal relajado dejaba claro que Marilyn no estaba dentro. Duncan se separó del grupo y caminó hacia ella.

Emily no sabía qué esperar. Ella y Duncan eran muy cercanos y siempre se cuidaban. Esta tensión constante afectó su relación, y a ella no le gustaba.

—¿Hay alguien adentro? —Emily fue la primera en hablar.

—No, la casa está vacía.

La voz de Duncan sonaba más distante que enojada. Habría preferido enojo.

—¿Qué pasa ahora?

—Estamos buscando evidencia en la casa y alertamos a la Guardia Costera y a las unidades de patrullaje marítimo de los Cayos.

—Escucha, Duncan. Sé que estás enojado conmigo, pero no tuve opción...

Duncan la interrumpió antes de que terminara.

—Esas son mentiras, y lo sabes.—Su voz temblaba de ira—. Siempre tienes una opción. Pero sigues ignorando mis consejos.

Emily se hundió. Sería inútil defender sus acciones hasta que se calmara.

—Duncan, quería...

Levantó la mano, indicándole que parara.

—Ahora no. El Alguacil Wheeler ha sido de mucha ayuda, pero no le va a gustar que te entrometas en este caso, no en su patio trasero. Vete a casa, Em. Vete a casa. Y llama a Anthony. No para de mandarme mensajes para que lo ponga al día.

Duncan se dio la vuelta y regresó a la casa.

Abatida, la búsqueda de otra pista había puesto en peligro la relación con su hermano, y una vez más, se había quedado con las manos vacías. Mientras Duncan desaparecía dentro de la casa, Mike regresó.

—¿Has comido o bebido algo desde anoche? —preguntó. Ella negó con la cabeza, sin fuerzas para articular palabra—. ¿Por qué no buscas un lugar para desayunar y te veo en una hora?

Emily no respondió. Miró fijamente el agua, aturdida. Haber llegado tan lejos y aún no estar más cerca de encontrar a Marilyn era deprimente.

—Emily —dijo Mike, intentando atraerla de nuevo a la conversación.

—Bien, buena idea. Gracias, Mike. Me alegra que estés aquí.

No había nada más que hacer, así que Emily regresó a su carro y llamó a Anthony y Marc para contarles que la casa estaba vacía. Compartieron su decepción y, como no tenía ganas de contar su conversación con Duncan, fue una llamada breve.

Tras incorporarse a la Carretera de Ultramar y manejar hacia el sur hasta Marathon, los letreros de una tienda de camisetas y sandalias le llamaron la atención. Calurosa, pegajosa y con la necesidad de cambiarse de ropa, la temperatura polar de la tienda con aire acondicionado le brindó un respiro del calor del verano.

Compró la primera camiseta de tirantes, pantalones cortos y chanclas que pensó que le quedarían y pidió ir al baño. El dependiente se apiadó de ella y le ofreció la llave de la sala del personal. Emily se echó agua fría en la cara y usó una toalla de papel húmeda para limpiarse los brazos y las piernas. Se puso su nuevo atuendo de turista, metiendo la ropa vieja en la bolsa. El dependiente le recomendó un lugar local favorito para desayunar, Porky Bayside, a solo unos kilómetros de la carretera. Sonaba perfecto.

. . .

Un restaurante informal al aire libre frente al mar, junto a un puerto deportivo, Porky tenía un techo de paja estilo tiki para dar sombra a las mesas y ventiladores para mayor comodidad. El techo y las paredes estaban adornados con parafernalia, incluyendo matrículas de otros estados y una variedad de chucherías de los Cayos. Cuando le ofrecieron una taza de café, Emily inhaló el aroma antes de dar el primer sorbo. Después de la segunda taza, la cafeína que circulaba por su organismo la hizo sentir humana de nuevo. Emily le envió a Mike su ubicación pero no esperó antes de pedir la enorme tortilla occidental de Porky con papas *hash brown*, pan tostado integral, jugo de naranja y un vaso grande de agua. Necesitaba tiempo para relajarse mientras esperaba su comida.

Varias embarcaciones de pesca pasaron frente al restaurante, rumbo a la Bahía de Florida, cargadas de turistas en busca de ese pez trofeo. Mientras ella contemplaba el agua, su mesero pareció reconocer su necesidad de soledad, acercándose a su mesa solo para rellenar su bebida.

Durante la persecución nocturna de Chad, no había pensado en lo que vendría después. Nunca imaginó que terminaría en lo profundo de los Cayos de Florida, y ahora se enfrentaba a un viaje de cinco horas de regreso a casa. Una siesta después del desayuno podría ser lo indicado.

Cuando llegó su comida, Mike se sentó a la mesa con ella.

—Se ve delicioso. Voy a pedir lo mismo, por favor. —El mesero le puso una segunda taza de café delante—. ¿Por qué no comemos primero y luego hablamos de lo de anoche?

Emily asintió con la cabeza al tomar el primer bocado. Tras terminar la mitad del plato, compartió el resto con Mike. Esto no le impidió limpiar su plato cuando llegó. Ambos se reclinaron en sus sillas, contemplando el entorno.

Mike dejó su bebida sobre la mesa y tomó la mano de Emily entre las suyas.

—Volvamos aquí pronto, solo nosotros dos.

Dejó el café y le tomó la mano libre.

—Me encantaría. Duncan y yo pasamos mucho tiempo en los Cayos cuando éramos niños. Me encantaría enseñártelo.

Mike le apretó la mano y luego la soltó. Dio un sorbo a su café, observándola por encima del borde de la taza. Parecía estar pensando en algo serio. Mike frunció el ceño. Dejó caer los brazos sobre la mesa y se inclinó hacia delante, mirándola fijamente.

—Voy a dejar que Duncan hable contigo sobre tu decisión de seguir a Chad. No hace falta que te diga lo arriesgado que fue; ya lo sabes. Me asustaste. Mientras cruzábamos el estado corriendo para llegar aquí, solo pensaba en qué haría si te pasara algo. No quiero volver a sentirme así nunca más.

Desconcertada por su intensidad, Emily reflexionó sobre sus acciones. No creía estar en peligro durante su persecución, pero comprendía las preocupaciones de Duncan y Mike. La naturaleza de su profesión implicaba que a menudo veían el peor escenario posible en un crimen violento. Su trabajo era proteger a los demás.

—Lo siento. De verdad que sí. No quise asustarte ni a ti ni a Duncan, pero debes saber que puedo cuidarme sola. No pondría a nadie en riesgo. Además, Anthony estuvo al teléfono conmigo todo el camino.

—Pero perseguías a un sospechoso de asesinato. ¿Y si se hubiera dado cuenta de que lo seguías y se hubiera ido en un lugar remoto? Podrías haber sido atacada o asesinada.

—Entiendo —dijo Emily—. Ojalá lo hubiera manejado de otra manera.

Mike sonrió, haciéndole saber que no estaba enojado.

—¿Te das cuenta de que mis acciones te ayudaron a rastrear a Chad, una vez más? —Emily extendió las manos, un gesto para enfatizar su punto—. Soy un activo para la investigación.

Mike asintió, reconociendo que ella había jugado un papel fundamental.

—Entonces, ¿qué pasa después? —preguntó.

—Seguimos buscando a Chad hasta encontrarlo. Rastreamos la matrícula de Bird Lady en el sistema de casetas de peaje. Ha viajado entre Coral Shores y los Cayos de Florida al menos tres veces en la última semana, sin contar el viaje en barco del que ya teníamos conocimiento. Las casetas de peaje hacia el sur terminan en Florida City, así que hasta que descubriste que estaba en Marathon, andábamos completamente a ciegas.

—Cuando vi el aviario, supe que debía ser de Marilyn. ¿Está la propiedad a su nombre? —preguntó Emily.

—Estamos trabajando en ello. La propiedad está en un fideicomiso aparte, así que no apareció en nuestras búsquedas iniciales. Espero que haya alguna prueba en la casa que nos lleve a Marilyn.

—¿Había una habitación cerrada, como la de la abuela de Colt? ¿O alguna otra señal de que tuviera a Marilyn allí?

—No a primera vista.

A Emily se le quebró la voz al preguntar:

—Sé sincero. ¿Crees que hay alguna posibilidad de que siga viva?

—Intento evitar especular, y no hay pruebas de su muerte. No vamos a parar hasta encontrarla. Te lo prometo, Em.

Por ahora, aceptó dejar las cosas en manos de los profesionales. Emily tenía que ir a trabajar por la mañana, y no era como si pudiera llamar para decir que estaba enferma. Sus clientes y pacientes dependían de ella. Le aterraba el viaje a casa, pero posponerlo no lo haría más fácil. Al menos ahora, tenía la cafeína a tope. Mike pagó la cuenta y ambos salieron juntos del restaurante.

—¿Me llamas cuando llegues a casa? —preguntó.

Emily abrió la puerta del carro y se volvió hacia él.

—Lo voy a hacer. ¿Me llamas si tienes alguna noticia, buena o mala, que contar?

—Claro. Es difícil decir cuándo vamos a regresar. Depende de lo que encontremos.

Ambos dejaron de hablar cuando Mike se acercó. La besó con suavidad hasta que ella se inclinó hacia él, presionando su cuerpo contra el suyo, necesitando sentirse conectada. Mike rodeó su cintura con los brazos, guiándola de espaldas contra el carro. El drama intenso de las últimas doce horas se canalizó en su abrazo. Emily deseó poder huir con él a Cayo Hueso para una escapada romántica, pero la realidad volvió a imponerse. Mike dio un paso atrás para que Emily pudiera sentarse al volante. Se inclinó hacia el interior para darle un último beso tierno antes de separarse. A ella le esperaba un largo y solitario trayecto, y el Detective Mike Lane debía encontrar a Chad y continuar la búsqueda de Marilyn. No podían permitirse fracasar.

CAPÍTULO VEINTISÉIS

Después de una parada para repostar, Emily se comunicó con Anthony. Él tenía más preguntas que ella respuestas, lo cual fue frustrante para ambos.

—Cuando regreses, ¿quieres compañía? —preguntó.

—Gracias, pero solo quiero dormir. ¿Vas a trabajar desde casa mañana? Creo que debes quedarte con Tiki.

—Voy a ir, al menos por la mañana. Marc puede quedarse con Tiki, y yo tengo cosas que hacer. Tiki parece feliz en casa, y podemos hacer malabarismos hasta que encuentren a Chad y lo metan en la cárcel.

Esa fue la primera vez que Emily oyó a Anthony referirse al aviario hecho a medida de Marc como el hogar de Tiki. Se preguntó si estarían considerando adoptarlo permanentemente. Quizás fuera prematuro hablar de esto con Marilyn aún desaparecida, pero en caso de que se convirtiera en una posibilidad, esperaba que Anthony se abstuviera de contactar con los santuarios de aves silvestres.

—Haz lo que creas mejor. Podemos ajustar el horario si es necesario. Si los paparazzi de Tiki llenan el estacionamiento cuando lleguemos al trabajo el lunes, va a ser otro día tranquilo en el hospital.

—Avísame cuando llegues a casa. Hasta entonces, voy a seguir preocupándome por ti. ¡Ah! y no necesito que me devuelvas el carro, ya que voy a manejar la camioneta esta semana.

.   .   .

Emily llegó a su cabaña agradecida con su mamá por haberle dejado un lugar tan cálido y maravilloso para vivir. Al cruzar la puerta, Bella, inusualmente, corrió a saludarla, protestando a gritos por estar sola.

—Lo siento, Bella. Prometo compensarte.

Emily la levantó en brazos y la dejó en el sofá. Una vez que Bella se hartó de caricias y mimos, bajó de un salto y corrió a la cocina, asegurándose de que Emily la siguiera. Unas cuantas porciones extra de sus botanas favoritas para gatos y todo quedó perdonado.

Después de una baño rápida, Emily se puso su pijama más suave y se metió en la cama con el pelo aún mojado. Les avisó a Anthony, Duncan y Mike que había llegado sana y salva a casa, y en cuestión de minutos, estaba en el país de los sueños.

.   .   .

Emily se despertó antes que el despertador sonara, sintiéndose renovada. No hay nada como un sueño de quince horas para despejar la mente. Después de alimentar a Bella, se llevó su café de la mañana a la cama y puso las noticias locales.

A los pocos minutos de ver la noticia principal, le envió un mensaje a Anthony para que la llamara lo antes posible. Otro video pregrabado se publicó en la cuenta de Flix de Marilyn y Tiki, esta vez anunciando el final de la búsqueda del tesoro. Todas las pistas escondidas en los santuarios de aves silvestres formaban un rompecabezas numérico, como un anagrama. La solución del rompecabezas manejaría a una dirección real. El canal de noticias reprodujo el video completo, incluyendo la pista de Tiki sobre la dirección. En cuanto escuchó hablar a Tiki, supo exactamente a qué se refería. Los sonidos de delfín que imitaba eran los mismos que hacía viendo el programa de televisión sobre la naturaleza sobre el lenguaje de los delfines.

El presentador de noticias dio paso a una reportera en el lugar de los hechos, transmitiendo en vivo desde el estacionamiento del hospital veterinario, ya repleto de personas.

—Aún se desconoce el paradero de Marilyn Peña, pero la Oficina del Alguacil confirmó que están siguiendo algunas pistas prometedoras. Por ahora, Tiki Lulu y los fans de Marilyn están movilizando su apoyo para su regreso sano y salvo. Esta mañana, hablé con Franklin, el director del club de fans local de Tiki... —dijo el reportero.

Emily escuchaba mientras Franklin, el líder de los paparazzi que la había ayudado cuando Archie se desmayó, planteaba la hipótesis de que Tiki estaba siendo atendido por el personal del hospital veterinario. Llevaba puesta una camiseta teñida con efecto psicodélico, estampada con una foto de Tiki y Marilyn, y estaba rodeado de un grupo de admiradores que sostenían carteles con el mensaje «AMAMOS A TIKI». Invitó al público a colaborar en la búsqueda de Marilyn y prometió mantener la vigilia. La cámara recorrió entonces la multitud. Emily vio a Archie en su lugar habitual, bajo la palmera de coco, con una botella de agua en la mano. Una mejora enorme. Los camiones de comida empezaban a llegar al estacionamiento mientras la multitud coreaba:

—¡Tiki! ¡Tiki! ¡Tiki!

Silenció la televisión y abrió la aplicación de Flix para volver a ver el video. Los cinco números: ocho, cinco, cero, nueve y uno; se combinaban para formar una dirección. Intentar averiguar el orden correcto de los números era la parte difícil, incluso usando las imitaciones de delfines de Tiki como pista. El afortunado ganador tenía que tomarse una selfi frente a la ubicación secreta y enviar la foto y su nombre por mensaje de texto a un número de teléfono que aparecía en la pantalla. El primero en enviar la foto ganaría el gran premio de doscientos mil dólares.

Al volver a mirar la televisión, se sorprendió al ver a tantos superfans en el estacionamiento. Emily pensó que habrían corrido por toda Florida buscando el destino ganador de la búsqueda del tesoro. Había mucho dinero en juego.

—Por fin —dijo Emily en voz alta cuando Anthony la llamó—. ¿Lo viste?

—Marc y yo lo vimos varias veces hasta que Tiki nos oyó. Empezó a hacer los mismos sonidos de delfín, aleteando y balanceándose. Parecía molesto al oír la voz de Marilyn. Fue bastante traumático. Pusimos un programa de castores en la tele y le dimos un par de sus botanas favoritas para distraerlo.

—Lo siento. Debió ser horrible. ¿Tienes alguna teoría sobre estas pistas?

—Estábamos hablando de eso. Busqué en internet y hay muchísimos lugares en Florida que ofrecen encuentros con delfines y un sinfín de negocios o locales que usan la palabra "delfín" en su nombre o logotipo. Alguien lo va a descubrir.

—¿Cómo van a coronar a un ganador si Marilyn sigue desaparecida?

—Esa es una buena pregunta. No lo sé. ¿Todavía no hay nada de Marathon? —preguntó Anthony—. No había noticias sobre una investigación en los Cayos.

—No. Nada. Duncan estaba muy enojado ayer. Ni siquiera me miró cuando llegó a casa de Marilyn. Mike dijo que necesita tiempo para calmarse, pero no estoy tan segura.

—Tienes la costumbre de acabar en medio de sus investigaciones de asesinato. Le preocupa que salgas lastimada. Eso es todo. Estoy de acuerdo con Mike, dale tiempo. Todo va a mejorar.

—Gracias, Anthony. Me voy temprano al hospital. Nos vemos pronto.

．　　．　　．

El paseo matutino por Gulf Beach Road ofreció un comienzo tranquilo de la semana laboral. Observó a los residentes caminar junto al mar antes de entrar en las cafeterías cercanas. Los turistas se mantuvieron alejados durante el intenso calor del verano, lo que les dio a los lugareños un merecido descanso de las multitudes. El tráfico era ligero, otra razón por la que a Emily le encantaba el verano.

El noticiero la ayudó a prepararse para la caótica escena en el estacionamiento del hospital. La multitud había crecido desde el sábado, desbordándose hacia la zona acordonada reservada para los clientes de Emily. Los puestos de venta eran más grandes y cuatro camiones de comida se alineaban en el perímetro. Después de estacionar en la puerta trasera, Emily dejó su mochila en su escritorio antes de reunirse con Anthony.

—¿Viste los carros estacionados en nuestra área de clientes? —preguntó Emily.

—Franklin está trabajando en ello. Hablé con él hace unos minutos y se va a asegurar de que la zona esté despejada antes de abrir. Parece ser un buen tipo.

Emily asintió.

—Me da miedo mirar el horario. ¿Ha habido más cancelaciones?

—Unas cuantas. Kizmet viene esta tarde para una nueva revisión del ojo. Por lo demás, hay un par de citas de rutina, pero no hay cirugías.

—Si esto sigue así, puede que tengamos que ajustar el horario del personal. No quiero recortarle el horario a nadie.

—Estoy trabajando en la nómina ahora mismo. Ojalá Mike y Duncan nos den buenas noticias. Si encuentran a Marilyn, los paparazzi se van a ir a casa y todo puede volver a la normalidad. Es increíble cómo una simple cita para cortarle las uñas a un ave se convirtió en un circo.

·   ·   ·

Emily aprovechó un momento tranquilo de su turno matutino para investigar la compra de un ecógrafo. Invertir en esta importante herramienta de diagnóstico la entusiasmaba, ya que ahora tenía que derivar a sus pacientes a un hospital especializado cercano cuando necesitaban una ecografía. La empresa incluía capacitación básica con la compra del equipo, y Emily tenía en mente un curso avanzado de formación continua. Pero si el negocio seguía tan lento, tendría que posponer cualquier inversión considerable.

Anthony entró en su oficina y se sentó.

—Voy a comer algo en el nuevo camión de comida griega antes de irme a casa. Además, quiero hablar con Archie. ¿Quieres algo?

—Oh, sí. Si tienen faláfel, quiero un sándwich de pita; si no, puedes elegir por mí. Ya sabes lo que me gusta. Y gracias.

Emily evitaba el estacionamiento delantero, ya que solía causar revuelo entre los superfans que la acribillaban a preguntas sobre Tiki.

—¿Alguna novedad de Mike? —preguntó.

—Estoy revisando mi teléfono cada diez minutos. Es muy molesto. Por mi culpa tienen esta pista que seguir. ¿Crees que eso justificaría una devolución de llamada?

—Estoy seguro de que si hay algo que compartir, te lo va a hacer saber.

—¿Puedo hacerte una pregunta?

Anthony levantó las cejas y asintió lentamente. Emily rara vez pedía permiso primero.

—¿Marc y tú están considerando adoptar a Tiki? La semana pasada insistieron en llamar a los centros de aves silvestres para buscarle un nuevo hogar, y sin embargo, no lo han mencionado en todo el día.

—Ya lo hemos hablado. Marc está aún más apegado a Tiki que yo, y eso que yo lo adoro. Lo que nosotros queremos es diferente de lo que es mejor para él. Eso es lo difícil.

—Ambos le han dado a Tiki un hogar maravilloso y deberían estar orgullosos de ello. Podemos esperar unos días más antes de decidir. Siento en mi interior que cada vez estamos más cerca de encontrar a Marilyn.

—Intento no pensar en ello. Espero que esté viva, pero hay que ser realistas. Han pasado más de diez días.

Emily estuvo de acuerdo. Cada día que pasaba aumentaba la probabilidad de un desenlace terrible. El tiempo era el enemigo en un caso como este.

Cuando Anthony regresó con el almuerzo, le entregó a Emily su sándwich, luego tomó una silla de la sala del personal y regresó al estacionamiento. La desconcertó hasta que le contó sobre Archie.

—Está bien y tiene un nuevo grupo de amigos que lo acompañan. Le compré un Gatorade y le dije que se sentara y descansara. ¿Podrías asegurarte de que alguien traiga la silla adentro antes de que cerremos? Me voy a casa a menos que necesites algo.

—Estoy bien. Dale las gracias a Marc.

. . .

La señora Hedden llegó con Kizmet para revisar nuevamente su úlcera corneal. El ojito de Kizmet había permanecido abierto desde la última cita y, pese a algunos tropiezos al principio, la señora Hedden logró dominar la técnica para aplicarle gotas en el ojo a una gatita.

La gatita ronroneó durante todo el examen y no se opuso cuando Emily le puso una gota de tinte tópico en el ojo. Apagar las luces de la sala de examen ayudó a enfocar la luz azul del oftalmoscopio, que se usa para detectar lesiones.

—¡Buenas noticias! —Emily sonrió—. La córnea no se mancha. La úlcera está completamente curada.

La señora Hedden soltó un gritito de celebración.

—¡Guau! Kizmet empezaba a esconderse de mí cada vez que le daba sus gotas para los ojos. ¡Qué lista es!

—Bueno, hizo un gran trabajo —dijo Emily. La señora Hedden sonrió ampliamente ante el cumplido.

. . .

Kizmet terminó siendo la última cita; todos los demás habían reprogramado. Emily no quería cerrar el hospital antes de tiempo, pero le parecía inútil permanecer abierto. Les aseguró al personal que les pagarían por el día completo. Nada de esto era culpa suya.

Emily cerró el hospital, con la mente nublada y desenfocada. Para no desperdiciar su inesperado tiempo libre, reservó las pocas energías que le quedaban para dar un paseo por la playa y observar la futura ubicación del Centro de Tortugas Marinas, antigua casa de la señora Klein. El drama que rodeaba a Tiki y Marilyn había eclipsado su inminente ceremonia de inicio de obras. Los últimos correos electrónicos de Sarah incluían el plano final del arquitecto, así como algunas sugerencias para la lista de invitados. Emily pensó que recorrer la propiedad la ayudaría a visualizar el proyecto.

Para refrescarse, mantuvo los pies en el agua junto a la orilla, donde las olas invierten su curso y se retiran a las profundidades del océano, justo lo suficientemente profundas como para llegarle a los tobillos. El sol comenzó a descender mientras las familias que habían salido a nadar por la tarde preparaban sus cosas para el día. Al acercarse a la cabaña de la señora Klein, el estrés la abandonó. El océano lo sanó todo. Sacó su teléfono para descargar los planos arquitectónicos que la guiarían mientras caminaba por la propiedad cuando vibró, indicando una llamada de Mike.

—¡Em, lo encontramos!

CAPÍTULO VEINTISIETE

—¡Sí! —Emily levantó el puño y luego apretó el codo doblado contra su costado de forma dramática—. ¿Confesó haber secuestrado a Marilyn?

—Bueno, todavía no lo tenemos bajo custodia. Rastreamos su barco hasta un puerto deportivo en Stock Island, a unos pocos kilómetros al este de Cayo Hueso. Contrató a una empresa local para aprovisionar el barco, y confirmaron que estaba a bordo esta mañana. Tenemos un equipo vigilando tanto el barco como la entrada del puerto deportivo.

—¿Pero cómo sabes que va a volver? ¿Y si se dirige al aeropuerto?

—No lo creo, pero alertamos a la seguridad del aeropuerto y a las empresas locales de renta de carros, por si acaso. El Alguacil Wheeler tenía un oficial encubierto siguiéndolo a pie por el casco antiguo de Cayo Hueso. Retrasamos su arresto, con la esperanza de que nos llevara a Marilyn. Entró en un banco local, pero por desgracia, el oficial lo perdió entre la multitud de la calle Duval. La mejor opción para que Chad escape es en barco. Va a volver.

La confianza de Mike la tranquilizó, pero Chad se había escabullido demasiadas veces. A Emily no le parecía un genio criminal; quizá fue pura suerte. Pero alguien desesperado y acorralado podía volverse peligroso.

—¿Está Duncan contigo?

—Sí, está con el equipo en la entrada del puerto. Estoy en un barco con vista directa al de Chad. Si es listo, va a esperar hasta que oscurezca antes de volver. Lo sabremos en unas horas.

—¿Viste el video de Marilyn y Tiki de esta mañana?

—Todos lo hicimos. El agente especial del caso está lidiando con el tema de las redes sociales y la búsqueda del tesoro. Esa cantidad de dinero aumenta el riesgo de fraude. Por eso colocaron a un agente encubierto entre la multitud en tu hospital.

—¿Qué? —dijo Emily, sorprendida al descubrir que tenía a un agente secreto mezclándose con los superfans en su estacionamiento. Pero tenía sentido. Claro, las autoridades enviarían a un agente encubierto para vigilar a los elementos más radicales entre la multitud, gente que podría recurrir a actos delictivos o violentos para hacerse con el tesoro.

—Escucha, Em, tengo que volver con el equipo. No sé qué esperar esta noche, pero te mantengo al tanto lo mejor que pueda.

—Gracias, Mike. Ten cuidado y dile lo mismo a Duncan, de mi parte. Sé que no quiere hablar ahora mismo, pero pase lo que pase, es mi hermano y lo quiero.

—Yo le digo. Buenas noches, Em.

.　　.　.

Después de la llamada de Mike, se sentó en la arena, contemplando el océano. «¿Qué tramaba Chad?» Ninguna pieza del rompecabezas encajaba. Durante la investigación del asesinato de la señora Klein, Emily y Anthony se reunían para analizar los detalles del caso, como en las series de detectives. Siempre se reducía a los medios, el motivo y la oportunidad, y la lista de sospechosos se reducía poco a poco. Deseaba que Anthony estuviera allí para resolverlo juntos.

Ante la actualización de Mike, Emily abandonó los planes de caminar por el futuro Centro de Tortugas y llamó a Anthony para compartirle la noticia.

—Ojalá estuviéramos en Cayo Hueso para ver a Chad esposado —dijo Anthony—. Debería estar tras las rejas. En cuanto lo conocimos, supe que no servía para nada.

—Sé que no es el mejor momento, pero esperaba que pudiéramos reunirnos esta noche y analizar la investigación. Nos va bastante bien cuando nos ponemos de acuerdo. Puedo pedir comida para llevar y llevarla a tu casa.

—Marc está en casa trabajando en un proyecto importante. Va a estar bien aquí solo con Tiki, así que puedo llevarte la cena. ¿Qué se te antoja?

—Mmm. ¿Qué tal Agave Sol, el restaurante mexicano? Solo de pensar en sus enchiladas y churros se me hace agua la boca.

—Listo. Llego allí en una hora. ¿Por qué no nos preparas una tanda de tus famosas margaritas? Nos vemos pronto —dijo antes de colgar.

El mal humor que la había aquejado desde su enfrentamiento con Duncan se desvaneció en un instante. Anthony siempre la animaba. Su optimismo inagotable y su gran corazón hacían imposible no dejarse llevar por su entusiasmo. Emily aceleró el paso para volver a casa y prepararse para su reunión de investigación con su mejor amiga.

.   .   .

Anthony entró por la puerta principal.

—Em, ya está aquí la comida.

—¡Qué rico huele! Puse la mesa en la terraza. Parece que nos espera una puesta de sol fantástica.

Emily escarchó sus copas de margarita con sal y les sirvió un cóctel a cada uno antes de reunirse con Anthony afuera. Saborearon su comida y, cuando se sintieron satisfechos, se recostaron en sus sillas y tomaron un sorbo.

—Entonces, en al menos tres ocasiones distintas, Chad intentó apoderarse de Tiki Lulu. Una vez en el hospital y dos veces en tu casa. ¿Por qué quiere secuestrar a un loro? ¿Para ganar el concurso? ¿Para pedir un rescate? —preguntó Emily.

—Sí, parecía bastante decidido. Y sabemos que el ADN de Chad estaba en el cadáver, y también sabemos que probablemente vivía con Colt en casa de su abuela. Eso no significa que lo matara.

Emily arqueó una ceja, mostrando sus dudas ante la presunción de Anthony sobre la inocencia de Chad.

—¿Cómo lo llaman los detectives de la tele? ¡Ah, sí! pruebas circunstanciales. Hay un montón de ellas acumulándose alrededor de Chad.

—Tienes razón. ¿Quién más pudo haber secuestrado a Marilyn o haber tenido acceso a su casa en los Cayos? —preguntó Anthony.

—¿Crees que sigue viva? Sé que no hemos querido hablar de ello, pero cada vez es más difícil mantener una actitud positiva.

—Mi intuición me dice que sí. Además, dijiste que no había señales de violencia en casa de la abuela ni en la mansión de los Cayos.

—Llevemos las sillas al agua para ver el atardecer. Con tantas hipótesis me estoy volviendo loca. —Emily recogió la comida y los platos—. Le voy a preparar un recipiente para llevar a Marc.

—Suena bien. Ni siquiera hemos terminado la búsqueda del tesoro de Marilyn y Tiki. Puede esperar hasta después del atardecer. Quizás incluso haya una actualización en las noticias de las diez.

Su plan era no tener ningún plan, al menos durante la siguiente hora. Mientras bebían sus margaritas, observaron la bola de fuego roja caer hacia el horizonte. Jirones de nubes bajas enmarcaban la vista.

Emily y Anthony habían pasado toda su vida contemplando atardeceres. Cuenta la leyenda que, justo antes de que el sol desaparezca tras el océano, un destello de luz verde atravesará el cielo. Anthony aún recuerda la vez que vio el destello verde durante la fogata en la playa de su clase de último año. Emily continuó con su mirada fija, esperando que le tocara el turno. Pero no hubo suerte. El sol cegador les hizo ver destellos, lo que la hizo preguntarse si la causa probable del destello verde podría ser daño en la retina por exposición solar directa. Una vez que el sol se ocultó, recogieron sus sillas y regresaron a la cabaña de Emily.

—¿Algo? —preguntó Anthony mientras ella revisaba sus mensajes.

—No. Odio esperar a que pase algo.

Anthony sonrió.

—Lo sé. Ten paciencia, joven Sherlock.

—¿Cuál es el plan para mañana? —dijo Emily, cambiando de tema.

—Igual que hoy. Marc va a trabajar desde casa por la mañana y yo voy a llegar temprano al hospital, pero tengo que irme después de comer.

Emily asintió.

—Espera, se me olvidó decírtelo. Hay un agente especial trabajando de incógnito entre los paparazzi del hospital. Les preocupa que la búsqueda del tesoro atraiga a delincuentes y estafadores.

—Estafadores. ¿Es esa la palabra? —preguntó Anthony.

—Creo que sí. Me pregunto quién es. Supongo que si hacen bien su trabajo, nunca lo sabríamos.

Anthony suspiró.

—Bueno, Em. Creo que me voy a casa a ver las noticias desde la cama. Estoy cansado. Sé que hemos estado distraídos, pero Sarah necesita que opinemos sobre la lista de invitados para la ceremonia de inicio de obras. Ella sabe todo lo que estamos haciendo, pero tenemos que sacar tiempo para revisarla.

—Tienes razón. No es justo dejarlo todo en manos de Sarah, Marlon y Sharon. Prioricemos eso mañana antes que el almuerzo. Esta vez invito yo.

Emily se dejó caer en el sofá y encendió la tele.

—Esto fue divertido. Como en los viejos tiempos. Podemos reutilizar la pizarra de mi oficina para nuestra sección de delitos si Mike y Duncan no solucionan las cosas pronto.

Tomó sus llaves, las sobras de Marc, y se despidió con la mano al salir.

—Bella —llamó Emily a su compañera felina mientras palmeaba el asiento junto a ella.

Las orejas de Bella se aguzaron antes de que descendiera lentamente de su árbol. La televisora local hizo un buen trabajo cubriendo el caso de desaparición de Marilyn y la búsqueda del tesoro de Tiki Lulu. La reportera confirmó que la línea directa de la policía había recibido más de dos mil pistas, aunque la mayoría no llevaron a ningún lado. Hubo quienes aseguraron haber visto a

Marilyn en una clase de yoga caliente y comprando papayas en un mercado agrícola. Lamentablemente, toda esa atención contribuyó a que la multitud reunida a diario en el estacionamiento del hospital siguiera creciendo.

El reportaje incluía imágenes previas de los paparazzi. Mientras la cámara escaneaba a la multitud, Emily jugó a adivinar quién era el agente encubierto. Era una tarea imposible.

Abrió su laptop y buscó lugares en el suroeste de Florida que tuvieran la palabra «delfín» en su nombre. No encontró ninguna dirección que coincidiera con los números de las pistas ocultas. Cuando la búsqueda se amplió a todo el estado de Florida, la larga lista se volvió abrumadora. Había demasiados lugares como Paisajismo Delfín, Donas Delfín o Moteles Delfín para contar. Los paparazzi eran expertos en redes sociales y probablemente estaban a solo unas horas de resolver el rompecabezas.

Antes de irse a dormir, Emily revisó su teléfono por última vez; seguía sin haber noticias de Cayo Hueso. Mike pensó que podría ser tarde cuando Chad regresara al bote, así que decidió no llamarlo por si en ese momento estaban llevando a cabo la captura de Chad.

—Hora de dormir, Bella —dijo, antes de que Bella se pusiera de pie, se estirara y luego se dirigiera al dormitorio, acomodándose en su almohada habitual.

Emily la siguió, pero le costaba conciliar el sueño. Tenía demasiadas cosas en la cabeza, lo que le impedía relajarse mientras esperaba noticias desde Cayo Hueso. Desactivó la opción de «no molestar» para que cualquier llamada durante la noche pudiera entrar. Tras ver dos episodios de una vieja serie de misterio de la BBC, finalmente se quedó dormida.

.   .   .

Emily se despertó inquieta. Aún no había noticias de Chad, y un reportero local que transmitía en vivo desde afuera del hospital le resaltó los desafíos que enfrentaría al llegar al trabajo. Parecía que el estacionamiento designado para clientes del hospital ya estaba lleno de paparazzi. Anthony tendría que pedirle ayuda a Franklin una vez más para despejar la zona. Lo que no daría por tener un día de trabajo normal.

No se entretuvo tomando café, sino que llenó su termo de viaje y salió. Le avisó a Anthony que llegaría pronto después de pasar a recoger el desayuno para el personal, como muestra de agradecimiento por su arduo trabajo.

Tras alejarse de la playa, Emily se disponía a incorporarse a la viaducto cuando Duncan la llamó. Ver su nombre en la pantalla le aceleró el corazón. Se detuvo en un aparcamiento al pie del puente para contestar el teléfono.

—Hola, Duncan. —Tenía tantas cosas que decir, pero esperó a seguir su ejemplo.

—Em, lo tenemos. Arrestamos a Chad en su bote anoche cuando intentó escapar en mar abierto. La Guardia Costera tuvo que intervenir para ayudar a capturarlo.

Emily jadeó de alivio. Chad por fin estaba bajo custodia, y el tono de voz de Duncan la hizo preguntarse si la había perdonado a pesar de sus recientes roces.

—Esa es la mejor noticia. Anthony, Marc y yo estábamos ansiosos por tu llamada. ¿Dónde está ahora?

Tras las rejas en Marathon. El Alguacil Wheeler lo tiene detenido por resistencia al arresto mientras investigamos el resto. Chad va a ser trasladado de vuelta a Coral Shores para enfrentar los cargos por el asesinato de Dylan Colt.

—¿Ha dicho algo sobre Marilyn? Tiene que saber qué está pasando.

—Está esperando a que llegue su abogado, pero tenemos otra pista importante que estamos siguiendo. Tengo que irme, pero quería darte la noticia yo mismo. Te quiero, Em.

Colgó antes de que ella respondiera.

No mencionó su papel crucial en toda la investigación, pero hablar con él le confirmó que su vínculo era fuerte, inquebrantable. Le había costado controlar sus emociones, considerando la creciente tensión. Si tuviera la oportunidad de volver a empezar, podría manejar las cosas de otra manera. Siempre había margen para mejorar sus habilidades de comunicación. No era la falta de confianza lo que le impedía confiar en Duncan. Él tenía el deber de cumplir la ley, pero la lentitud de la justicia la frustraba y la impulsaba a actuar por su cuenta. Cuando llegaba el momento oportuno, Emily se disculpaba por haberlo alejado y le hacía saber que ella también lo amaba.

El arresto de Chad fue un gran suceso. Estaba ansiosa por ponerse a trabajar y contárselo a Anthony en persona. Ambos necesitaban buenas noticias.

CAPÍTULO VEINTIOCHO

Emily dejó rápidamente su bolsa sobre el escritorio y llevó la bolsa de bagels y queso crema a la oficina de Anthony. Él se apartó de la computadora para saludarla.

—Buenos días. No desayuné; el bagel está perfecto —dijo, sirviéndose su bagel con pasas y canela favorito.

—Me alegra que ya estén sentados porque tengo una noticia crucial. —Emily hizo una pausa para darle más efecto. Sin poder contenerse, empezó a bailar en el acto.

Anthony la miró para hacerle saber que no le interesaba jugar a las adivinanzas.

—Dilo ya.

—Arrestaron a Chad anoche.

—¡Sí! —Anthony saltó de la silla y se golpeó con el puño al aire en señal de celebración antes de unirse a ella en un baile. Cuando recuperaron el aliento, preguntó—: ¿De dónde lo arrestaron?

—Intentó escapar en bote de un puerto deportivo cerca de Cayo Hueso, pero la Guardia Costera lo capturó. Está detenido en Marathon. Mike y Duncan están allí.

—Necesito decírselo a Marc. Cuando me fui esta mañana, estaba comprando sistemas de seguridad de alta tecnología en línea. Como no podemos trabajar desde casa para siempre, quería mayor protección para Tiki. Ahora ya no tenemos que preocuparnos.

Emily sabía que a ambos les encantaba tener a Tiki Lulu en su casa, pero nadie quería vivir en una fortaleza.

—Espera —dijo Anthony—. ¿Les dijo algo Chad sobre Marilyn?

—No. Se negó a hablar hasta que llegara su abogado.

—Necesitan que confiese. Todo depende de ello.

—Estoy de acuerdo. Voy a tener mi teléfono a la mano. Hasta entonces, necesitamos liberar espacio en el estacionamiento para clientes. ¿Te animas a pedirle ayuda a Franklin?

—Claro. Voy después de terminar mi bagel. El horario está más ligero otra vez. Este mes no pinta muy bien, pero no creo que podamos hacer nada al respecto.

Emily se encogió, pero evitó preocuparse por cosas que escapaban a su control. Era un desperdicio de energía y solo la estresaba. Quizás el circo diario de los paparazzi terminaría pronto y todo volvería a la normalidad.

—No olvides llamar a Marc —dijo antes de regresar a su oficina.

Con solo dos citas programadas para la mañana, Emily reanudó su investigación sobre las características del ecógrafo, pero le costaba concentrarse. Lo que no daría por un examen para un cachorro recién nacido.

.   .   .

A Kensington Martínez, un Bichón Frisé de doce años, no le gustaba ir a la clínica veterinaria, pero el control de su enfermedad renal lo hacía esencial. Tras ser hospitalizado a principios de este año por dejar de comer, sus enzimas renales, que estaban altísimas, volvieron a la normalidad con una terapia intensiva de fluidos intravenosos y apoyo médico para tratar una infección. Kensington se ponía de mal humor con cualquier interrupción en su rutina diaria, pero la señora Martínez quería vigilar de cerca su estado controlando sus análisis de sangre cada tres meses.

—No quiero arriesgarme. La última vez, parecía estar bien un día y al siguiente estaba muy enfermo. No hubo ninguna advertencia. —La señora Martínez le contó a Emily sobre sus actividades diarias—. Solo le doy la dieta especial para riñones que me recomendó. Voy a hacer lo que sea necesario para que no tenga que ir al hospital.

Emily estuvo de acuerdo. Describir a Kensington como agresivo sería quedarse corto. Durante su última estancia en el hospital, intentó morder a Anthony y a Catrinna. Lo hizo por miedo, pero mientras se sintiera seguro, era un paciente maravilloso. Con la señora Martínez sosteniéndolo, Emily le realizó el examen y le extrajo la muestra de sangre en la habitación. Llevarlo al área principal de tratamiento le causaría un estrés excesivo. Era importante ser flexible y adaptarse a las necesidades de sus pacientes. Además, tenía mucho tiempo libre y estaba encantada de que funcionara tanto para Kensington como para la señora Martínez.

—La llamo cuando sus análisis de laboratorio estén listos. Su peso se mantiene estable, lo cual es una señal positiva para la enfermedad renal. En resumen, excelentes noticias.

—Gracias, Dra. Benton. Vamos, Kensington. Vi un camión de comida anunciando crepas y pensé en probarlo para comer. Adiós.

Emily los siguió al vestíbulo para observar la actividad exterior. Franklin, el líder de facto de los paparazzi de Tiki, despejó la zona del estacionamiento para clientes más cercana a la puerta principal. Emily lo consideraba un aliado para mantener la paz.

Se quedó mirando por la ventana cuando Anthony se unió a ella.

—Lo de siempre. —Le dio un codazo con el hombro y sonrió—. Lo bueno es que tenemos variedad de opciones para almorzar gracias a las camionetas de comida rotativos. Vi llegar un camión de barbacoa coreana cuando estaba afuera viendo cómo estaba Archie.

Archie estaba sentado a la sombra, bebiendo de un gran termo de agua que reconoció como el mismo que Anthony llevaba durante los ensayos de la banda en la prepa.

—¿Esa es la Gran Beluga? —preguntó Emily, haciendo referencia al apodo que Anthony le había puesto a su termo azul. A menudo se quejaba de llevar ese termo a los ensayos y a las competiciones de bandas.

Anthony sonrió.

—Es increíble que lo haya conservado todos estos años. A Archie se le iluminaron los ojos al ver su tamaño.

—Eso es dulce.

—Sarah envió otro correo electrónico sobre la ceremonia de inicio de obras. Está programada para el viernes por la tarde. Sabe que el hospital sigue abierto, pero es el único momento en que el alcalde está disponible. Además, la Administración Nacional Oceánica y Atmosférica y el representante de Pesca no pueden venir el fin de semana. —Dijo Anthony y señaló a la multitud en el estacionamiento—. Si la situación sigue así afuera, no va a ser un problema cerrar unas horas antes. Creo que deberíamos invitar a todo el personal a la ceremonia.

—Estoy de acuerdo. Va a haber mucha interacción entre nuestros roles como directores en el Centro de Tortugas Marinas y nuestros trabajos aquí en el hospital. Deberíamos incluirlos. Hay que hablar de ello.

Regresaron a la oficina de Anthony para leer el correo electrónico de Sarah. Marlon y Sharon habían rentado una carpa grande y estaban coordinando con un proveedor de *catering* local la provisión de refrigerios para el evento. Entre los invitados se encontraban figuras destacadas de Coral Shores y la Asociación de Zoológicos y Acuarios de Florida, actores clave del nuevo proyecto. Emily y Anthony adaptarían el horario del hospital para que funcionara.

—Sarah va a enviar un comunicado de prensa por la mañana y organizó la asistencia de la televisión local y los medios impresos. Se perfila como una gran fiesta —dijo Anthony—. Se encargó de todos los detalles importantes, y me da pena que no pudiéramos ayudar.

—Yo también, pero los vamos a compensar en las próximas semanas y meses. En cuanto el centro abra, nos pondremos manos a la obra —dijo Emily.

Cuando terminaron su lista de cosas que hacer entre hoy y el viernes por la tarde, Anthony dijo:

—Voy a comprarle el almuerzo a Marc y luego a casa. ¿Necesitas algo antes de que me vaya?

—Gracias. Estoy bien, pero me voy a sentir mejor cuando sepa de Chad.

. . .

Después de que Anthony terminó su día, habló con Abigail sobre algunos asuntos del hospital y se despidió de Emily al salir. Justo entonces, sonó su teléfono.

—Está a salvo, Em. Marilyn está bien —gritó Duncan por teléfono.

Desbordada de alivio, Emily rompió a llorar.

—¿Dónde estaba?

—Encontramos documentos dentro de la casa de Marathon de otra propiedad cercana en Cayo Grassy. No aparecieron en nuestras búsquedas anteriores porque ella cedió la escritura a un fideicomiso aparte. Es un complejo de departamentos de dos plantas en la bahía, a menos de un kilómetro y medio del Centro de Investigación de Delfines. Toda la propiedad estaba en remodelación para crear departamentos tipo estudio a corto plazo para estudiantes e investigadores de vida silvestre y ciencias marinas que trabajaban en los Cayos. Ahí fue donde Chad la retuvo, encerrada en una habitación del piso superior.

—¿Está herida?

—La llevaron al Hospital Comunitario Fishermen, pero creo que va a estar bien. Sin electricidad para el aire acondicionado, la temperatura dentro era sofocante. Está débil y deshidratada, pero pudo salir del edificio por sí sola.

Emily se dio cuenta de que tenía que contárselo a Anthony antes de que se fuera y empezó a correr con el teléfono en la mano.

—Em, me tengo que ir, pero quiero que sepas que pronto te va a llamar para preguntarte sobre Tiki. Ha sido su única preocupación desde que la rescataron. Le conté lo de Anthony, Marc y su aviario, y pareció agradecida y aliviada.

—¡Qué ganas de oír su voz! —Emily irrumpió por la puerta trasera y empezó a correr tras el carro de Anthony—. ¿Te llamo en unos minutos? Tengo que contárselo a mucha gente, incluyendo a los paparazzi del estacionamiento.

—Chad va a ser acusado de asesinato y secuestro, y lo vamos a escoltar a Coral Shores esta tarde. Podemos hablar más cuando regrese a la ciudad.

Emily agitó los brazos frenéticamente para llamar la atención de Anthony. Él la vio por el retrovisor y frenó a fondo antes de salir del carro.

—¿Qué? ¿Qué? ¿Hay una emergencia?

—No —dijo Emily riendo cuando por fin lo alcanzó. El rostro de Anthony reflejaba pánico, sin saber qué estaba pasando—. ¡Marilyn está viva! ¡La encontraron!

Anthony la agarró de los brazos, y alternaron entre abrazos y saltos.

—¿De verdad, está bien?

Emily asintió con énfasis.

—Saca la camioneta del camino y acompáñeme. Te cuento todo de regreso.

Dar buenas noticias fue divertido, pero encontrar a Marilyn fue más que solo buenas noticias. La multitud en el estacionamiento compartía una conexión personal centrada en su preocupación por la seguridad de Marilyn y Tiki. Sí, había una búsqueda del tesoro en juego, pero esa nunca pareció ser la motivación principal de su reunión.

Tras informar al personal, se dirigieron directamente al estacionamiento. Ella saludó a Archie, quien se puso de pie al ver a Emily y Anthony caminando apresuradamente hacia el líder del equipo.

—Franklin, necesitamos tu ayuda. Tengo que hacer un anuncio y necesito que todos me presten atención.

La sonrisa de Emily calmó la preocupación en el rostro de Franklin.

—Puedo hacerlo mejor que eso —dijo, y corrió a una carpa cercana para hablar con otra súper fan. Regresó con un megáfono en la mano.

Franklin quitó su expositor de camisetas de una mesa y usó una silla para subirse. Todos en la multitud lo reconocieron, y cuando habló, lo escucharon. Cuando la música paró, dijo:

—La Dra. Benton tiene algo importante que decirnos. Por favor, sean respetuosos y escuchen. —La multitud se acercó cuando él saltó de la silla y le entregó el megáfono, cediendo su lugar—. Toma.

—Gracias. —Se giró hacia Anthony, quien le hizo un gesto con el pulgar hacia arriba.

Emily subió y se giró para encarar a la atenta multitud.

—Gracias, Franklin, y gracias a todos por el apoyo que le han brindado a Marilyn Peña y a Tiki Lulu.

Emily notó que Archie se había movido a la primera fila. Anthony rodeó la mesa para saludarlo y le indicó que se colocara con Franklin, lejos de la multitud.

—Tenemos noticias increíbles. La policía ha encontrado a Marilyn. Está a salvo. —Antes de que Emily diera más detalles, la multitud estalló en vítores y aplausos. Tuvo que esperar un minuto para que se calmara el ruido—. Está siendo evaluada por profesionales médicos, pero está de buen humor.

La multitud volvió a ahogar sus palabras. Su alegría era contagiosa, y Emily se echó a reír.

Alguien gritó:

—¿Qué pasa con Tiki Lulu?

—Tiki Lulu está feliz y sano. —Su voz se escuchó por todo el estacionamiento.

De nuevo, más gritos y vítores de la multitud preguntando:

—¿Dónde está Tiki Lulu?

—Tiki se va a reunir con Marilyn, pero esos detalles son privados. La policía dará a conocer más información pronto. Agradecemos su apoyo. Han sido maravillosos, pero creo que es hora de que todos regresen a casa.

La música sonó mientras la multitud comenzaba a bailar al ritmo. No tenían pensado desalojar el estacionamiento hasta que la celebración terminara espontáneamente. Emily se bajó de la mesa y le entregó el megáfono a Franklin. Grupos de superfans se acercaron para agradecerles por cuidar de Tiki Lulu. Archie los abrazó a ambos antes de unirse a los asistentes. Parecía un hombre que se había quitado un gran peso de encima. Tenía los ojos brillantes y un paso ágil.

Al darse la vuelta para regresar a la entrada del hospital, Franklin se acercó y preguntó:

—Dra. Benton. Anthony. ¿Puedo hablar con ustedes adentro, en privado? —Su tono formal denotaba autoridad. Asintieron, lo acompañaron a la oficina de Anthony y cerraron la puerta. Metió la mano en el bolsillo trasero y sacó una placa de identificación—. Soy el Agente Especial Franklin Bonaventura, del FBI.

Emily y Anthony se giraron para mirarse, con las cejas levantadas, pero no dijeron nada.

—Mi trabajo consistía en integrarme con la multitud de afuera. Necesitábamos saber si los seguidores de Marilyn en redes sociales tenían algo que ver con su secuestro. Además, era la mejor manera de monitorear la búsqueda del tesoro y denunciar cualquier actividad fraudulenta o delictiva.

—Gracias, Agente Bonaventura. El Detective Mike Lane me informó que había un agente encubierto entre la multitud. Agradecemos todo lo que hizo para mantener la tranquilidad y el hospital abierto para nuestros clientes y sus mascotas.

—De nada. Me voy a quedar hasta que se vayan. Espero que todo vuelva a la normalidad por la mañana. Va a haber una rueda de prensa para anunciar el cierre del caso.

—¿Qué pasa con la búsqueda del tesoro? —preguntó Anthony.

—Todo eso está bajo el control de Marilyn Peña. Contrató a un bufete de abogados externo como tercero imparcial para supervisar la última etapa del concurso. De esa manera, se mantiene neutral y evita cualquier acusación de irregularidad.

El Agente Bonaventura les entregó una tarjeta de presentación a cada uno, invitándolos a llamar en cualquier momento si tenían preguntas, y luego les estrechó la mano antes de regresar al estacionamiento.

—Bueno, ahora lo entiendo —dijo Anthony—. Sabía que era buena persona. Necesito llamar a Marc. Se va a sentir muy aliviado.

En ese momento, sonó el teléfono de Emily. Era una persona desconocida, pero reconoció el código de área 305, que correspondía a la región de Miami y los Cayos de Florida, y se giró para mostrarle el teléfono a Anthony.

—Bueno, contesta —dijo—. Quizás sea Marilyn.

Emily aceptó la llamada.

—Hola.

CAPÍTULO VEINTINUEVE

—¿Eres la Dra. Emily Benton?—preguntó la persona que llamó.

—Sí. ¿Con quién hablo? —Abrió los ojos de par en par, insegura de la voz al otro lado del teléfono.

—Me llamo Susie Fairchild. Marilyn Peña es mi mejor amiga. Estoy con ella en el hospital y le gustaría hablar contigo.

Tras una breve pausa cuando el teléfono cambió de manos, una voz tranquila dijo:

—Dra. Benton. ¿Cómo está Tiki?

Emily puso el teléfono en altavoz para que Anthony participara en la conversación.

—Tiki es maravilloso. Mira, Anthony te lo va a contar todo.

Anthony compartió información detallada sobre la dieta y el comportamiento de Tiki. Describió la obsesión de Marc por imitar todos los componentes del aviario de su casa en Coral Shores. Incluso le contó sobre sus programas de televisión favoritos y su nueva amistad con Elvis.

Al principio, Marilyn no dijo nada, pero cuando habló, era evidente que estaba llorando.

—Anthony, Dra. Benton. Gracias de corazón por todo lo que han hecho. En cuanto me den de alta, Susie me va a llevar a casa. Tengo muchas ganas de verlo. He estado muy preocupada y lo extraño muchísimo.

—Sé que él también te extrañó muchísimo. Cuando estés lista, Marc y yo te traeremos a Tiki. ¿Cuándo crees que vas a salir del hospital? —preguntó Anthony.

Susie volvió al teléfono.

—Marilyn está un poco abrumada ahora mismo. El médico quiere que pase la noche en observación. Están tratando su deshidratación y revisar sus análisis de sangre por la mañana antes de decidir si la dan de alta. Deberíamos estar de vuelta en Coral Shores en uno o dos días. Te llamo cuando tenga más detalles, pero ¿puedo pedirte un favor?

—Claro. Lo que sea —respondió Emily.

—¿Podemos hacer una videollamada con Tiki Lulu? La animaría verlo con sus propios ojos.

—Voy camino a casa ahora mismo y te llamo en una hora para hablar por video con Tiki. Le va a encantar.

—Gracias, Anthony. Hasta que Marilyn se recupere, por favor, llámame cuando quieras. Voy a mantenerme a su lado.

Se enteraron de que Susie había volado a los Cayos desde su casa en Dallas en el primer vuelo tras el rescate de Marilyn. Ella y Anthony intercambiaron información de contacto antes de terminar la llamada.

—Em, me tengo que ir. ¡Qué ganas de contarle la buena noticia a Marc! —dijo Anthony.

—Por favor, graba su videollamada para que yo también pueda verlo. Ahora, vete.

Anthony salió corriendo por la puerta trasera, dejando a Emily sola en su oficina. Tenía muchísimas preguntas sobre Chad, el asesinato de Dylan Colt y el secuestro de Marilyn, pero lo único que importaba era el regreso sano y salvo de Marilyn y su inminente reencuentro con Tiki Lulu.

.   .   .

El hospital permaneció en silencio hasta la hora de cierre, mientras la multitud disminuía, incluyendo a algunos rezagados que disfrutaban de una última comida en las camionetas de comida que quedaban. El Agente Bonaventura estaba sentado en su silla, de guardia. Emily cruzó los dedos esperando que todo volviera a la normalidad por la mañana.

Anthony le envió una grabación de la videollamada de Tiki y Marilyn, que ella vio incontables veces. Tiki hablaba y bailaba, visiblemente extasiado de ver a su persona para siempre. Marilyn le hizo decir algunas palabras que no habían oído antes. Marc y Anthony parecían felices de verlos reunidos, pero Emily imaginó que se sentían inseguros. Si las cosas salían de otra manera para Marilyn, habían planeado adoptar a Tiki. Ahora tendrían que despedirse de este valiente loro.

.   .   .

De vuelta en casa, Emily comió las sobras en la isla de la cocina antes de llevar a Bella a la terraza de la playa para disfrutar del sol del atardecer. El diván de su mamá era el lugar perfecto para repasar los acontecimientos de la semana pasada, ya que no tenía nada más que hacer que relajarse.

El noticiero de las diez transmitió un reportaje de una conferencia de prensa anterior en la que se anunciaba el arresto de Chad Peña por el asesinato de Dylan Colt y el secuestro e intento de extorsión de Marilyn Peña. Varias agencias del orden público estaban presentes, y Mike respondió algunas preguntas de los periodistas. Se veía tan guapo. Emily se sonrojó al verlo en la televisión.

Un golpe en la puerta la sobresaltó hasta que una rápida mirada por la ventana delantera confirmó que los carros de Duncan y Mike estaban en la entrada.

—Hola, Em —saludó Duncan. Le dio un abrazo rápido, luego fue a la cocina, abrió el refrigerador y tomó una cerveza para él y Mike—. ¿Quieres algo?

—Estoy bien —dijo—. ¿Qué hacen aquí? ¿Ha pasado algo?

Mike se inclinó y la besó en los labios.

—Todo bien. Queríamos informarte en persona. Le dije a Duncan que era demasiado tarde, pero insistió.

Duncan los miró alternativamente y negó con la cabeza.

—La conversación no fue así, pero ambos queríamos verte. Em, lamento cómo te hablé en Marathon. Me dejé llevar por las emociones.

Emily se acercó sigilosamente a su hermano, quien levantó el brazo para rodearla con un abrazo fraternal.

—Yo también lo siento. A menudo actúo antes de pensar, y sé que me estabas cuidando.

—Y no dejes que esto se te suba a la cabeza, pero gracias a tu búsqueda, localizamos a Chad, lo que nos llevó a Marilyn. Se lo dije cuando la rescatamos. Mike y yo trasladamos a Chad de vuelta a Coral Shores esta noche, y está tras las rejas esperando una audiencia de fianza —dijo Duncan.

Emily resistió la tentación y aceptó el cumplido con una sonrisa.

—Mejor así —dijo Mike, interviniendo desde la periferia—. Odio que se peleen. Me estresa.

Emily se acercó a Mike y lo abrazó, permitiéndole que la acercara.

—Sentémonos afuera y cuéntame todo lo que no se mencionó en la conferencia de prensa —dijo.

—Y fue mucho. Chad se negó a hablar con las autoridades, pero ya no necesitaban su confesión, pues Marilyn planeaba testificar sobre todo lo sucedido.

Mike explicó los detalles que faltaban.

—Marilyn empezó a sospechar de Chad cuando lo sorprendió rebuscando en su escritorio e intentando acceder a su laptop. También le hizo muchas preguntas sobre el tesoro. Por eso trajo a Tiki a tu hospital ese primer día. Planeaba confrontarlo por la suspensión de su paga mensual, pero le preocupaba que se enfadara. Él creía que Marilyn había escondido el tesoro de doscientos mil dólares en un lugar físico, como un antiguo cofre pirata. Grabó las pistas en video con Tiki Lulu, pero él no las había visto. Al no poder acceder a su cuenta de Flix ni a los archivos de su laptop, intentó secuestrarla, pensando que podría obtener las pistas directamente de la fuente. Quería desesperadamente encontrar el dinero antes de que un cazatesoros lo encontrara.

¿Qué papel juega Dylan Colt en todo esto?

Duncan compartió el resto de la historia.

—Según Marilyn, Chad se emborrachó en un bar una noche y le presumió a Colt sobre su conexión interna con el tesoro. Colt lo presionó para que secuestrara a Marilyn para que les dijera la ubicación del dinero. Al principio, usaron pasamontañas para ocultar su identidad, pero ella supo que era Chad y lo confrontó. Marilyn se negó a cooperar, y cuando Colt la amenazó con una pistola, Chad se puso furioso. Ella cree que se asustó al pensar que la situación se estaba descontrolando y golpeó a Colt en la cabeza con una de sus esculturas de metal, matándolo. Fue entonces cuando arrastró el cadáver de Colt al pantano y trasladó a Marilyn a casa de la abuela de Colt. Solo la tuvo allí un par de días antes de trasladarla a Marathon.

Duncan se recostó y tomó un sorbo de cerveza, lo que permitió a Mike terminar la historia.

—La cobertura periodística lo puso nervioso, así que quiso irse del pueblo. Ella se negó a darle información sobre el tesoro. Por eso siguió intentando secuestrar a Tiki. Pensó que tendría más suerte interrogando a un loro.

—Es arriesgado. Es tan rica. ¿Por qué no le pagó sin más? —preguntó Emily.

—Marilyn dijo que no tenía la fuerza para hacerle daño físico. Creo que sus palabras fueron: «Es perezoso e incompetente, pero no es un asesino» —dijo Mike.

—Pero es un asesino —corrigió Emily—. Mató a Colt.

—Solo estoy adivinando, pero creo que se refería a que no era un asesino a sangre fría. Mató a Colt en un momento de pánico cuando Colt quiso intensificar su violencia contra Marilyn para que hablara. Curiosamente, lo hizo para protegerla, o para protegerse a sí mismo, o ambas cosas.

—Llamó esta tarde desde el hospital. Su amiga Susie planea traerla a casa, y luego Anthony y Marc llevarán a Tiki con ella. Y vivieron felices para siempre. —Emily sonrió—. Ah, quería decírtelo. Conocí a Franklin Bonaventura, el Agente encubierto del FBI. Al principio, pensamos que era el cabecilla de toda la mafia, pero trabajaba encubiertamente para mantener el orden y proteger el hospital.

Duncan y Mike revelaron que habían estado en comunicación con él diariamente.

Duncan terminó su cerveza y se levantó para irse.

—Llevamos dos días fuera y solo me queda una hora de sueño. Buenas noches, Em. Te llamo mañana.

Estaba a medio camino de su carro cuando Emily salió corriendo de la casa tras él. Sorprendido, se giró para mirarla, pero antes de decir nada, ella lo abrazó fuerte.

—Lo siento. Sé que puedo ser un poco pesada, y tú solo hacías tu trabajo.

Cuando finalmente la soltó, Duncan dijo:

—¿Un poco? —y luego sonrió.

—Está bien, pero estoy trabajando en ello —dijo Emily riendo—. ¿Podemos ponernos de acuerdo? Yo puedo cuidarme sola, y tú tienes que aprender a confiar en mí.

—Tienes unas dotes detectivescas increíbles —dijo antes de ponerse serio—. Siempre te voy a apoyar, Em. Espero que lo sepas.

—Sí, lo sé. Te quiero, hermano mayor.

Se sintió aliviada al decir esas palabras. Se abrazaron una vez más y, mientras Duncan se alejaba, Emily se giró y vio a Mike de pie en la puerta con una sonrisa.

—Te vi en las noticias —dijo ella mientras volvían a entrar. Se giró para susurrarle al oído—: Impresionante.

Mike se rió.

—Odio esas ruedas de prensa. Tanta presunción.

—Bueno, tú y Duncan deberían estar orgullosos. Resolvieron el caso.

Mike le apartó el pelo de los ojos y luego le acunó la cara.

—Creo que quieres decir que resolvimos el caso. —Al principio la besó con ternura, pero Emily exigió más. Cuando salieron a tomar aire, Mike preguntó—: Hay que hacer planes para el fin de semana. ¿Qué tal el viernes por la noche?

—Oh, no puedo. Recuerda, la ceremonia de inicio de obras del Centro de Tortugas Marinas es el viernes a las cuatro. Duncan y Jane van a estar allí con los niños y Elvis. Sarah llega mañana en avión y le encantaría verlos a todos. ¿Puedes venir?

—Estaré allí y puedo ayudarte con cualquier cosa que necesites.

Mike se fue después de un beso rápido más.

A pesar de lo tarde que era, sabía que Anthony estaría ansioso por conocer los últimos detalles. Las partes del caso que los habían desconcertado ahora cobraban sentido. Con el culpable tras las rejas y Marilyn a salvo en casa, lo único que quedaba en el aire era la búsqueda del tesoro, a menos que ya se hubiera coronado a un afortunado ganador.

CAPÍTULO TREINTA

Era extraño ver el estacionamiento del hospital vacío. Sin paparazzi, sin camiones de comida, ni Archie. Anthony no llegaría hasta media mañana, ya que tenía que comprar y preparar la comida de Tiki para la semana siguiente. No quería que Marilyn se preocupara por conseguir provisiones para loros antes de volver a casa.

Susie le envió un mensaje de texto para actualizarla. El médico le había dado de alta a Marilyn y se dirigían a su casa de Marathon. Marilyn quería asegurarse de que Chad no hubiera destrozado el lugar y ansiaba una baño largo y caliente y dormir en su propia cama. No había ningún cariño entre Marilyn y Chad. Le dijo a Susie que estaría bien si no volvía a verlo. No tenía ningún deseo de confrontarlo. Estaba muerto para ella desde el momento en que la traicionó.

Un servicio de yates con base en Cayo Hueso trajo su barco de regreso desde Stock Island y llegaría esa misma tarde. Marilyn y Susie planeaban pasar la noche en Marathon hasta que un servicio profesional de limpieza de escenas del crimen borrara toda evidencia del asesinato de Dylan Colt en su casa de Coral Shores. Marilyn quería contratar a alguien para que limpiara la casa con salvia, eliminando todos los malos espíritus. Emily recomendó a Nutria, la amiga de su mamá, para la tarea. Había seguido la historia de Marilyn y Tiki, y Emily pensó que le encantaría ayudar.

·   ·   ·

Emily y Abigail estaban sentadas en la recepción, reorganizando la agenda para el viernes por la tarde.

—Dra. Benton. Hasta ahora, todos pueden asistir a la ceremonia. ¿Aún quiere que organice un servicio de transporte para el personal desde aquí hasta el Centro de Tortugas?

—Sí, ahora mismo hay poco estacionamiento en el lugar, pero tuve una idea.

Emily buscó el sitio web de un servicio de limusinas local.

—¡Guau! Sería divertidísimo. Nunca he viajado en limusina.

—Quiero que sea una sorpresa. Han sido un par de semanas difíciles, y todos merecemos un pequeño capricho. Anthony y yo vamos a estar ocupados charlando con los invitados, así que reservé una cena en Bravo Italiano después del evento oficial.

—Qué plan tan maravilloso —dijo Abigail—. Les voy a decir a todos que el evento termina temprano por la noche para que tengan tiempo libre. ¡Qué emoción! ¿Van a ir con nosotros a cenar?

—Lamentablemente, no lo creo. Sarah Klein programó una entrevista con el periódico local después de la ceremonia, pero llamé al restaurante con antelación y les di el número de mi tarjeta de crédito. Suelen añadir la propina a los grupos grandes, pero ¿pueden asegurarse de que los meseros reciban una generosa propina?

—Claro. Gracias, Dra. Benton.

. . .

La vida volvió poco a poco a la normalidad. Los clientes recelosos, nerviosos por la multitud, llamaron para reprogramar sus citas, y la agenda se llenó rápidamente.

Cuando Anthony llegó al trabajo, tenía noticias que contar.

—Marilyn publicó un nuevo video en su cuenta de Flix. Debió haberlo grabado esta mañana desde el aviario de su casa en Marathon. Agradeció a todos sus seguidores por su cariño y confirmó que Tiki Lulu se encuentra bien y con una amiga. Mañana a las 2 p. m., transmitirá en vivo una fiesta de reencuentro y hará un anuncio especial.

Mientras Emily veía el video, Susie envió otra actualización por mensaje de texto. Ella y Marilyn regresarían a Coral Shores mañana a primera hora. Nutria había completado la limpieza espiritual de la casa y les aseguró que solo quedaba buena energía. Dado todo lo que las mujeres estaban afrontando, se alegraron al saber que Anthony y Marc se habían encargado de preparar la comida de Tiki y estaban listos, esperando su llamada.

—Em, ¿quieres venir a cenar? Es nuestra última noche con Tiki, y pensé que a los niños y a Elvis les gustaría despedirse de él. Llamé a Jane y le pareció bien el plan.

—Eso suena perfecto. Me apunto.

. . .

Aún compaginando el trabajo con el cuidado de Tiki, Anthony se fue temprano para echar una mano a Marc, perdiéndose la oportunidad de conocer a su nueva paciente, Janou Link, una Keeshond de seis meses. Sus dueños, Nora y Bruce Link, la trajeron para una revisión de bienestar y para programar su esterilización. Eran nuevos en la zona y se enteraron del hospital por las noticias de televisión.

—Es un placer conocerte, Dra. Benton. Te vimos en la televisión anunciando al público el regreso sano y salvo de Marilyn y Tiki, y nos dijimos: «Ahí es donde queremos llevar a Janou».

Janou, una bola de pelo de nueve kilos, tenía el pelaje más grueso y esponjoso que Emily había visto en su vida. Nora expresó su interés en entrenar a Janou para que fuera un perro de terapia, y parte de la visita incluyó una consulta con el veterinaria sobre cómo lograr ese objetivo. Emily tenía otros dos clientes cuyos perros de terapia habían visitado el hospital infantil y los centros para personas mayores de la zona, y pensó que serían un gran recurso. Con la serie de vacunas de Janou completada antes de la mudanza, Emily programó su esterilización para la semana siguiente. Después de presumir de su entrenamiento y trucos a cambio de unas galletas, Janou entró en el vestíbulo con paso ligero como si estuviera haciendo una audición para su futuro puesto como perro de terapia. Qué gran manera de terminar la jornada laboral.

· · ·

Encargada de llevar el postre a la fiesta de despedida de Tiki, Emily compró una caja de pastelitos de guayaba en una panadería cubana local. Tras un viaje rápido a casa para alimentar a Bella, manejó hasta la casa de Marc y Anthony. En cuanto entró por la puerta, oyó las risitas de Mac y Ava. Elvis y Tiki estaban haciendo sus travesuras de siempre, entreteniendo a la multitud.

—Hola, Em —saludó Jane, al recibirla en la puerta. Tomó la caja de Emily y la dejó sobre la isla. Luego se giró para abrazarla, apretándola tan fuerte que a Emily le costó respirar—. Estaba muy preocupada por ti. Duncan me contó todo lo que hiciste para rescatar a Marilyn.

—Estoy bien. Todos estamos bien —dijo—. Siento no haberte contestado. Ha sido una semana terrible.

—No te preocupes por eso ni un minuto. Podemos ponernos al día cuando se calmen las aguas. ¿Estás emocionada por el viernes?

—Sí. Ahora que Marilyn vuelve a casa, Anthony y yo podemos centrarnos en el Centro de Tortugas.

—Hablando del Centro de Tortugas —dijo Anthony al unirse a ellos en la cocina—. Sarah llegará pronto. Llegó esta tarde y, después de ver todas las noticias sobre Marilyn y Tiki, quería conocerlo.

Un golpe en la puerta lo inspiró a añadir:

—Y aquí está.

La cena se convirtió en una fiesta oficial. Solo faltaban Duncan y Mike, quienes estaban trabajando en el caso de asesinato y secuestro contra Chad. Tras intercambiar ideas con Sarah sobre el suceso del viernes, Emily vio a Marc sentado tranquilamente en la silla junto al aviario de Tiki. Había forjado un fuerte vínculo con el loro, y se imaginó que sentía sentimientos encontrados al despedirse. Se acercó a él y le puso la mano en el hombro.

—¿Estás bien?

Marc le sonrió.

—Sí. Me alegro de que vuelva a casa, pero lo voy a extrañar. Más de lo que jamás imaginé.

—Claro que sí. Estoy segura de que Marilyn te va a recibir con los brazos abiertos cuando quieras verlo.

—Hablé con ella hoy y me dijo exactamente eso. Una política de puertas abiertas para Tiki.

Después de cenar, Tiki repitió su rutina nocturna. Se sentó en una pata con la cabeza entre las plumas. Todos los demás siguieron su ejemplo.

·   ·   ·

Emily llegó temprano al trabajo, ansiosa por que Anthony llegara y le contara los detalles del tan esperado reencuentro. Tras pasar la mañana en casa de Marilyn, cualquier sentimiento encontrado que él y Marc sintieran al despedirse de Tiki desapareció en cuanto lo vieron en su extravagante pajarera. Volaba de árbol en árbol, explorando cada percha y puesto de comida. De vez en cuando, se posaba en el hombro de Marilyn y, tras unos cuantos «Hola» y «Qué tal», le acariciaba el cuello y le arrullaba. Anthony también le contó a Marilyn todo sobre Archie y la pérdida de Bonkers.

Ese mismo día, Marilyn llamó a Emily para agradecerle todo lo que había hecho, ya que Emily tenía que trabajar durante la reunión. Puso la llamada en altavoz para que Anthony la oyera.

—Emily, nos hiciste falta esta mañana, pero nos vemos pronto —dijo Marilyn con voz firme—. Lo peor de estar cautiva era no saber si Tiki estaba a salvo. Nada más me importaba, y entiendo que Archie dejara su salud en segundo plano. Gracias por contarme sobre él. Me gustaría invitar a Archie a pasar un rato con Tiki. ¿Te parece buena idea?

—Me parece una idea brillante. Te voy a pasar su información de contacto —dijo Anthony—. Archie va a estar encantado.

·   ·   ·

Con una agenda hospitalaria muy apretada, Emily y Anthony se esforzaron por encontrar un momento para desconectar de sus pacientes y trabajar en los planes para la ceremonia de inicio de obras. Anthony puso el despertador a las dos de la tarde para ver la transmisión en vivo de Marilyn en Flix. Había organizado la presencia del canal de noticias local en la grabación.

—¡Todos, vengan rápido! —Anthony corrió por el hospital para reunir al personal en su oficina.

Marilyn y Tiki Lulu estaban en la pantalla de su computadora, y el gráfico de la esquina mostraba que medio millón de seguidores estaban conectados en ese momento.

—Queremos agradecer a todos nuestros fans y seguidores por las muestras de cariño que recibimos en un momento tan oscuro y difícil —dijo Marilyn—. Como pueden ver, Tiki y yo estamos de maravilla. Saluda, Tiki.

—Hola. Hola. —Tiki movió la cabeza de arriba abajo, abriendo las alas con un gesto majestuoso.

—Ahora, pasemos a noticias más emocionantes. ¡Tenemos un ganador! Babs y Burton Ollivander fueron los primeros en descubrir que el anagrama numérico es la dirección del Centro de Investigación de Delfines en Cayo Grassy, en los Cayos de Florida: 58901 Carretera de Ultramar. —Una imagen de la pareja jubilada de pie frente a la estatua de delfín de dos pisos en el centro de investigación sin fines de lucro levantando el pulgar llenó la pantalla. Marilyn continuó—: Crecí en los Cayos y fui voluntaria en el centro durante mi juventud. Ahí es donde comenzó mi amor por los loros. Aunque es un centro de delfines, también brindan hogares permanentes a muchos loros rescatados por diversas razones. A veces, los loros viven más que sus familiares y no tienen adónde ir.

Marilyn giró la cámara para enfocar a Tiki. Archie estaba junto a él, dándole de comer un trozo de mango. La cantidad de espectadores de Flix superó el millón.

—Sí —exclamó Anthony—. Mira la cara de Archie. Parece diez años más joven.

Marilyn no tardó en organizar para que se conocieran.

—Apuesto a que estamos presenciando el comienzo de una amistad para toda la vida.

La cámara volvió a enfocar a Marilyn.

—Los Ollivander han ganado el premio de doscientos mil dólares y han elegido al Centro de Aves Silvestres de Marathon para recibir la donación equivalente. ¡Felicidades, Centro de Aves Silvestres de Marathon! Son una organización benéfica muy merecedora.

Marilyn aplaudió mientras Tiki se balanceaba.

—Cada uno de los centros de aves silvestres que participan en mi búsqueda del tesoro también van a recibir cien mil dólares para ayudar con sus gastos operativos. Son: Jardines Maravillosos Everglades en Bonita Springs, Salva a Nuestras Aves Marinas en Sarasota, Santuario de Aves Exóticas de Florida en Hudson, Estación de Aves Marinas de Pelican Harbor en Miami y Jardines Flamenco en Davie. También voy a hacer una donación similar a mi querido Centro de Investigación de Delfines para agradecerles por organizar la final de mi búsqueda del tesoro. Tiki y yo queremos animarlos a todos a apoyar a sus centros locales de vida silvestre sin fines de lucro. Necesitan su ayuda.

Marilyn respiró hondo antes de continuar. Le costó pronunciar las palabras y se secó una lágrima.

—Ahora, la noticia más importante. Nuestros amigos del Hospital Veterinario Coral Shores son verdaderos ángeles guardianes. La valentía y el amor de Anthony, Marc y la Dra. Emily Benton son la razón por la que Tiki y yo estamos a salvo en casa. Nunca podré corresponderles, pero lo voy a intentar. Haré una donación de un millón de dólares al Centro de Educación de Tortugas Marinas Eliza Klein. Anthony y Emily son los directores del centro y estamos deseando que abra sus puertas en esta institución tan especial.

Emily se perdió lo que dijo Marilyn a continuación porque Anthony y el personal empezaron a gritar de alegría. Se giró hacia Anthony y le preguntó:

—¿Sabías de esto?

Anthony le agarró las manos.

—No tenía ni idea. Intentó pagarnos a Marc y a mí esta mañana por cuidar de Tiki, pero nos negamos.

El teléfono de Anthony empezó a sonar. Alternaba entre las llamadas de Marc y Sarah. La generosidad de Marilyn los abrumaba a todos.

Cuando Marilyn terminó de hacer su anuncio en Flix, tenía más de dos millones de espectadores.

.   .   .

Cuando Sarah, Anthony, Marlon y Sharon se reunieron para cenar en la cabaña de Emily la víspera de la ceremonia de colocación de la primera piedra, tenían mucho de qué hablar. El gran anuncio de Marilyn desató una frenética atención mediática. Los medios locales y nacionales pedían entrevistas a gritos. Preocupados por no estar preparados para una gran multitud, Sarah y Emily consultaron con Duncan. Este les recomendó una empresa local que empleaba a policías fuera de servicio para gestionar el tráfico, el estacionamiento, la seguridad y cualquier otra necesidad que surgiera.

Cuando ya no quedaban detalles por analizar, se despidieron. Sarah bromeó diciendo que tenía algunas sorpresas para el grupo que se revelarían en el evento.

Emily necesitaba un tiempo para relajarse y se unió a Bella en el sofá para ver las noticias de la noche. El juez denegó la solicitud de fianza de Chad, por lo que esperaría en prisión su juicio por asesinato y secuestro. El anuncio de Marilyn y Tiki en Flix superó los cinco millones de visualizaciones y siguió subiendo. Los centros locales de vida silvestre reportaron una asistencia récord y pequeñas donaciones sin precedentes. Cuánto bien había surgido de un acto tan malvado.

Mientras Emily se preparaba para dormir, Mike la llamó.

—Tuviste un día increíble. ¡Qué ganas tengo de que llegue la ceremonia de mañana!

—Es casi demasiado, y nunca pensé que diría eso de una organización benéfica.

—Si necesitas ayuda extra, podemos ir juntos. Puedo poner sillas o controlar a la gente. Lo que necesites.

—Tengo que llegar temprano. ¿Puedes salir temprano del trabajo?

—Te despejé la tarde, Em. Solo dime a qué hora puedo recogerte y me encantaría celebrar tu éxito cenando el sábado.

No necesitaba ver a Mike en persona para acabar con el estómago lleno de mariposas. Su entusiasta apoyo a su carrera y el respeto por su contribución en la resolución del caso lo hacían aún más atractivo, si es que eso era posible. El éxito de Emily no lo amenazaba, ya que asumió su papel como su mayor apoyo.

Cuando se recostó para dormir, imágenes de loros voladores y tortugas marinas bebés llenaron su mente dormida.

CAPÍTULO TREINTA Y UNO

Emily y Anthony llegaron temprano al trabajo. Tenían mucho que hacer, ya que el hospital cerraba a las dos de la tarde. Emily esperaba salir antes, pero le costaba concentrarse.

Jane envió una foto de Elvis después de su visita matutina a la peluquería canina. Un pañuelo azul brillante con imágenes de crías de tortuga resaltaba sobre su pelaje blanco como la nieve. Se veía adorable. Sarah contrató a un famoso diseñador amigo suyo para crear un logotipo y una línea de productos para el nuevo centro. El pañuelo de Elvis estaría a la venta una vez que abriera la tienda de regalos, junto con camisetas, bolsas de compra reutilizables, popotes reutilizables y botellas de agua hechas de plástico reciclado extraído del océano. Sarah se abasteció de materiales que cumplían con su compromiso con el medio ambiente. Querían dar ejemplo y demostrar que era posible tener éxito financiero y, al mismo tiempo, ayudar al medio ambiente.

Un artista local, encargado de crear un dibujo de Elvis, planeaba presentar su obra en la ceremonia. La imagen de Elvis, colocada en letreros por todo el centro, guiaría a los invitados a la zona de playa adyacente, apta para perros, lejos de los frágiles nidos de tortugas. Dado que el Centro de Tortugas llevaba el nombre de su dueña original, Eliza Klein, era lógico usar la imagen de Elvis.

Se había convertido en una celebridad local por derecho propio y le encantaba recibir atención.

Marlon y Sharon estuvieron en contacto constante con el equipo. Las carpas estaban montadas, las sillas en su lugar, el sistema de altavoces probado y las pancartas colgadas. Formaban un dúo dinámico, y su compromiso garantizó el éxito rotundo del centro. Incluso el clima estuvo de su lado. Las tormentas repentinas al final de la tarde eran comunes durante los veranos de Florida, pero el pronóstico parecía despejado, sin una sola nube en el cielo.

Después de la última cita, Emily entró en la oficina de Anthony.

—¿Me necesitas para algo más? Mike me va a recoger en una hora.

—Estoy bien. Yo también me voy pronto. Abigail lo tiene todo bajo control. —Le tomó la mano para impedir que saliera de su oficina. Cuando ella se giró para mirarlo, dijo—: Hoy es el día, Em. Esto va a cambiar nuestras vidas para siempre. He estado tan ocupado tachando cosas de mi lista que no me he parado a pensar en su importancia. Convertirnos en directores del Centro de Tortugas marinas es un sueño hecho realidad. Tu mamá estaría orgullosa de nosotros.

Emily sonrió y respiró hondo antes de abrazarlo fuerte. Tenía razón, como siempre. Anthony tenía una asombrosa habilidad para centrarse en lo importante, dejando todo el desorden a un lado. La ayudaba a mantenerse centrada.

.   .   .

Llegar temprano a casa en un día de trabajo desconcertó a Bella, alterando su rutina diaria. Parecía más aturdida de lo habitual y tardó más de lo habitual en pedir una botana antes de cenar. Emily se arregló y dedicó un minuto a peinarse y maquillarse. Varios medios de comunicación estarían presentes en la ceremonia, incluyendo un fotógrafo profesional que Sarah contrató para capturar el evento.

Cuando Mike llegó, Emily planeó obtener más detalles sobre el caso, ya que sería difícil hablar con tanta gente alrededor.

.   .   .

—Te ves hermosa, Emily —dijo Mike.

—Gracias. Pasa. Tenemos unos minutos antes de irnos.

Él se sirvió un vaso de té helado y ambos se sentaron afuera, en la terraza.

—¿Qué hay de nuevo? —preguntó—. Tengo muchísimas preguntas sobre el caso de Chad.

—¿Cómo qué?

—¿Ha confesado alguno de sus crímenes?

—No, se niega a cooperar. Trabaja con un abogado de oficio, pero hay muchísimas pruebas en su contra. Marilyn, como testigo presencial, dejó clarísimo que espera con ansias su día en el tribunal para poder contar su historia. Según Marilyn, Chad ha causado problemas desde que era un niño pequeño. Marilyn era su familia más cercana tras la muerte de sus padres, y ahora lo ha repudiado para siempre.

—Me ha estado enviando actualizaciones diarias sobre Tiki Lulu. —Emily le mostró a Mike las últimas fotos—. Ahora tiene su propio publicista, y Marilyn está trabajando para registrar el nombre y la imagen de Tiki. Los centros de aves silvestres estaban interesados en artículos de marca para vender en sus tiendas de regalos, y ella donará todas las ganancias a organizaciones benéficas de vida silvestre. Un acuerdo en el que todos ganan.

—Vi sus entrevistas en los principales programas de televisión por cable. Son un equipo extraordinario.

Emily coincidió. La contribución de Marilyn y Tiki a la conservación de la vida silvestre fue invaluable.

. . .

Cuando Emily y Mike llegaron a la ceremonia inaugural, estaban agradecidos de que Sarah hubiera acordonado los lugares de estacionamiento para los invitados de honor, ya que las camionetas de los medios de comunicación estaban alineadas en la calle.

—Me alegra mucho haber contratado apoyo adicional para hoy —dijo Sarah cuando se reunieron con ella en la carpa principal.

Mike se disculpó para hablar con los oficiales fuera de servicio. Quería asegurarse de que tuvieran un plan sólido para manejar a la multitud.

Todos tenían roles específicos para el día. Emily y Anthony acompañaban a los diversos representantes de la industria marina, mientras Sharon y Marlon daban la bienvenida a los líderes comunitarios y empresariales locales. Las responsabilidades de Sarah incluían guiar al alcalde en sus funciones oficiales. Voluntarios experimentados del Proyecto de Tortugas de Coral Shores animaron a los niños en un puesto de actividades, con libros para colorear sobre tortugas marinas y tatuajes lavables de tortugas.

Cuando llegó la limusina que transportaba al personal del hospital, las sonrisas en sus rostros al salir del vehículo confirmaron que el transporte de Emily había sido todo un éxito. Se lo estaban pasando genial. La llegada de Jane, Duncan, Mac, Ava y Elvis contribuyó al ambiente festivo. Elvis caminaba con paso alegre, feliz de aceptar las caricias y mimos de sus adoradores fans. Los niños pidieron una foto con su famoso perro, de pie junto a la imagen pintada de gran tamaño de Elvis.

Después de que los invitados de honor de Emily se sentaran, notó una segunda limusina estacionada en la calle. Confundida sobre quién podría ser, vio a Sarah acercándose al vehículo con una amplia sonrisa. El conductor de la limusina abrió la puerta y Marilyn apareció con su atuendo de loro. El vibrante mechón rojo en su cabello complementaba su vaporoso vestido de verano, adornado con la imagen de Tiki. Después de Marilyn, Archie la siguió, casi irreconocible con un elegante traje de lino, una camisa blanca impecable y un moño de color tropical con imágenes de loritos. Un sombrero de paja completaba el atuendo. Caminaron del brazo, saludando a sus amigos y fans por el camino.

Emily y Anthony se unieron a Sarah mientras ella presentaba a los recién llegados a los invitados de honor restantes, quienes estaban emocionados de conocer a la celebridad local.

Marilyn se disculpó por dejar a Tiki Lulu en casa.

—Ha pasado por mucho —dijo—. Pero no se preocupen. Vamos a publicar información sobre el evento de hoy en nuestra próxima transmisión en vivo de Flix.

Emily se paró junto a Sarah y se inclinó para susurrar:

—¿Es esta tu sorpresa?

—Una de ellas. —Tomó la mano de Emily y la jaló hacia el podio. Escondida detrás de la mesa había una pala bañada en latón con mango de madera pulida, con la fecha de hoy grabada. En el reverso de la pala estaban los nombres de la Junta Directiva—. Después de la primera palada de tierra, voy a enmarcar esto y colgarlo en la pared de nuestro centro de bienvenida, debajo de esta foto.

Sarah entonces sacó una foto enmarcada de su mamá. Tomada años atrás, mostraba a Eliza, con Elvis a su lado, enseñando a un grupo de jóvenes voluntarios con tortugas en la playa.

—¡Oh, Sarah! Es preciosa. La capta a la perfección.

Sarah sonrió, pero se secó una lágrima.

—Ojalá estuviera aquí hoy. Me gusta creer que nos está cuidando mientras damos este gran paso.

En su última reunión, la junta directiva decidió por unanimidad que Sarah sería quien realizara la tarea ceremonial con la pala. El Centro Educativo de Tortugas Marinas Eliza Klein honró la memoria de su mamá y, gracias a la visión y generosidad de la señora Klein, la comunidad de Coral Shores ahora contaba con sus propias instalaciones de vanguardia.

La presencia de Sarah y Emily al frente de la carpa animó a los invitados a tomar asiento para el evento principal. Emily sonrió a sus sobrinos en la primera fila, con Elvis a sus pies. Marilyn, Archie y Marc estaban en la fila de al lado, charlando como viejos amigos. Mike se paró junto a Jane y Duncan y cruzó miradas con Emily desde el otro lado del patio. Su intensa mirada reveló que su relación se había vuelto más profunda e íntima después de todo lo que habían soportado en los últimos días. Emily se llevó la mano al corazón como si fuera posible controlar físicamente el revoloteo.

De pie en la parte trasera de la tienda, Anthony agitó los brazos para llamar la atención de Emily y Sarah, luego señaló su reloj.

—Es la hora —dijo Emily—. ¿Estás lista?

—Por supuesto. —Sarah le apretó la mano a Emily y se acercó al micrófono—. Bienvenidos a todos al futuro Centro de Conservación de Tortugas Marinas Eliza Klein...

SOBRE LA AUTORA

DL Mitchell es la autora de la serie *El misterio veterinario de Coral Shores* y nominada a Autora del Año de Georgia en 2024. Aporta su perspectiva única como veterinaria de animales pequeños al mundo de la novela de misterio. Con experiencia en hospitales concurridos de grandes ciudades, su transición a una clínica veterinaria de atención a domicilio ha enriquecido su narrativa con encuentros directos y perspectivas sobre el vínculo entre humanos y animales.

Le encanta pasar tiempo con su esposo, su hija y sus mascotas, planear su próxima aventura y correr por los senderos cercanos. Es buceadora, pero se marea, y cuando viaja, viaja con su máquina de café expreso y su tabla de paddle surf inflable.

El terrier tiene razón
Un misterio veterinario de Coral Shores
KILLER NASHVILLE
SILVER FALCHION AWARD
WINNER
DL Mitchell

NOTA DE DL MITCHELL

El boca a boca es crucial para el éxito de cualquier autor. Si te gustó *Prosa de loro*, deja una reseña en línea donde puedas. Aunque solo sean unas pocas frases. Marcaría la diferencia y te lo agradeceríamos mucho.

Visita mi sitio web en www.DLMitchellMystery.com para obtener información sobre firmas de libros, nuevos lanzamientos y más.

¡Gracias!
DL Mitchell

Esperamos que hayas disfrutado de esta obra de:

BLACK ROSE writing™

www.blackrosewriting.com

Suscríbete a nuestra lista de correo, *The Rosevine* (solo disponible en inglés), y recibirás libros GRATIS, ofertas diarias y te mantendrás al tanto de las noticias sobre próximos lanzamientos y nuestros autores más populares. Escanea el código QR a continuación para suscribirte.

¿Ya estás suscrito? Acepta nuestro sincero agradecimiento por ser un fan de los autores de Black Rose Writing.

Consulta otros títulos de Black Rose Writing en www.blackrosewriting.com/books y usa el código de promoción PRINT para recibir un 20% de descuento en tu compra.